REINHARDT
BADEGRUBER

Wiener Anwaltsterben

LEICHEN, SEX UND BLUT Obszöne Texte im Schulunterricht, Blutbilder an den Wänden von Jugendstilsalons, aufgeschlitzte Juristen, besoffene Witwen und tobsüchtige Polizei-Offiziere. Das sind Momentaufnahmen aus dem Berufsleben des Kripo-Beamten Frank Karl. Der Wiener »Kieberer« steht in der Tradition der Literaten aus dem k.u.k.-Café »Herrenhof«: Er ist gescheit, wurde gescheiter und ist gescheitert. Immerhin hat er fünf Universitätsstudien abgebrochen und drei Ehen überlebt. Frank genießt seine Arbeitszeit, in der er viel liest, viel trinkt, gut isst, auf fremden Matratzen schläft und dennoch auf der Lauer liegt. Es vergnügt ihn zu beobachten, wie Schüler ihr angelesenes Wissen gegen ihre Lehrer und Eltern ausspielen und die Polizei narren. Doch plötzlich katapultieren Frank Karl Todesschreie aus dem Bett. Rechtsanwälte werden ermordet. Eine blutige Spur führt in das Klassenzimmer der 6b. Bei seinen Ermittlungen sitzt der schrullige Polizei-Clochard an der Quelle, denn er hat ein Verhältnis mit der Deutschprofessorin.

Reinhardt Badegruber wurde 1953 in Oberösterreich geboren und ist in Kärnten zur Schule gegangen. Er studierte Kommunikationswissenschaften und Slawistik in Wien und Warschau und war anschließend 39 Jahre lang als Redakteur und Regisseur im ORF tätig, unter anderem als Mitarbeiter der TV-Parlamentsredaktion und Chef der »Rasenden Reporter« von Radio Wien. Zudem moderierte er Radio-Shows wie »Sprechen Sie Wienerisch?«, »Schätzen Sie Wien?« und das »Grätzelquiz«. Badegruber hat 10 Wiener Kriminalerzählungen und Romane veröffentlicht.

REINHARDT
BADEGRUBER

Wiener Anwaltsterben

Kriminalroman

GMEINER

Immer informiert

NEWSLETTER

Spannung pur – mit unserem Newsletter informieren wir Sie regelmäßig über Wissenswertes aus unserer Bücherwelt.

Gefällt mir!

Facebook: @Gmeiner.Verlag
Instagram: @gmeinerverlag
Twitter: @GmeinerVerlag

MIX
Papier | Fördert gute Waldnutzung
FSC® C083411
FSC
www.fsc.org

Besuchen Sie uns im Internet:
www.gmeiner-verlag.de

Im Ehnried 5, 88605 Meßkirch
Telefon 07575/2095-0
info@gmeiner-verlag.de

1. Auflage 2023

Lektorat: Claudia Senghaas, Kirchardt
Umschlaggestaltung /Illustration: © U.O.R.G. Lutz Eberle, Stuttgart
nach einem Foto von Uliana Kopanytsia / unsplash
Druck: CPI books GmbH, Leck
Printed in Germany
ISBN 978-3-8392-0425-2

Personen und Handlung sind frei erfunden. Ähnlichkeiten mit lebenden oder toten Personen sind rein zufällig und nicht beabsichtigt.

KAPITEL 1

Gruppeninspektor Frank Karl wird mit seinem Tatortteam zu einem Jugendstilhaus auf der Tuchlauben im 1. Wiener Gemeindebezirk bestellt. Vom Balkon der Luxuswohnung im Obergeschoss war Blut getropft. Der Hausmeister hat mit einem Nachschlüssel die Tür geöffnet. Es bietet sich ein Bild des Grauens.

So viel Blut auf der Wand. An die Mauer geklatscht. Ein Frauenkörper anstelle des Tapetenmusters. Deutlich zu sehen: die borstigen Haare. Vom Gesicht nur die Stirn und die Nasenspitze. Dafür der Busen, die Oberschenkel. Ein Bauch. An der ausgesparten Stelle dürfte der Nabel gewesen sein. Pinselstriche: Schamhaare. Moosig.

»Ein rotes Abbild ohne Vorlage!«

»Was?« Gruppeninspektor Frank Karl riss es aus den Gedanken.

»Ich sagte«, wiederholte der Typ von der Spurensicherung gereizt, »wir haben das Blutbild einer Frau an der Wand, aber keine Leiche. Das Opfer ist weg, vom Täter keine Spur.«

»Scharf beobachtet!«, ätzte Gruppeninspektor Frank Karl. Er schaute sich den Kollegen näher an. Ein Glatzkopf. Flinserl am Ohr. Ein Meter 80 groß. So eine Figur wie der war in den Filmen seiner Jugend entweder Pirat oder SS-ler.

»Da wurde eine blutüberströme Frau an die Wand gedrückt.«

»Und?«

»Ich denke an einen Ritualmord. Vielleicht ein durchgeknallter Künstler.«

»War es der Hermann Nitsch*?«, fragte der Gruppeninspektor. So wie ihn der Glatzkopf anstarrte, würde er im nächsten Augenblick fragen: »Sie haben einen Verdächtigen?«

Darauf wollte Frank Karl erst gar nicht antworten. Aus ihm schoss es heraus: »Woher wissen Sie, dass die Nackte an der Wand nicht lebt? Vielleicht hat sie bloß ein Blutbad genommen? Eine Sieglinde, ein weiblicher Siegfried?«

Der Spusi-Typ rülpste. Er kannte Siegfried nicht.

»Fahren Sie eine Harley?«

»Wieso?«

»Weil Sie so ausschauen.«

Der Spusi rümpfte die Nase. Für ihn war Frank Karl bloß ein alter Trottel, »zu humanistisch«, was gleichbedeutend war mit »arrogant«, ein Überbleibsel aus der Zeit der Röhrenradios.

Frank Karl schaute sich den Abdruck an der Wand näher an. In seinem Schädel tauchten Schüttbilder auf: »Blut über Blut.« Erinnerungen an damals, als er während seiner Studentenzeit einen Job als »Saubermann & Bodenreiniger« in der *Modern Art-Galerie* in der Köllnerhofgasse im 1. Bezirk angenommen hatte. Zu einer Vernissage war der Performancekünstlers Hermann

* Hermann Nitsch: Maler und Aktionskünstler. Bekannt durch »Schüttbilder«

Nitsch eingezogen. Mit dem Gehabe eines Erzbischofs. Das gefiel. Die Stadt-Intelligenzia tobte. Der Maestro war berühmt für seine ritualen Schlachtungen. »Blutorgien« kritisierten die Zeitungen. »Schafskiller!«, »Agnus Dei-Schänder!«, »Tierquälerei!« Jedenfalls kamen zwei »Veterinär-Polizisten« zur Performance. In Wahrheit waren die beiden »Freizeit-Cops« Studenten der Tiermedizin. Die saßen dann schön brav auf Sesseln an der Wand und schwiegen wie Kartenabreißer im Kino. Die Lämmer, die der »Schächter« anliefern ließ, waren ziemlich grau und tot. In ihrem Inneren waren Farbbeutel eingenäht. Schreiendes Acrylrot. Der Künstler selbst kam dem damaligen Raumpfleger und nachmaligen Polizisten Frank Karl wie ein Imker vor. Sehr harmlos. So könnte man sich Moses vorstellen. Oder ein Double für Johannes Brahms. Allerdings etwas gestaucht! Zu klein für einen Nikolo. Möglicherweise hätte Van Gogh so ausgesehen, wenn er das Pensionsalter erreicht hätte. Der Mann stapfte Tanzschritte, stach wie von Sinnen auf die Schafskadaver ein, röhrte. Irrsinn! Ein bärtiger Klaus Kinski mit blitzendem Messer. Die Acrylfarbe spritzte. Schrille Schreie. Röcheln. Pfeifen. Aber nicht aus dem Maul malträtierter Lämmer, sondern aus den Rachen schenkelwarmer Vernissage-Besucherinnen. Denen rann es zwischen den Beinen. Starre Blicke. Ihre Augen stachen in die Hoden der an die Wand »gekreuzigten« jungen Männer. Die Damen seufzten. Die Jünger des Meisters schossen Schafshirnmasse auf die Kastanien der Jünglinge. Die Frauen rissen die Münder auf, freiwillig. Unbezahlbare Freude für jeden Zahnarzt! Ein Aufschrei: Leberfladen peitschten auf die blanken

Brüste der Assistentinnen, während der Apostel Orgeltasten schlug. Der Boden zitterte. Teenager schwangen Karfreitagsratschen. Die Opernballroben und Premierenpelze der Besucherinnen waren nun blutbespritzt. Der Saal menstruierte. Bürgersgattinnen rissen die Fenster zum Fleischmarkt auf. Die Frauen drehten durch, schmissen Lungen, Gedärme und Mägen auf die unter ihnen parkenden Autos. Es regnete Blut. Ein Kirchenorkan brauste Richtung *Griechenbeisl.* Eine Geräuschkloake ergoss sich in die Stadt. Die Passanten hoben die Köpfe: War der Organist zu Sankt Stephan wahnsinnig geworden? Eine halbe Stunde später keuchte die Alarmabteilung der Wiener Polizei an. Eine Zehnermannschaft. Feiste Männer um die 50. Stahlhelme und dicke grüne Mäntel. Der Sturmtrupp konnte aber nicht mit dem »bürgerlichen Kunstgesindel« aufräumen. Die Rotte hatte keine Gummistiefel dabei, und in der Galerie standen zehn Zentimeter Blut. Also rückten die Ordnungshüter unverrichteter Dinge wieder ab. Nach einer weiteren halben Stunde kam die Stahlhelmstaffel zurück. Dieses Mal in Gummistiefeln. Aber da waren die Gäste und Kunstliebhaber schon abgeflogen. Die Zornesröte in den Gesichtern der Polizisten wirkte blass im Vergleich zum Kunstblut. Weil sie niemand anderen mehr zum Festnehmen hatten, stürzten sie sich auf Frank Karl. Der schrie: »Ich bin Student und wische hier den Boden auf!« Da ließen die Polizisten vom Opfer ab. Allerdings hatten beim Arretierungsversuch ihre dunkelgrünen Mäntel einige Spitzer abbekommen. Der dicke Stoff saugte gierig das Blut in sich auf. »Scheiße, Scheiße, Scheiße!«, klagten die Beamten. Frank Karl hob den Blick. Die Spinatwachter* taten ihm leid. Sie waren allesamt Pensionsantrittsanwärter, litten unter Diabetes mellitus, hatten Übergewicht und rauchten zu viel.

Jetzt hatte ihn der blutige Ernst der Gegenwart wieder. Gruppeninspektor Frank Karl schaute in das geschleckte Gesicht des Spusi**-Glatzkopfes. Seit Aristotelis Telly Savalas den Kojac in *Einsatz in Manhattan* spielte, versuchen die Haarlosen der Welt einzureden, sie seien besonders männlich, weil Testosteron-gesegnet. Die meisten Eierköpfe sind aber gefälscht, keineswegs echt, sondern vom Friseur zurechtgestutzt und blank poliert. »Heutzutage wird ja alles abrasiert. Sogar bei Frauen.« Frank Karl glaubte, nicht recht zu hören. Der Geschleckte hatte ihm gerade »Sie sind ein riesiges Arschloch« ins Ohr geflüstert. So, dass es niemand anderer hören konnte. Es gab keine Zeugen. Der Gruppeninspektor lachte los. Der Kerl traute sich was. Frank Karl hob sein Kinn an und krächzte: »Kompliment! Das ist das erste Mal, dass ich am heutigen Tage Ihrer Einschätzung beipflichten muss.«

Die Spusi-Meute vermaß das blutige »Fresko«. Ihr Fazit: »Wahrscheinlich jung, etwa ein Meter 60 groß, gut gebaut.« In der Mitte des Badezimmers stand eine Gusseisenwanne: Großmama-Look, aber mit allem technischen Schnickschnack. In diesem Luxustrog hatte der Killer sein Opfer vermutlich ausbluten lassen. »Eine perverse Sau war da am Werk.«

---

* Anspielung auf die (früher) grüne Uniform der Polizei. Historisch: »Spinatwachter« (Zöllner) kassierten an der »Linie« von Bauern, die in der Stadt ihr Gemüse verkaufen wollten, Zoll.

** Spurensicherung

KAPITEL 2

Der Tatort lag im vierten Stock eines Jahrhundertwendepalazzos auf der Tuchlauben 4*. Frank Karl rumpelte mit dem Mahagonilift hinunter zur »Ebenen Erde«. Wie in diesen schönbrunnergelben Stadthäusern üblich, verlangte eine Metallplakette im Fahrstuhl, man solle 50 Cent in den Schlitz neben dem Start-Knopf schmeißen. Nur die privilegierten, finanziell ohnedies gut ausgestatteten Dauermieter waren im Besitz eines Liftschlüssels, der es ihnen gestattete, ohne Münzeinwurf vor die Tür ihrer Appartements zu schweben. Vor dem Hinauffahren hatte der Gruppeninspektor daher den Hausmeister suchen müssen. Weil dieser nicht sofort kapiert hatte, dass eine Gratisfahrt angesagt war, hatte ihm Frank Karl einen Tritt in den Arsch verpassen müssen. Gleichzeitig hatte er seine Kripo-Marke gezückt. In diesem Augenblick hatte der Jugo sofort verstanden, worum es ging. Er hatte ein betretenes Gesicht gemacht. Jetzt, vor der Talfahrt, hatte der Serbe dem Kieberer sogar die Tür aufgehalten. »Ich bin Liftboy!«, hat er den Gruppeninspektor süßlich angewitzelt. Dann sagte er andächtig: »Kurvin sin«, Hurensohn, was ins Wienerische übersetzt hieß: »Alter, pass nur auf, dass ich dich nicht allein in der Nacht in einer Seitengasse erwische.«

* Straße in der Inneren Stadt. Hier verkauften im Mittelalter Tuchhändler ihre Ware.

Als Frank Karl aus dem Torbogen mit dem Schmiedeeisengitter schritt, schrie ihm der Jugo »Kurac«* nach. Da wirbelte der Kieberer** um die Fersenachse, sprang auf den Jugo zu. So viel Ehrlichkeit musste belohnt werden. Er drückte dem Mann einen Fünfer in die Hand.

Frank Karl überlegte, ob er sich ins *Café Korb* werfen oder das alte Wiener Beisl in der Kleeblattgasse aufsuchen sollte. Er entschied sich für die Kleeblattgasse. Der Waldviertler Kellner, der Herr Franz, stellte ihm, ohne zu fragen, ein Krügel auf den Tisch. »Ein Schnitzel, wie ich annehme?« »Nein«, fuhr ihm der Kieberer über die Panier***, »ich nehm' heute eine Blutwurst.« »A Blunzen?«, gab sich der Kellner erstaunt. »Ja, aus beruflichen Gründen.« Fünf Minuten später blieben ihm die Rösti, die er gerade in den Mund schaufelte, im Schlund stecken. Ein Student am Nebentisch hatte soeben aus Albert Camus' *Der Fall* zitiert. Das war ungeheuerlich. Der Jüngling las: »Ein einziger Satz wird ... zur Beschreibung des modernen Menschen genügen: Er hurte und las Zeitungen.« Frank Karl hustete. »Welch fataler Irrtum«, belehrte er. »Wer hurt denn heute noch, wo es Aids und die Pornos im Internet gibt.« Und: »Zeitungen liest der moderne Mensch schon gar nicht. Er zieht *Twitter*, *Instagram* und *Facebook* vor.« Der Kieberer spürte Zwiebel in seinen Augen. »Dieser verdammte Camus!« Ihm taten die jungen Menschen am Nebentisch leid. »Unsäglich! Wie kann man heutzutage

---

* Schwanz

** Kriminalbeamter. Kommt vom jiddischen »kübbe« (Hurenhaus), das von Polizisten kontrolliert wurde.

*** Backhülle aus Mehl, Ei und Semmelbrösel. Auf den Menschen übertragen: Kleidung

noch einem Existenzialisten auf den Leim gehen.« »Ist mit der Blutwurst was nicht in Ordnung?«, wollte der Herr Franz wissen, als der Gruppeninspektor aufsprang. »Heut ist mir alles zu viel! It's a bloody Monday.« Frank Karl warf zwei Zwanziger auf das Tischtuch. Viel zu viel, aber auch das war ihm wurscht. In ihm stieg archaische Wut auf. Er marschierte um die Peterskirche herum. An der Pestsäule Am Graben* angekommen, hatte er keine Chance mehr, nach seinem Willen zu gehen. »Am besten ist, man zwängt sich in eine dieser Touristentrauben, die von einer Brillenschlange mit Touristenwimpel angeführt werden. In dieser chinesischen, japanischen oder koreanischen Gruppe wirst du automatisch zum *Stock im Eisen*** geschoben.« An der Trichtermündung zur Kärntner Straße platzte die Menschenblase. Sie löste sich auf. Frank Karl jaulte wie ein Hund. Er krümmte sich. Ein Italiener hatte ihm einen Stoß in die Magengrube versetzt. Mit dem Ellenbogen. Unabsichtlich. »Scusi!« In seinem Schmerz humpelte der Gruppeninspektor die Rolltreppe zur U-Bahnstation Stephansplatz hinab. In der Tiefe des Tunnels stank es nach Leim und Kadaver. Hier hatte der Teufel gepfurzt. Von der roten U1 wechselte er in die violette U2, fuhr bis zum Schottentor. Dort ließ er sich ans Tageslicht spülen. Noch 50 Meter, dann war er daheim, in jener Bierschwemme, in der er seine Jugend verschwendet hatte. Er krachte seinen Arsch auf einen Klappsitz im Schanigarten. Sofort schossen ihm die Blutbilder vom Tatort ins Hirn: eine exzessive

* Graben = Platz im 1. Bezirk. Hier verlief der Stadtgraben des römischen Vindobona.

** Platz, benannt nach Holzstrunk, in den wandernde Gesellen eiserne Nägel einschlugen (15. Jahrhundert)

Orgie, wie ein Prachtgemälde an einem Hochaltar. Auf Kirchenbildern wird gepeitscht, gezwackt, gestochen, gesotten, gerädert und enthauptet. Junge Körper werden gequält, denn: Schönheit gehört bestraft. Die Computerkids von heute machen es den Gläubigen nach. Sie holen sich in Games Altarbilder auf Laptops ins Kinderzimmer. Da werden Weltraumritter massakriert. Blutvulkane ejakulieren. Frank Karl überlegte: Vielleicht projizieren die IT-Nachwuchs-Cops von der Spurensicherung in ihrer Einschätzung auch bloß Spielfantasien an die blutige Wand. Die sind doch auch nur Ausgeburten dieser binären Grausamkeit: Da hat ein Perverser eine Jungfrau geschlachtet. Eine einfache, griffige Aufklärungshypothese. Die jungen Polizisten sind oversext. Dazu der Testosteron-Flash. »Rüden schlecken ihre Eier«, schreiben lateinamerikanische Schriftsteller. »Was aber ist«, flüsterte ihm der Ernüchterer in seinem Schädel zu, »wenn sich die Frau freiwillig an die Wand geworfen hatte? Wollte sie Abklatsch sein?«

Beim Stichwort »geil« klickte der Computer in Frank Karls Hirn. Die Festplatte spuckte ein Erinnerungs-Video aus. Ilse, die junge Polizistin aus dem Tatortteam, war ihm beim Verlassen der blutigen Wohnung in die Arme gelaufen. Frech wie immer: »90 Prozent der Gewalttaten gegen Frauen werden durch Familienangehörige verübt. Die Täter sind Brüder, Ehegatten, Väter, Onkel und Großväter, meistens ältere Männer.« Bei »ältere Männer« hatte ihm Ilse ihren Blick in den Brustkorb genagelt. »Soll ich mich jetzt fremdschämen?«, hatte er zurückgeschnauzt. Aus ihren Augen sprach der Satz: »So einem Sandler wie dir ist ein derartiges Massaker durchwegs zuzutrauen.« Irgendwie konnte er Ilse verstehen, denn er selbst vermied es tunlichst, nach dem Aufstehen in den Badezimmerspiegel zu schauen, denn er wollte nicht gleich in der Früh kotzen. Er hasste diese Krähe, die ihm aus dem Glas entgegenglotzte, schließlich war er schon mit 30 ein Klon seines eigenen Großvaters gewesen. Seine »Verwendung« im Kriminaldienst hatte er dem seinerzeitigen Polizeipräsidenten zu verdanken, weil er gemeinsam mit dem »Gottöbersten« eine Zeit lang die Schulbank der Universität gedrückt hatte. Was Frank Karl damals studiert hatte, – war es Geschichte, Germanistik oder Psychologie? – war ihm nicht mehr erinnerlich, denn er hatte über zehn Studien abgebrochen, was ihn aber für die Kripo prädestinierte, denn auf diese Weise hatte er viele der führenden Verbrecher von heute schon in der Frühphase ihrer Karriere kennengelernt.

»Wie kann man als Wiener Kieberer«, schnauzte ihn sein direkter Vorgesetzter, der Oberst F., schon beim Vorstellungsgespräch an, »bloß Frank Karl heißen? Das ist vollkommen unösterreichisch!«

»Sie haben recht, Herr Oberst«, schlug Frank Karl die Hacken zusammen, »mein Vater war Piefke*, aber er ist schon zwei Jahre nach meiner Geburt nach Deutschland abgehaut. Es war der Exekutor hinter ihm her.«

Der Oberst räusperte sich verlegen, denn er wollte keineswegs in den Ruch der Fremdenfeindlichkeit geraten, zumal die »Bundesrepublikaner« mit den Türken

* »Piefke« war ursprünglich die Karikatur eines spießigen Berliners, erfunden vom Berliner Humoristen Georg Adolph Theodor Glasbrenner (1810 - 1876). Die preußische Polizei belegte den Schriftsteller mit Berufsverbot.

das größte Gastarbeiterkontingent stellten. »Na ja«, hüstelte er gutmütig, »für seinen Familiennamen kann man ja schließlich nichts.« Dann jammerte er aber dennoch: »Wenn Sie wenigstens Karl Frank hießen.«

»Soll ich mich auf Matuschek umtaufen lassen?«, fragte Frank Karl unschuldig.

Fast wäre der Oberst explodiert. Häkelte* ihn der Typ? Zuletzt entschied er sich aber für einen jovialen Abgang: »Eines muss man Ihnen lassen: Den Wiener Schmäh haben Sie drauf.«

»Was hältst du von dem Vogel?«, fragte damals der Oberst den erfahrenen Kriminalbeamten Gustav Loiber, der den »frisch g'fangten Frank« unter seine Fittiche nehmen sollte. Der Loiber zuckte bloß mit den Achseln: »Bist du frank und bist du frei, komm zur Wiener Polizei.«

*

Oberst F. ist Frank Karls direkter Vorgesetzter, von Anfang an ein Berufsfreund, wobei in Wien ein »Berufsfreund« oft ein »Intimfeind« ist. Nur ist man halt mit diesem per Du. Frank Karl will seinem Berufsfreund seine Interpretation des Blutbildes auf der Tuchlauben darlegen. Doch der Oberst interessiert sich im Augenblick nicht für experimentelle Aktmalerei. Ihn verletzt gerade obszöne Poesie.

»Du pädophiles Schwein!«, schrie der Oberst und knallte ihm einen Papierstoß auf den Mittagstisch. »Was

* frotzeln

hast du dir dabei gedacht, derartig perverse Schriften auf den Tisch im Sitzungszimmer zu platzieren.«

»Was hab' ich?«

»Du hast pornografischen Schmutz deponiert.«

»Wie bitte?«

Jetzt zog der Oberst zum Beweis ein Blatt aus dem Papierpacken, der vor ihm lag, und begann zu rezitieren:

»… sie zwickte mich / und sprach: *>Ich möchte gern poussieren / am Waldesrand.<* / […] *>Könnt Ihr, Herr, das Spielchen* ›Pümpel stecken‹?</ *>Ja, das kann ich! Legt Euch darunter.</ […]* ich brachte es sogleich, schob ihr, ganz nach ihrem Wusch, / meinen Pümpel zwischen ihre Beine, / Als sie das so spürte, staunte sie! /[…] Dieser Spaß wurd' ihr zu dick, / sie rief: *>Hört auf! / Euer Spiel ist mir zu grob<*[*]

Der Oberst las sich in Rage. Seine Augenbrauen spitzten sich zu französischen Accent-Häkchen. Es platzte aus ihm heraus: »Was sagst du jetzt, du Sau?«

»Ich sage, dass du zu pathetisch klingst. Du übertreibst. In deiner Stimme brodelt der Speichel. Gerade bei erotischen Texten sollte man sich zurücknehmen. Sonst wird durch den Saft der Interpretation das Wort überdeckt.«

Das war dem Oberst zu viel. Er knallte die Tür zu. Nach drei Sekunden riss er sie wieder auf: »Damit wir uns richtig verstehen: Diese Schweinereien wird dienstrechtliche Konsequenzen nach sich ziehen.«

---

[*] Kühn, Dieter: Neidhart von Reuental; Frankfurt am Main 1988, S. 517

KAPITEL 3

Gruppeninspektor Frank Karl flieht aus der Härte des Alltags. Er sitzt in einem Schanigarten* und genießt die Gesellschaft einer blonden Dame, bis der Polizeipräsident vorbeikommt. Dann ist es vorbei mit der Gemütlichkeit. Der »Gottöberste« hatte ihn soeben beim Arbeitszeitdiebstahl erwischt.

Frauen. Schön wie die Werbung für Unterwäsche, die nicht bedeckt, sondern Blicke anzieht. Dessous, sagte sich Gruppeninspektor Frank Karl, sind wie »falsche Spuren«: Was sie verbergen sollen, enthüllen sie unweigerlich. Jetzt arbeitete der Kieberer wie ein Scheibenwischer. Er unterschied sich nicht von den meisten Männern, die im Schanigarten des *Gasthauses Leupold* beim Schottentor saßen. Ihre Köpfe zuckten: rechts-links, links-rechts, rechts-links … Das Genick tat schon weh. Frauen nachzusehen, ist ziemlich anstrengend. »Jetzt konzentrier dich! Da! Schau auf die 30-Jährige, die auf uns zukommt. Ja, die im olivgrünen Leinenkleid. Siehst du, sie ist vorne ziemlich zugeknöpft, aber von hinten ohoooo. Popobacke rauf, runter, rauf, runter. Ein perfektes Muskeltraining. Deswegen trägt sie Stöckelschuhe.« Rauf, runter, rauf, runter! Jetzt schleuderte sie ihr schwarzes Haar nach links, legte ihren Nacken frei,

* kleiner Gastgarten am Gehsteig

kämmte mit einer Wegwischbewegung der Hand die Strähne zur Seite. Im Bruchteil einer Sekunde warf sie einen Blick ins »Publikum«. Eine schwarzäugige Rückversicherung, die fragte, ob die Inszenierung angekommen war. Die Männer dankten mit dem Anflug eines Lächelns. Ihre Lippen zuckten verächtlich. Sie genoss es, die Gaffer abgewiesen zu haben.

Clara, Karls Sitznachbarin, zischte: »Arschlöcher! Chauvis!« Ihre Augen flackerten, waren blassblau wie das Licht eines Schwarz-weiß-Fernsehers in den 60er-Jahren. Ihre Zunge hatte sie zwischen die Lippen geklemmt. Sie beugte sich über den Tisch und dämpfte ihre Zigarette aus. Frank Karl sah hinter den Vorhang. Auf ihren Brüsten tanzten Sommersprossen. Ihre Augen fragten: »Genug gesehen?« Clara schlug mit ihrer Hand auf seinen Schenkel. Er schrie auf. Sein Penis hüpfte. Das Stelzenglas wackelte. Clara schnappte mit dem Griff einer Fliegenfängerin zu, bewahrte das Glas vor dem Sturz. Ein paar Weintropfen sickerten auf seine Hose. Clara ruckte mit ihrem Kinn Richtung ehemaliger *Creditanstalt*. »Da, die Kleine!« Der Kieberer wischte mit der Serviette auf seiner Hose herum. Die Flecken wurden nur noch größer. »Die Kleine!«, wiederholte Clara ungeduldig. »Schau endlich!« Jetzt riss Karl seinen Kopf hoch. Er sah nur noch die Wirbel ihres bloßen Rückens. Darunter zwei pralle Lampenschirmkugeln. Und unter den Kugeln zwei kleine Halbmonde, von den Hotpants in das Fleisch geschnürt. »Gefällt sie dir?« »Was?« Er wischte an seiner Hose. »Ob dir die Kleine gefällt?« »Ja«, antwortete er. »Sie hat zwei Muttermale unter ihrem Hintern«, ergänzte sie. »So?«, sagte er und wischte. »Hör auf!«, herrschte sie ihn an. »Dein Wischen macht mich nervös.«

Plötzlich stand der Polizeipräsident vor ihm. Er fragte ihn, ob man ihm ins Gehirn geschissen hätte. Ob er einen Sprung in der Schüssel hätte. Wie es ihm einfallen könne, hier im Schanigarten ruhig zu sitzen, während sich in 60 Meter Entfernung ein Unfall ereignet habe. »Möglicherweise ein Mord!«, korrigierte Frank Karl. »Aber bewiesen ist noch nichts.« Diese Ergänzung ließ den Chef explodieren. »Ich feuere dich! Du Pfeifen!« Dabei lachte er.

»So einfach geht das nicht«, witzelte der Gruppeninspektor zurück. »Die Personalvertretung hat da auch noch ein Wörtchen mitzureden.« Außerdem wäre es ein außerordentlicher Solidaritätsbeweis seinerseits, dass er mit ihm, dem Big Boss, ein dienstliches Gespräch führe, denn schließlich sei er seit einer Stunde auf Urlaub. »Du und auf Urlaub? Wo du doch noch nie auf Urlaub warst. Lieber lässt du den Urlaubsanspruch verfallen, als dass du auf Urlaub gehst.« Jetzt lachte der Polizeipräsident böser und trockener: »Genützt hat dir dein urlaubsloses Strebertum aber ohnedies nicht. Keine Avancen! Du bist in deinem Beruf nichts geworden.« »Kann sein«, spöttelte Frank Karl, »aber ich mache im Augenblick trotzdem Urlaub, Herr Präsident.« »Und warum bist du dann nicht im Ausland?« »Wozu?«, stellte Frank Karl die Gegenfrage. »Ich fahr doch nicht nach Lignano, um wiederum bloß unter Wienern zu sein.« »Du könntest ja vielleicht auch einmal nach Asien fliegen.« In der Stimme des Präsidenten säuselte Verachtung. »Wozu soll ich zu den Japanern oder Chinesen fliegen, wo die doch eh alle zu mir nach Wien kommen. Schau dich doch im Gastgarten um.«

*

Der Knall, auf den der Polizeipräsident verwies, war gar nicht sensationell gewesen. Ein Tuscher. Als wäre ein Rollbalken eines Geschäfts in den Schnapper am Boden gewuchtet worden. Vielleicht wie ein Eisenbahnpuffer von einem fernen Rangierbahnhof. Dann ein Splittern, als hätte jemand einen Pflasterstein in eine Auslage geworfen. Danach das Dauerhupen eines Automobils.

»Jessas!«, hatte Clara neben Karl geschrien. »Jetzt hat's gekracht.« »Ein Unfall!«, hatte ihre Tischnachbarin gekreischt. »Ein Unfall!« »Ein Unfall!«, hatte die Vorgartengesellschaft stereotyp wiederholt, so, als wären alle taub oder Deppen gewesen, unfähig, das Geschehen im Engpass der Schottengasse erfassen zu können. Zuerst hatten die Frauen ihre Körper über die Tische gebeugt, damit ihnen ja kein Stückchen dieser »Katastrophe« entgehen würde. Manche hatten auf den Stühlen gekniet, ihre Ellenbogen auf die Tableaus gestützt, ihre Ärsche gegen den Himmel gestreckt. Eine Dame hatte beim Sich-Vorbeugen ihre Brust in den Suppenteller fallen lassen. Brennheiß! Sie hatte gequiekt, mit den Armen gerudert, im Schock ausgeholt, ein Rotweinglas gestreift. »Meine Bluse! Du hast meine Bluse mit deinem scheiß Rotwein versaut!«, hatte daraufhin ihre Freundin gekreischt. Ihr Zeigefinger hatte auf blaukrautrote Flecken gedeutet. »Die Bluse ist brandneu. Die ist zum Wegschmeißen. Die zahlst du mir aber jetzt, du Funzen*!« Die Suppenbraut hatte zornig aufgejault, sich vom Tisch abgestoßen und diesen umgekippt. Knirschen und Splittern. Ein Mädchen war auf eine Weinglasscherbe gestiegen. »Ich bin verwundet!«, hatte es geschrien. Aber das hatte schon keiner mehr hören wollen. Alle waren Richtung *Melkerhof* gesprintet, hin zum Unfallort. Nur Frank Karl nicht. Er hatte gemächlich nach einem vollen Bierglas auf dem Nebentisch gegriffen, das von seinem Besitzer im Stich gelassen worden war. In drei Zügen hatte er es leer getrunken. »Heee, zahlen!«, hatten die Kellner der flüchtenden Meute nachgebrüllt. »Da kannst Gift drauf nehmen, die Hälfte der Arschlöcher kommt nicht zurück. Die vergessen ihre Zeche. Das ist wie bei einem Gewitter. Kaum donnert es, da rennen alle schon davon. Bei einem Bombenalarm könnten die nicht schneller sein. Aber natürlich vergessen die meisten zu zahlen … und wir bleiben über.« »Was heißt *wir*«, hatte Karl lästern müssen. »Es ist doch der Chef, der durch die Finger schaut.« »Irrtum! Für alles, was wir boniert haben, sind ausschließlich wir verantwortlich.« »Aber ihr könnt ja nichts dafür, wenn die Gäste abhauen.« »Doch, sagt unser Chef. Er predigt ja ständig: Ihr müsst gleich abkassieren.« »Ja, seid's es alle blind«, hatte der Gruppeninspektor die Kellner plötzlich angeschrien. »Da drüben hängen zwei vergessene Damenhandtaschen. Und unter dem dritten Tisch links vorne liegt ein Aktenkoffer. Da sind bestimmt Geldbörsel drinnen. Ihr bringt also die Fund-

* ungebildete, hochnäsige Frau

stücke in Sicherheit. Die Besitzer werden später glücklich sein, dass ihre Führerscheine und ihre Kreditkarten im Chaos des jähen Aufbruchs nicht verloren gegangen sind. Wenn dann ein paar Geldscheine aus dem Portemonnaie fehlen, tut ihnen das nicht besonders weh.« »Aber, das ist Diebstahl.« »Nein«, hatte sie Frank Karl berichtigt, »denkt an die nicht beglichenen Zechen. Das ist Unrechtsumverteilung.«

Frank Karl musste dreimal seinen *Bundesadler* zeigen, bevor man ihn durch die Absperrung des Unfallorts ließ. Er kannte den Revierinspektor Krasicki, der im Augenblick noch das Sagen hatte, weil er als Erster zur Stelle gewesen war. »Wir haben da eine Leich«, sagte er und deutete mit dem Schädel auf die Fahrbahnmitte. Der Corpus war mit einer Zeltplane zugedeckt: »Die Plachen* haben wir den Künettengrabern von der Kanalbrigade g'fladert**.« »Kann i die Leich sehen?« »Schon«, antwortete der Krasicki, »aber ich muss dich warnen. Ein schöner Anblick ist das net. Den hat's nämlich ein bisschen faschiert. Erdbeermarmelade oder Ketchup ist nichts dagegen.« Die Typen vom Unfallkommando schoben den Krasicki zur Seite. »Oida***, mach di' net wichtig.« »Also, die Sache ist die«, erklärte ein Feschak****mit einigen Keks auf dem Spiegel, »also, die Sache, die ist die, dass der Verunfallte von jemandem g'stessen worden ist. Gestoßen! Er wurde buchstäblich vor den Kleinlaster der Firma *Poritsch-Bau* hingerempelt. Das war Absicht.« »Wer sagt das?« »Die

* Plane
** gestohlen
*** Alter
**** fesch = gut aussehend (fashion)

Micky-Maus hinter mir.« Der Polizist deutete hinter seinen Rücken. Dort war aber niemand. »Ja, Himmel, Herrgott, Sakrament«, pöbelte er seine Leute an, »ihr könnt's doch net einen Zeugen abpaschen * lassen.« Die Leute waren sauer: »Was sollen wir denn nicht noch alles machen? Wir haben doch alle Hände damit zu tun, diese Horde von Chinesen mit ihren Handys vom Fotografieren abzuhalten.« »Na ja«, wurde der »vorgesetzte Kollege« jetzt amtlich. Er versuchte, Frank Karl in die Augen zu schauen: »Es war jedenfalls Mord. Die ganze Chose gehört also dir.« »Nix da«, pfauchte der Kieberer zurück. »Du hast keine Chance, dich abzuseilen. Du wirst nämlich stante pede die ganze Scheiße da schön dokumentieren, protokollieren und bearbeiten. Und der 1A-Bericht geht an den Gottöbersten, den Polizeipräsidenten himself, und ein c/c an mich. Ich hoffe, wir haben uns da verstanden.« »Es gibt schon noch Zeugen«, mengte sich der Krasicki schüchtern ein. »Die beiden amerikanischen Touristen da drüben.« Ein Texas-Cowboys-Pärchen klebte ängstlich an der Wand vor dem Kaffeehaus. »You like President Trump?«, fragte der Gruppeninspektor zur Begrüßung. Die Amis wussten nicht, ob sie nicken sollten oder laut »No, no!« schreien. Daher zogen sie es vor, mit ihren Blicken Löcher in den Wiener Asphalt zu bohren. »What did you see?« Die Frau bewegte ihren rechten Arm hin und her. »Pushed!«, sagte sie. Immer wieder: »Pushed!« Die hält mich mit ihrem »push, push« für einen Trottel, der nicht Englisch kann, dachte sich Frank Karl. »Aber möglicherweise hat die Dame zuvor einen Artikel über das erschreckende

* abhauen

Niveau des Fremdsprachenunterrichts in Österreichs Schulen gelesen. »Sie sind sehr realistisch«, lobte der Kieberer die Frau. »Aber, was ich wissen möchte: Was it a man or a woman?« »A man!«, schoss es aus dem Mund der Frau. »No, a woman!«, fiel ihr der Mann ins Wort. »A blöde G'schicht«, befürchtete Karl. »Der Disput kann am End zu einem transatlantischen Ehestreit ausarten.« »Man or woman?«, beharrte er scharf. »A woman«, bestand der Mann. »I examined her gluteal muscle.« »You did *what*?« »I looked at her buttocks. Very nice ... but with a blemish ... two moles.« Der Kieberer verstand nur eines: Der Ami war auf weibliche Gesäße fixiert. »You are an ass-looker«, stellte er trocken fest. »Very sympathisch.«

KAPITEL 4

Frank Karl schwitzte in diesem modernisierten k. u. k.-Büro auf der Rossauer Lände. Diese Umkleidekabine nannte sich »Verhörzimmer«. »Trinken Sie auch ein Bier?«, fragte Frank Karl den Chauffeur des Unglückswagens von der Schottengasse. Der saß vornüber gebeugt da, drehte die Daumen, war eingeschüchtert und traute sich nicht, »nein« zu sagen.

»Ich hab schon immer g'sagt, dass die kaiserliche Tradition nicht mit dem *IKEA*-Design kompatibel ist.« Die Gänge in dieser Kaserne waren lang. Wahrscheinlich war Franz Kafka ihr Architekt. An der Wand des Verhörzimmers hingen die typischen rot-weiß-roten Insignien: ein Bundesadler, eine Europaflagge, ein Kreuz und ein Foto des verstorbenen Bundespräsidenten. Hatte der neue Bundespräsident sein Konterfei nicht hergegeben? Waren die Fotos eingespart worden? Oder hatte man auf das »Verhörzimmer« vergessen?

»Moslem ist der keiner«, murmelte der Kieberer in sich hinein. »Sie sind also Bosnier?« »Ja, Bosnier. Führerschein, Visum, Arbeitsgenehmigung … alles in Ordnung.« Frank Karl hatte ihn gar nicht gefragt. Das kam ein bisschen schnell. Zu schnell. Der Mann hatte also Erfahrung im Umgang mit den Behörden. »Sind Sie oft bei der Polizei?« »Oft«, seufzte der Mann. »Oft! Leider. Mein Nachbar ist Irrsinn, macht Radau in Nacht, schlägt Frau ... Ich oft Zeuge.« Inzwischen kam die Dolmetscherin ins Zimmer geschlichen: Slatka S., die Intellektuelle mit den roten Haaren. »Slatka, sei so gut, frag den Typen nach seinen persönlichen Daten. Der Joschi protokolliert.« Joschi, der Sekretär, war in den Augen der Kollegen ein Versager. Leicht legasthenisch. Etwas aufmüpfig. Deshalb hatte ihn Karl als Schreibhilfe genommen. Er spitzte die Ohren, während Slatka sich den Namen des Unfalllenkers, den Geburtsort, die Schulabschlüsse und so weiter runterbeten ließ. »Eindeutig ije-kavski«, sagte er sich. »Und tscha-kavski. Das sind kroatische Aussprachen.« Der Mann ist also ein bosnischer Kroate. Ganz bestimmt kein Serbe. Slatka, die seine Gedanken lesen konnte, bestätigte: »Bosnischer Kroate.« »Wissen Sie«, unterbrach Frank Karl, »warum der Herr das Bier, das ich ihm eingeschenkt habe, nicht anrührt? Nein? Ich sag es Ihnen: Er glaubt nämlich, dass ich ihn anflascheln und hernach noch einmal ins Röhrl blasen lassen will, um behaupten zu können, er wäre während des Unfalls alkoholisiert gewesen. Für so einen wie ihn sind nämlich alle österreichischen Polizisten ausländerfeindliche Arschlöcher.« »Trink aus!«, befahl Frank Karl. Er schlug ihm die flache Hand auf den Rücken. »Sonst wird das Bier noch warm.« Gehorsam hob der Bosnier das Glas. Die Hände zitterten. Er schüttete sich an. »Ich kann nichts dafür ... plötzlich war der Mann da, ich konnte nicht mehr bremsen ...« Ihm sackte die Stimme weg. Weinte er? »Wisch ihn ab!«, befahl Frank Karl dem Joschi, hob sein Glas und prostete dem Ex-Bundespräsidenten auf dem Foto an der Wand zu: »Servas!« Der Joschi nahm ein frisches Handtuch aus dem Kasten und säuberte sorgfältig das Kinn des Chauffeurs. »Ich weiß«, tröstete der Kieberer den Bosnier. »Normalerweise bretteln Sie mit einem 60er durch die Innenstadt, obwohl nur Tempo 30 erlaubt ist. Aber heute ist das gar nicht gegangen, weil Sie sind ja von der Helfersdorfer Straße in die Schottengasse eingebogen. Sie haben kurz angehalten, haben schön brav nach rechts und nach links geschaut, die Kupplung durchgetreten, den Ersten eingelegt, kurz das Gaspedal angetippt, und da hat's auch schon Bumm gemacht. Sie können also nicht einmal einen 30er drauf gehabt haben.« Jetzt schaute der Kieberer dem Bosnier scharf ins Gesicht: »Kennen Sie das Unfallopfer?« »Nein!« »Warum war der Mann plötzlich auf der Straße?« »Ich konnte nicht ... Er ist geflogen.« »Sie meinen: Er ist gestürzt.« »Ja, jemand hat ihm das Haxl gestellt.« »Was?... Haben Sie das gesehen? Ich meine: den Fuß vom Haxlsteller.« »Nein!« »Was dann?« »Er wurde geschubst.« »Von wem?« »Von einem Mann ... eine Frau wollte ihn noch zurückhalten ...« »Wie sah der Mann aus?« »Weiß ich nicht.« »Wie sah die Frau aus?« »Die war klein.« »Blond? Dunkles Haar?« »Dunkel!« »Wie war sie angezogen?« »Weiß ich nicht ... Sie hatte kurze Hosen an ... Nein, einen kurzen Rock. Sehr weiße Beine.« »Welche Farbe hatten die Hosen oder der Rock?« »Weiß ich nicht.« Karl öffnete zwei frische Flaschen Bier. Die hatten Tau auf den Hälsen. Er schenkte dem Bosnier ein. Der wollte mit seiner Hand das Glas zudeckeln. Der Kieberer pfauchte ihm drohend ins Gesicht: »Austrinken!« Der Bosnier hob die Hände über den Kopf: »Mein Chef schmeißt mich außi.« »Das glaub ich nicht!« Der Bosnier: »Sie kennen meinen Chef nicht.« Frank Karl lachte hell auf: »Keine Angst, der wird mich kennenlernen.«

*

Frank Karl hatte, als er in der Schottengasse angekommen war, die Zeltplane weggehoben und das Unfallopfer sofort erkannt. Und das, obwohl dem Schädel der halbe Deckel gefehlt hatte. Dafür hatte die Larve gegrinst. »Dir wird das Lachen in der Hölle recht schnell vergehen«, hatte er trocken gesagt. Der Tote war der Rechtsanwalt Doktor Paul Kammereder gewesen, bekannt in der Branche unter dem Slogan: »Jeder Gauner, aber jeder, kommt zu Doktor Kammereder.«

Frank Karl hatte mit dem Schickimicki-Advokaten schon vor 20 Jahren eine unliebsame Begegnung gehabt. Unter dem Vorwand, einen lukrativen Nebenjob als Sparetime-Detektiv zu ergattern, war er in der Nobelkanzlei am Doktor-Karl-Lueger-Ring vorstellig geworden: »Nehmen Sie Platz! Er wird noch einige Minuten dauern.« Frank Karl erinnerte sich genau: Die Sekretärin war angemalt gewesen, als wäre sie gerade vom Casting für den Job eines *Playboy*-Bunnys gekommen. Sie hatte einen schnippischen Tonfall drauf: »Wollen Sie ein Wasser? Ein stilles oder eines mit Gas?« »Um die Uhrzeit pflege ich Wodka zu trinken.« Die Bleistiftabsatztänzerin hatte nicht gekichert. Sie war keineswegs schockiert gewesen, hatte bloß die Augenbrauen hochgezogen, und schon war ein 200-Milliliter-Stamperl über die Glasplatte geschlittert. »Danke!«, hatte Frank Karl kleinlaut geflüstert. »Gern geschehen!«, hatte die Braut gehaucht, mit dem Arsch gewackelt und ihn über die Schulter mit einem geringschätzigen Blick gemustert. Der hatte gesagt: »So was wie mich, Bubi, wirst du dir ein Leben lang nicht leisten können.« Dann hatte sie sich auf den Hocker neben ihm gesetzt. Der hatte geknirscht. Echtes Leder! Ihre Beine hatte sie parallel aneinander gepresst. So hatten Frauen in den 50er-Jahren den Rücksitz eines Motorrollers geritten. Dann hatte sie auf der Glasplatte Klavier gespielt. Das war schlimmer als das Dauerklicken von Kugelschreibern. Plötzlich hatte es gewumst. Die Polstertür war aufgeflogen. In ihrem Rahmen ist ein Riese gestanden. Sein Schatten hatte das Zimmer verdunkelt. Der Typ hatte Max Schmeling imitiert, war in Boxerschritten auf den Krimineser zu getänzelt, hatte ihm die Hand gereicht, ihn vom Hocker gezogen und einen Schraubzwingenbegrüßungshändedruck versucht. Frank Karl war auf diese Form männlichen Entrierens vorbereitet gewesen und hatte seine Pratze etwas schief hingehalten. Auf diese Weise war sein orientalischer Ring mit dem Amethysten besser zur Geltung gekommen. Der spitze Schmuckstein hatte sich in den Handballen des Rechtsanwalts gebohrt. Der hatte weder »Grüß Gott!« noch »Angenehm!«, sondern »Au!« gesagt. Er war wie vom Hund gebissen zurückgezuckt und hatte die Finger geschüttelt. »Sie trauen sich was«, hatte der Advokat gesagt. »Sind Sie immer so?« »Nein«, hatte Frank Karl geantwortet,

»ich hab mir vorher Mut angetrunken«, und auf das Wodka-Gläschen, das er in der Linken hielt, gedeutet.

Das Beratungszimmer des Rechtsanwalts war um die 60 Quadratmeter groß gewesen. Ziemlich hell. Riesige Fensterfront. Sonst getäfelt. Rotbuche. Auf dem Orientteppich in der Raummitte war das klobige Schlachtschiff von einem *Art Deco*-Schreibtisch gebunkert. »Ziemlich neureich! Nicht?«, hatte der Rechtsanwalt gespöttelt. »Hat ein Innenarchitekt für uns ausgesucht. Soll imponieren.« »Und arme Hunde wie mich einschüchtern«, hatte Karl geantwortet. Der Doktor hatte geröhrt: »Sie sind mir sympathisch.« Sie mir aber nicht, hatte Karl gedacht. »Schauen Sie, ich brauche einen Leibwächter, und zwar einen unterhaltsamen. Ich glaube, Sie sind der Richtige. Sie bringen mich zum Lachen.« »Und ich dachte, Sie brauchen einen Detektiv«, hatte Frank Karl bedauert. »Nein, einen Leibwächter, einen pfiffigen Kerl, der mich auf Geschäftsreisen begleitet.« »Wozu braucht ein Mann wie Sie einen Leibwächter?« »Bei einer Körpergröße von einem Meter 96 ist man ein leichtes Ziel, das selbst ein schlechter Schütze nicht verfehlt.« »Ich bin aber nur eins 70 groß und daher als Kugelfang vollkommen ungeeignet.« »Das ist es ja. Ihre Unscheinbarkeit ist für meine Anliegen von Bedeutung.« Das war jetzt beleidigend, hatte Franz Karl gedacht. Und laut: »Wann kann ich anfangen?« »Morgen Früh!« »Das muss ich mir gründlich überlegen.« »Tun Sie das. Sie haben bis Mitternacht Zeit.«

Zwei Tage später, es muss so gegen 11 Uhr gewesen sein, hatte ihn sein ehemaliger Studienkollege, der damalige

Polizeipräsident, angerufen. Das war damals noch so ein Casino-Typ mit dem Ausg'schau eines ÖVP-Politikers gewesen, obwohl er aufgrund eines sozialdemokratischen Tickets an die Macht gekommen war. Oje, hatte sich Karl gedacht, jetzt krachts, weil Nebenjobs in der Sicherheitsbranche nicht wohl gelitten waren. Wenn ein Kieberer in seiner Freizeit mit dem Taxi fuhr oder die Trompete in einem Salonorchester blies, wurde das gerade noch geduldet. Aber Leibwächter bei einem Winkeladvokaten, das war ein absolutes No-Go. Was sag ich dem Präserl bloß? Frank Karl hatte kurz auflachen müssen, weil er in der Tat »Präserl« gedacht hatte, und »Präserl« eine Abkürzung sowohl für Präsident als auch für Präservativ war. Kichernd hatte er die Tür zur Suite des Big Bosses aufgestoßen, der Vorzimmerdrachen hatte ihn wie eine Verkehrspolizistin durchgewinkt, und schon war er vor dem Hochaltar des Chefs gestanden. Der hatte sich genüsslich in seinem Schreibtischstuhl geräkelt und die Hände vor dem Gesicht gefaltet. »Scheiße! Gebetshaltung bei Atheisten verheißt nichts Gutes.« »Immer lustig, der Herr Kollege!«, hatte ihn der Chef angeschnauzt. Dann hatte er mit der Linken zur Sitzgruppe gezeigt. Dort war schon ein geschniegelter Typ in einer Kluft gesessen, von der Karl bis in die Gegenwart nicht wusste, ob sie vom Herrn Cellini oder vom Herrn Armani entworfen worden war. »Weil heutzutage musst ja einen Italienischkurs auf der Volkshochschule belegt haben, wenns'd in Wien ein Sakko kaufen willst.« Der Typ auf der Ledercouch war von Parfüm eingenebelt gewesen. Der wird bestimmt von keiner Gelse gestochen. Der wird nämlich schon beim Anflug schlecht. Inzwischen hatte sich der Polizeipräsident erhoben und zur Sitzcouch gewechselt. Und nach einer Pause: »Kollege Karl, was haben Sie mir zu sagen?« Arschloch, hatte sich der Angesprochene gedacht. Mit dem Schmäh hat uns schon der Oberlehrer in der Volksschule erniedrigt. Dieses süße, liebevolle Lächeln. Der lauernde Blick. Die gespielte Gutmütigkeit. Das Verständnishafte eines Berufsopas vor der Beichte: Na, was haben wir denn jetzt schon wieder ausgefressen? Frank Karl hatte gewusst, nach drei Minuten des Schweigens würde es zur Explosion kommen. Aber, was hätte er dem Präserl schon sagen können: »Chef, ich war in einer finanziellen Zwickmühle. Ich muss nebenbei was dazuverdienen wegen drei unversorgten Kinder und einer kaufwütigen Ehefrau?« Aber diese Geschichte hatte er dem Chef nicht »drucken« können. Er hatte keine Kinder und keine Ehefrau. »Nur nicht so bescheiden, Herr Kollege«, war es aus dem Boss herausgeplatzt. »Im Übrigen darf ich Ihnen, Kollege Karl, Rechtsanwalt Doktor Paul Kammereder vorstellen.« Der Kieberer war blass geworden. Jener Kammereder, den er in dessen Kanzlei höchstpersönlich kennengelernt hatte, hatte ganz anders ausgeschaut. Der war riesengroß gewesen, breitschultrig, übergewichtig und blond. Der Lackaffe, der sich jetzt im Büro des Polizeichefs erhoben hatte und auf ihn zugegangen war, war ein abgemagerter Italoanzugträger mit Zahnpastagrinsen. »Hervorragende Arbeit«, hatte er ihn gelobt. Er hatte die Hand des Kieberers geschüttelt und ihm auf die Schulter geklopft: »Mein Lockvogel hat mir berichtet, mit welchem Raffinement

Sie meinen treulosen Sozius eingewickelt haben. Der Trottel hat in der Tat geglaubt, Sie wären auf den Leibwächterposten scharf. Perfekt gespielt. Eine makellos inszenierte Falle.« Frank Karl hatte nur Bahnhof verstanden, und der Polizeipräsident hatte anerkennend geseufzt. Ganz nebenbei war er erleichtert gewesen, dass der »geschätzte Herr Kollege« die Bitte Doktor Kammereders ausgeschlagen hatte, sich zu ihnen auf die Polstergarnitur zu setzen, um mit ihnen anstoßen zu können. Der Präsident hatte Frank Karl ins Vorzimmer hinaus begleitete und gezischt: »Das nächste Mal informierst du mich, wenn du in einem derart wichtigen Fall undercover ermittelst.«

»Na«, hatte der Vorzimmerdrachen gehöhnt, »haben wir wieder einmal unseren Arsch in die Brennnesseln gesetzt.« Sie hatte so laut gekichert, dass die Gläser im Pokalschrank zu klirren angefangen hatten. Der Polizeipräsident hatte daraufhin noch einmal den Hals zur Vorzimmertür hereingestreckt, die Boshaftigkeit seiner Mitarbeiterin mit einem anerkennenden Lächeln quittiert und war dann mit einer beinahe fröhlichen Verbeugung durch die Tür zu seinem Büro geflüchtet. Der Vorzimmerdrache hatte jäh das Kinn angehoben und einen Zettel über die Schreibtischplatte geschoben: »Ruf mich an!« Fünf Minuten später hatte er die Tippse am Hörer gehabt. »Bist du deppert«, hatte sie ins Telefon gelacht, »der Chef hat getobt: Jetzt haut er dich endgültig hinaus, jetzt ist Schluss mit deinen ersessenen Privilegien. Was er sich eigentlich einbildet, dieser Frank Karl, dieser Angeber und Pseudogelehrte, dieses Fossil aus der

Holaubek-Ära*. Er werde in Zukunft Alleingänge und Extravaganzen nicht mehr ohne Weiteres hinnehmen. Seine Geduld sei zu Ende. Aus, Schluss, basta. Aber dann ist alles anders gelaufen. Der Alte war wie ausgewechselt, denn der Kammereder hat ihm eine Flasche *Pinot Noir* per Privatchauffeur zustellen lassen und sich überschwänglich dafür bedankt, dass die Polizei seinen korrupten Sozius überführt hätte. Worauf der Chef marzipansüß zurückgesäuselt hat: ›Ja, ja, das war unser Karl, mein bester Mann, ein Pfiffikus sondergleichen, einer der letzten Bodenständigen, den man nicht so leicht über den Tisch ziehen kann …‹ Und dann hat ihn der Rechtsanwalt zu einem pipifeinen Abendessen eingeladen, in so ein Nobelrestaurant aus Glas, hoch über den Dächern, mit dem Blick auf den Stephansdom. ›Nein, nein‹, hat der Chef abgewehrt, ›der Frank Karl wird bestimmt nicht mitkommen, der hält so einen Schuppen für degoutant und dekadent. Der ist nämlich ein verkappter Alt-68er.‹ Aber seine Gattin, die Frau Polizeipräsidentin, würde sich bestimmt freuen, einen alten, charmanten Freund ihrer Familie wieder einmal im gepflegten Ambiente sehen zu dürfen … Ich sag dir: Die beiden waren in diesem Augenblick so was von einem Herz und einer Seele … grad halt, dass sie sich kein Busserl zugebeamt haben …« Dann hatte die Sekretärin ihre telefonische Schilderung plötzlich abgezwickt: »So, jetzt ist es an dir, mir zu sagen: Was ist vorgestern wirklich passiert?« Karl hatte wahrheitsgemäß geantwortet: »Ich weiß es nicht!« »Na, dann halt nicht«,

* Josef »Joschi« Holaubek (1907 - 1999). Legendärer Polizeipräsident von Wien (1947 - 1972)

hatte die Vorzimmerdame beleidigt zurückgeschossen, und schon hatte es »tuuut, tuut« gemacht. Die Dame hatte aufgelegt.

*

»Servus, Gustl, kommst mit auf ein Bier?« Der Loiber Gustav war ein alter Kumpel von Frank Karl. Sein Büro lag gleich neben dem Klo. Er liebte die Toilettennähe, weil er jedem ungestraft sagen konnte: »Ich bin beim Arsch daham.« Und eine Einladung in sein Büro lautete: »Geh scheißen.«

Der Loiber hatte nicht einmal von seiner Gratiszeitung aufgeschaut, als sich Frank vor seinem Schreibtisch aufgebaut hatte. »An strammen Busen hat die«, hatte der Loiber gesagt. Er hatte dabei mit dem Schnellhefter auf die Nackte auf der Seite drei des Boulevardblatts gedeutet. »Einfach fesch.« Nachdem er die Füße von der Schreibtischplatte gezogen hatte, winkelte er seine Mundwinkel nach unten: »Ich hab' dich schon früher erwartet. Also gemma, heben wir einen.« Das Kellerlokal in der Landesgerichtsstraße, in das die beiden hineingestolpert sind, war früher ein Branntweiner gewesen. In ihm ist noch immer die Jukebox aus den 60er-Jahren gestanden. In der Ecke hatte im Winter ein Kanonenofen geglüht. Jetzt, im Sommer, hatte neben ihm ein Riesenpropeller getuckert. »So ein klappernder Weltkriegsventilator ist der beste Lärmschutz gegen Abhörvorrichtungen.« »Zweimal einen Arbeitersekt«, hatte der Gustl in die leere Gaststube geschrien. Dann hatten sich die beiden Kieberer angeschwiegen, weil sie hatten voneinander gewusst, »ohne Schmiermittel läuft gar nichts.« Mitten in das Tack-tack-tack des Ventilators hatten plötzlich Holzpantoffeln geklackt. »Zwei Bier für den Herrn 007«, und schon war die Kellnerin wieder weg gewesen. »Na, die ist aber diskret«, hatte sich Frank gewundert. »Was heißt diskret, die ist einfach professionell. Vor drei Monaten, wie sie da herunt' zum Kellnern angefangen hat, hat sie mich gefragt: ›Was machen Sie denn so beruflich?‹ Und ich hab ihr geantwortet: ›Ich bin Spion.‹ Daraufhin hat sie gelacht. Ich bin heiß gelaufen und hab ihr entgegnet: ›Na wirklich.‹ Und sie hat geantwortet: ›Und ich bin die Tochter von Raquel Welch. Da hab ich halt mein Sakko aufknöpfeln müssen und ihr meine Puffen gezeigt. Aber nicht, dass d' glaubst, die wär jetzt in Ohnmacht gefallen. Die hat keinen Zucker gemacht, weil die ist derartige Sachen gewohnt. Sie kommt nämlich aus Georgien.« Was war dem Frank Karl übrig geblieben, als »Noch eine Runde!« in die leere Gaststube zu schreien. Währenddessen hatte der Herr Gustl wie ein Säugling an seinen Lippen gezupft und »bldl, bldl, bluu« geblubbert. Er hatte sich eben bitten lassen. »Zier di net, Oida«, war es schließlich aus dem Frank Karl herausgeplatzt. »Erzähl, was da vorgestern gelaufen ist!« »Noch ein Bier!«, hatte er fast gleichzeitig in den Schankraum hineingedonnert. Aber was hätte er machen können, die Aufhebung amtlicher Verschwiegenheit würde eben einiges kosten. Endlich hatte der Gustl verschwörerisch nach rechts und nach links geschaut: »Was verzähl ich dir, wo du doch der geniale Urheber des Deals gewesen bist. Du krachst in die Kanzlei vom Kammereder rein, gibst vor, dass du blank bist und dringend einen Job brauchst zwecks Schuldentilgung und so. Der Trottel von Sozius glaubt, mit seinen ein Meter 90, er sei auch ein Geistesriese. Also vermutet er in seinem Größenwahn, dass ihm ein ausgefuchster Kieberer wie du abnimmt, er würde nicht so schnell übernasern, dass er, der Zweitmeter-Prügel, der vor ihm steht, nicht der echte Doktor Kammereder sei. Du hast diesen Rollentausch natürlich sofort überrissen, weil du dich kurz zuvor im Café auf der gegenüberliegenden Straßenseite schlaugefragt hast. Aber weil du von Berufs wegen ein verlogenes Arschloch bist, hast du dem blonden Riesen seinen Glauben gelassen, perfekt mitgespielt und schließlich kurz vor Mitternacht absagt: Nein, du brauchst den Leibwächterjob doch nicht. Daraufhin ist dem blöden Hund nichts anderes übrig geblieben, als allein und höchst persönlich nach Liechtenstein zu fahren. An der Grenze hat er beim österreichischen Zoll die Umsatzsteuer für ein paar 100 Golddukaten zurückverlangt, weil die Moneten schließlich ins Ausland verbracht werden würden. Ja, und beim Re-Import nach Österreich haben ihn dann unsere Leute geschnappt. Logisch, denn du hattest ja die Vorarlberger Kollegen gewarnt.«

Jetzt ist mir klar, hatte sich Frank Karl gedacht, ich hätte den Transport übernehmen sollen, und der Herr Junganwalt hätte nichts riskiert. Weil ich aber abgesprungen bin, musste der Halodri den Job selbst durchziehen. Es stellt sich allerdings die Frage, hat der Kerl auf eigene Faust oder im Auftrag von irgendjemandem gearbeitet. Und: Wenn ja!, hat der Auftraggeber gewusst, dass ein gewisser Frank Karl ins Feuer geschickt werden sollte?

Andererseits, hatte sich Frank gedacht, klingt die Sache irgendwie deppensicher und zu einfach. War dem Nachwuchsanwalt von irgendjemandem eine Falle gestellt worden? Und wer verbürgte ihm, dass sich der Gustl in der Materie wirklich auskannte und ihm nicht einen Holler auftischte? Hatte sich jemand seinen Namen ausgeborgt? Er hatte jedenfalls nicht in Vorarlberg angerufen.

»Das alles, was du jetzt erzählt hast, ist mir nicht neu«, hatte Frank Karl halblaut gelogen. In Wirklichkeit war er dem Kollegen jedoch unendlich dankbar gewesen, dass er ihm die »wahre« Geschichte aufgetischt hatte. Jetzt war ihm klargeworden, warum ihn die Rechtanwaltskanzlei unbedingt anheuern wollte. Die hatten geplant, das Risiko auszulagern. Aber warum gerade an ihn, einen Polizisten? Und woher hatte der Polizei-Boss von seiner »undercover«-Aktion erfahren? Von der Sekretärin des falschen Anwalts? Aber dann wäre das Häschen eine Mittäterin gewesen. Oder hatte sie sich von Haus aus als Doppelagentin verdingt und alles schön brav dem echten Doktor Kammereder berichtet? Und der saubere echte Kammereder hatte dann prompt seinen Freund, den Polizeipräsidenten, informiert.

»Warum, lieber Gustl Loiber, hast du mir den ganzen Schrott, von dem du wusstest, dass ich ihn in- und auswendig kenne, erzählt? Warum wohl? Weil du aus meinem Gesicht Reaktionen herauslesen wolltest. Ein verräterisches Mienenspiel nach der Gefühlserkennungsmethode der alten FBI-Schule sollte mich verraten. Oder hängst du in dem ganzen Fall selbst drinnen? Fragt sich nur, welche Seite dich füttert?«

Der Loiber hatte losgepustet: »Dein Verfolgungswahn war schon immer humorvoll ... Apropos gefüttert: Ich bin am Verdurschten. Bestell mir noch ein Bier!«

»Pivo paschalusta!«, hatte Frank Karl geschrien, und den Loiber angereizt: »Warum haben die ausgerechnet mich in diese Dukatengeschichte hineinstolpern lassen?«

»Was weiß ich? Vielleicht war das für den echten Kammereder und den Polizeipräsidenten ganz praktisch. Wenn du ein kriminelles Arschloch gewesen wärest, hätte der Boss endlich einen aufsässigen, wichtigtuerischen Frechdachs angebracht. Falls du kein Arschloch gewesen wärest, hätte der Boss seinem Spezi, dem Herrn Rechtsanwalt, vorgaukeln können: Siehst du, für einen guten Freund ist mir nichts zu schade. Ich habe sogar meinen besten Mann auf deinen Fall angesetzt.« Loiber hatte zögerlich an seinem Bier gezuzelt und war mit einem Mal furchtbar ernst geworden. Er hatte die Stirn gerunzelt. Er hatte seine blassblauen Augen in das Gesicht seines Freundes gelöchert: »Was mich persönlich interessieren würde, ist: Warst du eigeninitiativ tätig, oder hat dich der Alte eingeschleust, um seinen Haberer, den Kammereder, auszuspionieren. Vielleicht gibt es aber auch eine Gold-SOKU, von der unsereins nichts ahnt. Red endlich, du blödes Arschloch du!«

»Wenn wir schon bei den persönlichen Fragen sind«, war ihm Frank Karl ins Wort gefallen, »kannst du mir ruhig verraten, woher du das alles weißt. Ich möchte Namen hören, und zwar sofort.« Er hatte als Antwort ein Stammeln, eine Ausrede wie »Quellenschutz« und »Dienstgeheimnis« erwartet, aber der Kollege hatte simpel auf seine technische Kompetenz verwiesen: »Ich bin ein Hackler* ohne L.«

Der Kieberer hatte ein wehleidiges Gesicht gezogen. Ihm war schließlich die Scheißhäuseladresse des lieben Kollegen Loiber nur allzu gut bekannt. Bis zum heutigen Tage konnte man die Niederlassung des Ermittlungsgenies buchstäblich riechen, seine »Geheimnisse« stanken zum Himmel, nicht nur der beißenden Urinschwaden wegen, sondern aufgrund der Rauchwolken, die sich dem Besucher über den Korridor entgegenwälzten. Diesen Odeur verdankten die Polizeiermittler der Gesundheitsbehörde, die dem Loiber bei seiner Recherchearbeit unfreiwillig half. Denn es war mittlerweile in Österreich untersagt, in Diensträumen zu rauchten. Also taten die Beamten das, was sie schon als Schüler praktiziert hatten: Sie pafften auf der Toilette, in direkter Nachbarschaft zum Büro des Gustl. Und weil verschworene Tschicker und Alkoholiker mitteilungsbedürftige Schwätzer sind, war der Nachbar von nebenan, eben der Loiber, bestens informiert. Er brauchte für das Abhören nicht einmal Strom. Er hatte bloß die Tür offen zu lassen.

Sehr geehrter Herr Polizeipräsident!
Werter Freund !
Mit Empörung stelle ich fest, dass jene Unterlagen, die ich anlässlich eines Besuches bei meinem ehemaligen Studienkollegen Frank Karl, im Sitzungszimmer der Rossauer Kaserne vergessen habe, von Ihrem Oberst F. als »Porno-

* Schwerarbeiter

grafie« bezeichnet und beschlagnahmt worden sind. Ich möchte betonen, dass der Autor dieser sogenannten »unzüchtigen Schriften«, ein gewisser Neidhart von Reuental (auch Nithart, Her Nithart, Neithart oder Nythardus genannt), der Lieblingsdichter des ab 1230 regierenden Herzog Friedrich II. von Österreich war. Neidhart gilt bis heute als erfolgreichster Liedermacher des deutschsprachigen Mittelalters. Dementsprechend wird sein Verdienst in Schulbüchern gewürdigt. Die Stadt Wien hat überdies vor Kurzem den Neidhart-Festsaal auf den Tuchlauben mit seinen mittelalterlichen Wandgemälden aufwendig restauriert. Neidharts Grabmal befindet sich bis heute an der Südseite des Stephansdoms. Im Jahr 2000 hat man den Sandsteinsarg geöffnet und geschockt feststellen müssen, dass Neidhart von Reuental sein Totenbett mit einer zweiten Person teilen musste. Das zweite männliche Skelett dürfte dem singenden Bauernfeind Neithart Fuchs zuzuordnen sein, der im 14. Jahrhundert gelebt hat und im Alter zwischen 35 und 45 Jahren gestorben ist. Forensische Untersuchungen belegen, dass die Leiche Nummer Eins, also »unser« Neidhart von Reuental, zwischen 1110 und 1260 gelebt hat und ein Lebensalter von 45 bis 55 Jahren erreichen konnte.

Sehr geehrter Herr Polizeipräsident, ich unternehme diesen Exkurs in die ferne Vergangenheit vor allem auch deshalb, um zu erwähnen, dass der dörfliche Pöbel schon damals das Neidhart-

grab mit Heugabeln angegriffen und beschädigt hatte. Wenn Sie sich beim Lesen dieser Zeilen veranlasst sehen, an die Rossknödel-Attacke gegen Thomas Bernhard und das Burgtheater im Jahr 1988 zu denken, haben diese Zeilen schon einen Gutteil ihres Zwecks erfüllt. Einschränkend möchte ich allerdings bemerken: Es widerspricht meiner Erziehung, um im Verhalten Ihres Herrn Oberst eine ähnliche literaturfeindliche Aggressionen zu insinuieren.*

In der Hoffnung, dass Sie, Herr Polizeipräsident, die Retournierung der konfiszierten Schriften umgehend veranlassen werden, verbleibt mit freundschaftlichen Grüßen

a.o. Univ. Prof. Georg Fenner, Institut f. Germanistik

* Protest gegen das österreichkritische Stück »Heldenplatz«. Thomas Bernhard (1931 - 1989), österreichischer Schriftsteller. Georg-Büchner-Preis, Grimme-Preis et cetera.

KAPITEL 5

Der Polizeipräsident hatte Frank Karl nach Erhalt des Neidhart-Briefes umgehend in die Direktion am Ring bestellt. Der Präsident hatte Stil, das musste man ihm lassen. Er hatte eine Flasche *Rémy Martin* auf den Tisch gestellt. Er selbst nippte an einem Glas Mineralwasser. »Einschenken musst du dir schon selber.« Er deutete auf den Cognac-Schwenker vor ihm.

Der Präsident faltete die Hände vor seinem Mund, so als müsse er angestrengt nachdenken. Dabei schaute er noch mehr wie ein Kaplan der katholischen Kirche aus: blass, geschniegelt, liebevoll, ohne Schärfe. »Der Professor Fenner, dein Spezi, hat mir diesen Brief geschickt«, sagte er ruhig und ohne Umschweife. »Vorlesen brauche ich dir dieses anmaßende Traktat ohnedies nicht, weil ich annehme, dass du dessen Inhalt kennst oder möglicherweise selbst geschrieben hast.« Der Präsident lächelte verschmitzt. »Hörst, Frank«, setzte er nach, »du bist eine komödiantische Herausforderung.« »Ich erröte«, spottete der Kieberer, »ich bin zutiefst beschämt.« Hätte Frank Karl den alten Fuchs nicht allzu gut gekannt, hätte er ihm den moralischen Ausfall zu 100 Prozent abgenommen. Aber so konnte er nur dämlich grinsen, weil er wusste, dass dieser Vikar in Uniform während seiner Studentenzeit Schauspielunterricht genommen hatte. »Schau«, weckte ihn der Präsident aus seinen Gedanken, »der Oberst wird immer besonnener.« »Besonnen« hieß auf Wienerisch »er spinnt«. »Aber was soll ich machen, er ist ein Relikt aus der Zeit, als ein konservativer Innenminister Wien einfärben wollte.« Nach einer kunstvollen Pause ergänzte der Präsident: »Andererseits ist der Oberst im Grunde genommen ein netter Mensch. Er macht sich halt Sorgen. Er tut mir leid. Vor zwei Wochen hat er mich um Rat gebeten. Er ist wie ein geprügelter Hund zur Tür hereingekommen und hat mir ein Gedicht vorgelegt.« In der Schule seiner Tochter seien pädophile Schriften im Umlauf. Ob wir da nichts machen könnten? Kinder wären einer Gefahr ausgesetzt.

»Ein böser Löwe geht mit ihnen
Und dann und wann ein weißer Elefant«, las der Polizeipräsident vor. Dann schob er Frank Karl die Fotokopie mit dem Gedicht zu. Mit einer Kopfbewegung forderte er den Kieberer auf fortzusetzen:

»Sogar ein Hirsch ist da, ganz wie im Wald,
nur dass er einen Sattel trägt und darüber
ein kleines blaues Mädchen aufgeschnallt.

Und auf dem Löwen reitet weiß ein Junge
und hält sich mit der kleinen heißen Hand,
dieweil der Löwe Zähne zeigt und Zunge.«

Frank Karl legte eine Pause ein und sagte: »Ich mach mich an!« »Tu's nicht«, herrschte ihn der Polizeipräsident an, »ich hab hier kein Klopapier.« Den Kieberer warf es zurück. Mit einer derart heftigen Reaktion hatte er nicht gerechnet. Der Präsi war doch nicht ein so sanftes Lämmchen, wie allgemein vermutet wird. Der konnte ganz schön krawutisch werden. Der Big Boss pfauchte Frank Karl an: »Du bist ein ziemlich arrogantes A…« Wahrscheinlich wollte er »Arschloch« sagen. Seine Augen nagelten dem Kripomann ein Loch in die Stirn: »Du bist ein ziemlich arrogantes Exemplar«, berichtigte er sich. Dann warf er den Kopf ungeduldig zurück und zeigte seine Vorderzahnreihe, so wie es Armin Assinger in der *Millionen-Show* machte, wenn er auf eine Antwort lauerte. Frank Karl wusste: Das hier ist eine Schulprüfung. Daher sprudelte es musterschülerhaft aus ihm heraus: »Gegenständlich liegt uns ein Zitat aus dem berühmten Gedicht *Das Karussell* von Rainer Maria Rilke vor. In ihm beschreibt Rilke ein Ringelspiel aus dem Jardin de Luxemburg in Paris. Was Harmloseres gibt es schon nicht mehr.« Prüfung bestanden! Der Polizeipräsident ließ seinen Schädel nach vorne kippen. Er beschied dem Kieberer: »Geh mit dem Oberst ein Bier trinken. Vertragt's euch wieder.« Gerade, als Frank Karl die Türklinke drücken wollte, hörte er den Chef sagen: »Etwas mehr Bescheidenheit würde dir gut zu Gesicht stehen.«

*

Der Kieberer kehrt heim. Er sitzt wieder an jenem Platz, von dem aus er den tragischen »Unfall« nicht zu sehen gewünscht hatte. Frank Karl will sich schon

erheben und gehen, da erhält er einen zwielichtigen Auftrag.

Nach dem Tod kommt die Trauer, und nach der Trauer kommt die Leere. Dieses Gefühls-Crescendo erlebte Frank Karl jedes Mal nach einem »Mord«. Dazu kam eine trockene Kehle. Er ließ sich vom Kellnerlehrling einen Spritzer und die Tageszeitungen bringen. »Ex-Jugo überfährt Promi-Anwalt« hat das größte Wiener Kleinformat getitelt. Der Gruppeninspektor saß nun wieder an jenem Gartentischchen, an dem er auch am Tag des »Unfalls« gesessen war. »Ex-Jugo«, knurrte er angefressen. »Wenn ich das schon hör. Ex-Jugo! Wo es doch bei uns nur zwei authentische Ex gibt. Das eine Ex ist die Ehemalige, und das andere beinhaltet die Aufforderung, ein Stamperl in einem Zug zu leeren.« Frank Karl schaute um sich. Aber niemand wollte seine Weisheiten hören. »Scheiße«, sagte er sich, »geh ich ins Wirtshaus, um mit mir selbst zu reden?« Er hob seinen Arsch und schob den Sessel rumpelnd nach hinten: »Zeit zu gehen.« In diesem Augenblick ließ sich eine Sechser-Gruppe 40-, 50-jähriger Ladys krachend auf die Stühle der Nachbartische fallen. Frank Karls Kinnlade kippte nach unten. Der Kellnerlehrbub kam sofort herangewieselt, um die Bestellungen der Frauen aufzunehmen. Der Ober folgte ihm auf den Fuß. »Einen schönen Nachmittag, die Damen!« Dann beugte er sich vertrauensselig zu Frank Karl herab: »Die Damen fragen dauernd, wann du wieder kommst.«

»Und was wollen die von mir?«

»Dass du teilnimmst!«

»Was?«

»Ich glaub, die wollen, dass du ihrem Zirkel *Literatur im Wirtshaus* beiwohnst. Sie sind Fans von dir. Sie meinen, du stehst auf Enthüllungen.«

»Was«, brauste der Kieberer auf, »polizeiliche Enthüllungen sind durch ein strenges Amtsgeheimnis geschützt.«

»Nein«, druckste der Kellner herum, »es handelt sich um andere ... um delikatere Enthüllungen.«

Frank Karl bellte: »Strippen tu ich auch nicht.«

»Nein«, stotterte der Ober herum, »die Damen sind eher wissenschaftlich unterwegs. Es geht, wenn ich sie richtig verstanden habe, um zweifelhafte Stellen in der Literatur.«

»In 100 Meter Luftlinie befindet sich die Universität. Dort werden literarische Verfänglichkeiten angeboten. Und zwar gratis.«

Frank Karl hatte den Satz noch nicht zu Ende gesprochen, als es krachte. Ein Radfahrer hatte nicht abgebremst, war, ohne nach rechts zu schauen, über die Kreuzung Schottengasse/Helfersdorfer Straße gezischt und gegen einen BMW gedonnert. Der Radler schlug einen Salto, knallte auf die Motorhaube und rutschte dann schön langsam auf den Asphalt. Dort blieb er sitzen, schüttelte den Kopf und begann zu schreien: »Autofahrer, Banditen, Hurenbrut!«

»Nicht schon wieder«, murmelte Frank Karl. In seinem Schädel begann es zu klopfen. »Unfall, Unfall, Unfall!«, bellte das innere Ohr. Er hörte einen Pressluftthammer am Scheitel pecken. Aus diesem Baustellenlärm krochen die Bilder der Erinnerung. Immer wieder

»Unfall, Unfall, Unfall!« Die Blutspur von vorvorgestern. In seinem Gehirn zog eine weiße Hand die Plane vom Leichnam weg. Eine Kamera fuhr dem toten Doktor Kammereder ins Gesicht. Der Gedächtnisfilm zeigte den weggesprengten Deckel des Kopfes und den offenen weißgrauen Wurmpudding des Gehirns. Der Tote lächelte. Der Literat in Frank Karl sagte: »Vor 20 Jahren wollte ich in das kranke Hirn dieses Doktor Kammereder schauen. Nun ist mir dieser Wunsch in Erfüllung gegangen.« Dem Kieberer wurde schlecht. Er musste mit den Armen rudern, um sich einen Weg zur Toilette zu bahnen. Er stieß die Wirtshausgäste zur Seite. Die waren aufgesprungen, starrten zur gegenüberliegenden Straßenseite. Alle wollten den fluchenden Radler auf dem Boden sitzen sehen. Frank Karl boxte sich durch die Leiber. Nur nicht auf die Gaffer kotzen. Hoffentlich schaffe ich es bis ins WC. Als er zurückkam, kehrten die Unfallschauer gerade auf ihre Plätze zurück. »Hat eh keine Dame ihre Handtasche vergessen?«, fragte er den Kellner. Der verstand die Anspielung. Er lachte gequält. Dann kehrte Ruhe ein. Nur hin und wieder fielen Bemerkungen wie »Ein Unfall-Klassiker!«, »Hat halt die Rechts-vor-links-Regel nicht beachtet.« Sonst nichts. Ein Feuer war erloschen. Aus dem Summen dieser Stille weckte ihn eine weibliche Stimme: »Ich habe Sie jetzt schon zum vierten Mal gefragt, ob Sie sich nicht zu uns setzen wollen?« Frank Karl riss es. Er schaute in das Gesicht der Blonden vom Tisch nebenan. Sie war über ihn gebeugt. Ihre Lippen: 40 Zentimeter vor ihm. Blitzende Zähne. Ein Zahnpastahauch: »Hat Ihr Kollege, der Herr Gustav Loiber, unsere E-Mail an Sie weitergeleitet?«, flüsterte sie ihm ins Ohr. Frank Karl nickte. Flöhe tanzten in seinem Kopf, Ameisen kribbelten um die Hoden. »Ihr Vorgesetzter, der Herr Oberst F., hat Sie uns als Experte empfohlen. Er hat gemeint, Sie seien der Fachmann im Bereich *Vorehelicher Geschlechtsverkehr und Literatur.*« Frank Karls Gesicht lief rot an, jedoch nicht, weil er sich schämte, sondern weil er sich abmühte, einen Lachanfall zu unterdrücken. »Dass Sie ein Kieberer sind, brauchen meine Freundinnen nicht zu wissen. Das bleibt unser Geheimnis. Ich werde Sie als erfahrenen Rezensenten mit dem Spezialgebiet *Jugendliteratur* vorstellen. Damit niemand blöde Fragen stellt, behaupte ich, Sie schreiben unter einem Kryptonym.« Ach so, dachte er sich, der Oberst, dieses hinterhältige G'frast. »Dann wissen Sie ja, worum es geht«, sagte die Blonde nun laut. »In etwa, ja«, entgegnete er, obwohl er keine Ahnung hatte. »Ich wäre Ihnen allerdings dankbar, wenn Sie Ihr Anliegen in wenigen Worten zusammenfassen könnten.« »Also, wir alle«, räusperte sich die Blonde, »sind Mittelschulprofessorinnen ... wir unterrichten Deutsch ... Ja, und wie soll ich es ausdrücken, unsere Schüler interessieren sich über Maßen für Sex.« »Schüler oder Schülerinnen?« »Beiderlei Geschlecht«, lautete die bürokratische Antwort. »Wie alt sind die Schülerinnen oder Schüler?« »15 ..., 16.« »Pa«, spuckte Frank Karl aus, »in diesem Alter ist das normal.« »Normal? Wir bekommen deswegen Schwierigkeiten.« »Inwieweit?« »Eine meiner Schülerinnen«, erklärte die Blonde, »ist die Tochter vom Herrn Oberst F.« »Ja und?« »Was heißt ›Ja und‹? Vor zwei Wochen kam der Herr Oberst unangemeldet in die Sprechstunde unserer Frau Direktorin gekracht und hatte ihr dieses Taschenbuch auf den Schreibtisch geknallt. ›Sauerei! Sauerei!‹, hat er geschrien und auf den Boden gestampft. »Das verstehen Sie unter Pflichtlektüre im Deutschunterricht?‹« Die Blonde reichte dem Gruppeninspektor das inkriminierte Paperback. Es war die *Deutschstunde* von Sigfried Lenz. »In diesem Buch«, erklärte die Deutschprofessorin, »steht die Tochter des Dorfpolizisten, Hilke, dem von den Nationalsozialisten geächteten Maler Max Ludwig Nansen Modell.« Frank Karl verdrehte die Augen. Er hasste diese Situation. Er fühlte sich in den Unterricht seiner Gymnasialzeit zurückversetzt. Die Blonde fischte ein Paperback aus ihrer Damenhandtasche und schlug die Seite 354 auf. Sie hüstelte. Dann las sie vor: »… sie tanzte mit offenem Haar, nur mit einem kurzen gestreiften Rock bekleidet, ihre Brüste schienen sie beim Tanz zu stören, sie senkte schon einen Arm, um ihn auf ihre Brüste zu pressen …« Karl Frank konnte seine Unanständigkeit nicht unterdrücken. Er war eben ein Angeber. Er musste ganz einfach beweisen, dass auch er belesen war. Er riss der Professorin das Taschenbuch aus der Hand: »Entschuldigung, aber mich interessiert vor allem der Perspektivenwechsel auf Seite … Moment … da hab ich's … auf Seite 355. Dort mutiert der jüngere Bruder der jugendlichen Nackten zum Beobachter und Erzähler. Ich zitiere: Jeder erkennt sie, sagte mein Vater. Sie hat sich ihm gezeigt, sagte meine Mutter … Kein Stolz, sagte meine Mutter. Keine Scham, sagte mein Vater.« »Was sagen Sie dazu?« »Ich sage dazu: Das ist eine der harmlosesten literarischen Aktmalereien, die ich kenne.«

Nebenbei dachte er: In Wirklichkeit interessiert mich, ob der Bruder beim Anblick seiner nackten Schwester einen Steifen gekriegt hat oder nicht. Laut ergänzte er: »Ich werde die Stelle zu Hause noch einmal nachlesen. Im Übrigen hatte der Herr Oberst natürlich recht. Das Ganze ist eine ausgemachte Sauerei, weil Sie, Frau Professor, den Köder *Sex* auswerfen, um junge Menschen für Literatur zu interessieren. Sie sind eine perfide Betrügerin.« Die Deutschlehrerin fuhr aus der Haut: »Das ist eine Unverschämtheit!« Aber das war bloß Theater. In Wirklichkeit gefiel den Damen dieser Vorwurf. Sie kicherten los. Sie zwitscherten. Die Gläser klingelten. »Prost!«

Nachdem die Ladys aus der Rolle gefallen waren, fasste sich die dickere ein Herz, das heißt, sie hob mit ihren Händen den Busen an: »In welcher Zeit leben wir eigentlich?« Frank Karl war sich nicht sicher, ob diese Entrüstung ernst gemeint war. Andererseits glaubte er, einen spöttelnden Unterton herausgehört zu haben. Er war jedenfalls aufgestanden, knickte aber sofort wieder ein. Die schnippischste aus der Runde versuchte, den Ernst der Lage wiederherzustellen. »Früher hätte es das nicht gegeben.« »Ja, früher«, schoss der Gruppeninspektor zurück, »ging man nicht so literarisch, sondern schnurstracks und praktisch vor. Noch in der Zwischenkriegszeit war es üblich, dass weibliche Bedienstete oder Gouvernanten ihre männlichen Zöglinge aufklärten. Das berichtet zumindest der Gedächtnisforscher Eric Kandel*, der im Jahr 2000 den Nobelpreis für Physiologie oder Medizin bekommen hat, in seinem Wälzer

* Kandel, Eric: Auf der Suche nach dem Gedächtnis, München 2007, S. 40

Auf der Suche nach dem Gedächtnis.« Frank Karl hatte inzwischen ein grau-weiß gestreiftes Buch aus seiner altmodischen Aktentasche aus Schweinsleder gefischt. Er führte ja immer eine dieser intellektuellen Absonderlichkeit mit sich. Sogar auf dem Klo. Vor ein paar Jahren kam er gerade aus dem Scheißhaus, als ihn die Sekretärin des Chefs belustigt anlachte, ihn plötzlich an den Arsch fasste und ein oranges Heftchen aus der Gesäßtasche zog. Da machte sie ein zitronensaures Gesicht. Es beutelte sie. Purer Ekel. Dann stürmte sie schnurstracks das Büro ihres Chefs. »Der Frank Karl ist ein Perverser«, keuchte sie. »Der liest am Klo keine Pornos, sondern Cicero im Original.« Über eine Woche lang war er *das* Kantinengespräch. Auf den k. u. k.-langen Gängen grinsten ihn die Schreibkräfte an. Das war kein flirtiges Lächeln, sondern unverblümter Spott. Vielleicht auch geringschätziges Mitleid. Andererseits bewahrte ihn dieses Image des abgefuckten Kauzes vor der Neugier der Kollegen. Von denen wollte keiner mehr in seiner Schweinslederaktentasche stierln, weil an dickleibigen Wälzern wie Musils *Der Mann ohne Eigenschaften* oder Belyjs *Peterburg* war keiner interessiert. Jetzt aber spreizte Frank Karl wichtigtuerisch die Lippen. Er dozierte: »Dieser Kandel war acht Jahre alt, und das 25-jährige Wiener Dienstmädchen berührte sein Gesicht. Der Knabe streichelte daraufhin die Wange des Mädchens.« Frank Karl stockte an dieser Stelle, erhob seinen Blick: »Ich zitiere Seite 40: ›Sie öffnete ihre Bluse, entblößte ihren üppigen Busen und fragte mich, ob ich Lust hätte, ihn zu berühren. In diesem Zustand fiebriger Erregung sprach das Mädchen unbefangen über seine sexuellen Sehnsüchte.‹ Es deutete dem Kind an, es würde seine Fantasien ›an ihm ausleben, wenn es nur älter wäre‹. Später brannte das Mädchen mit einem Gasinstallateur in die Tschechoslowakei durch. Ab diesem Zeitpunkt war Böhmen für den Achtjährigen ›gleichbedeutend mit einem Leben in Glück und Sinnlichkeit‹.«*

»Ein Gasinstallateur? War es wirklich ein Gasinstallateur?«

»Ja, ein Gasinstallateur«, bestätigte Frank Karl.

»Eigenartig«, lachte die Blonde, »normalerweise ist es der Briefträger.«

Die will mich verarschen, ins Lächerliche ziehen. Als er den Blick wieder hob, sah er, wie sie ihr Näschen mit einem Papiertaschentuch abwischte und ihren Freundinnen zuraunte: »Entschuldigt, ich muss aufs Klo.«

Frank Karls Augen folgten kurz ihren auf- und abreitenden Pobacken, dann ging er ihr nach. Er lehnte sich an den Zigarettenautomaten vor der Toilettentür und lauschte angestrengt. Aber da plätscherte nichts. Er hörte kein Rasseln des Kabinenschlosses und kein Gurgeln der Spülung. Dafür öffnete sich die Häuseltür, und die Blonde strahlte ihn mit einem Monroelächeln an. Über ihre Zähne lief die Verwischung einer Lippenstiftspur.

»Ich hab Sie erwartet«, spottete sie.

Frank Karl drückte die 50-Jährige gegen den Zigarettenautomaten und zischte: »Biest!«

In diesem Augenblick kam ein Speisenträger um die Ecke. Die Blonde schrie: »Au!« Der Kellner riss die Augen auf und brüllte: »Achtung!« Die Dame trat im Reflex nach hinten. Ihr Stöckelschuh traf das Schienbein

* Kandel, Eric: a.a.O., S.40

des Speisenträgers, der knickte ein, drohte zu stürzen, Frank Karl fing ihn geistesgegenwärtig auf. Es klirrte. Über den Steinboden schlitterten ein Backhendel und zwei Schnitzel. Die Salatschüssel war zerbrochen, die Blonde verschwunden. Als der Kieberer drei Minuten später aus dem Dunkel der Gaststube in den Schanigarten trat, verpasste ihm das Tageslicht eine Ohrfeige. Er kniff die Augen zu und hörte die Blonde klagen: »Der Kerl hat mich vor der Toilette bedrängt.«

»Und?«

»Er hat mich gegen den Zigarettenautomaten gedrückt.«

»Dieses Schwein«, pustete eine Kollegin.

»Er ist Polizist.«

»Woher weißt du, dass er Polizist ist?«

»Ich hatte meine Hand in seiner Hosentasche.« Als Beweis dafür schmiss sie Frank Karl seine Dienstmarke zu. »Fang deinen Blechadler auf, Bubi.«

»Sie sind eine hinterhältige Taschelzieherin«, brüllte er lachend. Das hätte er nicht tun sollen, denn den Tischgenossinnen fiel beim Wort »Taschelzieherin« wieder ein, dass seit dem letzten Mal, nachdem es in der Schottengasse getuscht hatte und dieser Rechtsanwalt bei einem Unfall zu Tode gekommen war, aus ihren Brieftaschen ein paar Fünfziger oder Hunderter fehlten.

»Ja, ja«, kommentierte eine der Freundinnen zweideutig: »Die Susanne hat eben lange Finger, die sich an so manch verbotenem Ort erproben.«

In diesem Augenblick dudelte Frank Karls Handy die *Vier Jahreszeiten*. Es war der Herr Oberst: »Ich brauch dich sofort, wir haben schon wieder eine Leich.« Der Kieberer schrie dem Gustl Loiber, der sich im hinteren Eck des Lokals zu verstecken versuchte, zu: »Du zahlst …« Und weg war er. Der Loiber stand etwas linkisch da, hüstelte und versuchte eine Rede. »Meine Damen …«, dann folgte eine unerträgliche Pause. »Meine Damen … der Frank ist in Wirklichkeit eh nicht so …«

»Wie meinen Sie das?«, fuhr ihm die Blonde über das Maul.

»Meine Dame … meine Dame … der Frank war halt ein bisserl besoffen.«

»Den Eindruck hatte ich absolut nicht«, protestierte die Blonde.

Der Loiber japste nach Luft. »Nicht?«, fragte er dämlich.

»Nein! Nicht!«, äffte die Blonde seine trottelhafte Stimme nach.

Endlich erhob sich das, was schon längst geboten gewesen wäre, nämlich ein Schwall der Empörung. »Das ist ja unerhört«, nörgelte eine der Freundinnen. »Nahezu ein Skandal.«

»Ja«, ätzte die Blonde, »ein Skandal. Ich habe ihn nämlich angemacht. Und er, ganz Gentleman, hat mitgespielt, hat die Situation umgedreht und so getan, als hätte er mein Vorderteil gegen die Kante des Zigarettenautomaten gepresst. Ich habe gejault, denn in diesem Augenblick kam ein Kellner um die Ecke gerannt. Dem ist die Luft ausgegangen. Er hat das Tablett fallen gelassen.«

»Das ist mir eindeutig zu tief«, regte sich jetzt eines der Strickjäckchenmädels auf. Ihre Nachbarin, die stets ein Opernpremierenkostüm trug, aber seit ihrem Studium nie mehr im Haus am Ring gewesen war, bemühte sich, ebenfalls »echauffiert« zu sein, um dieses »Ensemble der Schändlichkeit« effektvoll zu verlassen: »Dass wir hier, im 1. Bezirk, die transdanubische Gosse antreffen würden, haben wir nicht erwartet. Komm, Herta! Gehen wir!«

»Stopp!«, schrie die Blonde. »So billig kommt ihr mir nicht weg! Glaubts, i blech eure Zech? Ihr habt's doch mindestens fünf Achterl pro Kopf g'soffen.«

KAPITEL 6

Die beiden Einbrecher kamen mit der primitivsten Methode in die Wohnung. Sie schoben eine Bankomatkarte in den Schlitz zwischen Rahmen und Türschloss. Der Schnapper machte »Klick«, und schon standen sie im Flur. Keine Schwierigkeit! Der eine Einbrecher drehte sich zur Seite ... da stand plötzlich die Hausfrau vor ihnen. Sie hatte bloß ihren silbriggrau glänzenden Seidenmorgenmantel übergestreift. Der Mann lächelte: »Wegen mir hätten Sie nichts anziehen müssen.« Dann schoss er ihr ins Gesicht.

Etwa eine Dreiviertelstunde später erreichte Frank Karl den Tatort in der Schulgasse in Währing. Die Spusi war schon am Werken. »Dass ihr schon da seids?«

»Wir waren auf Betriebsausflug in der Nähe.« Was übersetzt hieß, sie hatten beim Wirten am Kutschkermarkt gerade ein paar Krügel gestemmt.

»Schöne Skulptur«, sagte der Dicke, den alle nur Bertl nannten. Frank Karl schaute auf die Tote: Er hatte recht. Der Body war makellos. »Welche Verschwendung«, bedauerte er, und: »Deckt's derer ihre Scham zu, ich hab heute g'nug vom Sex.« Frank Karl ließ sich in einen Fauteuil fallen. Er vergrub sein Gesicht in die Schale seiner beiden Hände. Wenn ich mir so zuhöre, sagte er sich, dann könnte man glauben, Wien besteht nur aus besoffenen, dekadenten Polizisten, geisteskranken Mördern und Frauen, die zu wenig besprungen werden. Er hob seinen Kopf und fragte den jungen Beamten, der sich vor ihm aufbaute: »Möchten Sie unter diesen Umständen leben?« Der antwortete verdutzt: »Was wollen S', die Wohnung is eh ganz passabel.«

Frank Karl verstand nicht sofort. Aber, dann kam es ihm: Der Kerl war zu jung, er konnte noch nicht Gedanken lesen! Er lachte die Tonleiter rauf und runter. Der Nachwuchspolizist schüttelte den Kopf: Diesen alten Trottel haben sie auch nur hierher geschickt, damit er denen, die wirklich arbeiten, nicht auch noch die Luft im Büro weg atmet.

Frank Karl hasste die Latexhandschuhe und die Chirurgenpatscherl, die er überziehen musste. »Unter der Gummihaut schwitzt man.« Er beschloss, eine Wohnungsbesichtigung vorzunehmen. Die Absteige musste mindestens 200 Quadratmeter haben. Gleich bei der dritten Tür wurde er fündig. Die Kammer war klein, und in ihr befand sich ein Diwan, der nicht überzogen war. »Na also«, seufzte Frank. »Das Gästezimmer.« Er schaffte er gerade noch, seine Schuhe mitsamt den Kunststoffbezügen abzustreifen. Dann schlief er ein.

Nach eineinhalb Stunden rüttelte ihn der Nachwuchskieberer wach. »Wir wären soweit. Wir wollen nach Hause gehen.« Der junge Mann rümpfte die Nase, und Frank Karl antwortete: »Sie haben recht. Ich sollte wirklich wieder einmal die Socken wechseln.«

Der Oberst fragte Frank Karl am nächsten Tag, welchen Eindruck er vom Tatort gewonnen hätte. Frank Karl schloss die Augen und ließ die Bilder vorüberziehen. »Toll. Ganz toll. Hauptsächlich Jugendstil. Koloman Moser-Imitationen. Manche Stücke könnten sogar echt sein. Vor allem im Schlafzimmer! Na ja, der Wohnsalon ist barocker, die Ausstattung eines Plüsch- und Plunderpalasts, ein Perserteppichland, inspiriert vom Makart-Kitsch.*«

Der Oberst: »Kannst du deine Eindrücke zusammenfassen?«

»Ich würd' sagen: So eine Wohnung werde ich mir ein Leben lang nicht leisten können.«

»Danke«, sagte der Oberst. »Du hast mir sehr geholfen.« Damit war Frank Karl entlassen.

Der Oberst seufzte: Das wäre also erledigt. Er hatte den alten Deppen weder gekränkt noch übergangen. Aber jedenfalls würde er ein Gedächtnisprotokoll aufsetzen. Man müsse die Absonderlichkeiten des »verdienten Kollegen« nur sammeln. Irgendwann werde das Sammelsurium wohl dafür reichen, dass man dieses Faktotum in den frühzeitigen Ruhestand schicken könne. Frank Karl seufzte inzwischen genüsslich: »Wennst geisteskrank antwortest, brauchst keinen Bericht schreiben. Das müssen jetzt die Jungen tun.« Die Pflichtstation »Chefrapport« habe er also hinter sich gebracht. Jetzt könne er endlich an die Arbeit gehen.

Falsch gedacht. Er hatte noch nicht das Kaiserjägerdenkmal am Deutschmeisterplatz erreicht, als ihn der Oberst anbimmelte. »Komm zurück«, es hätten sich neue Entwicklungen ergeben. »Arschloch!«, fluchte Frank Karl und machte sich auf den Rückweg. Er ging sehr, sehr langsam. Langsamer ging es schon gar nicht

* Hans Makart, 1840 - 1884, *der* Maler der Ringstraßenepoche

mehr. Er stieg gemächlich die Jahrhundertwendetreppe hoch. Eigentlich hätte er keuchen müssen. Aber bei seiner Geschwindigkeit ... Also imitierte er einen afghanischen Windhund nach der Morgenjagd. Er hechelte. »Na, da ist einer aber g'rennt«, verspottete ihn der Oberst. »Willst ein Glas Wasser?«

»Willst' mich umbringen?«

»Also ein Bier.«

Und dann legte der Oberst los. Die Ermordete, Adele Aicher, sei gar keine gewöhnliche Sekretärin gewesen. Das hätte ja schließlich die Antwort auf die Frage eröffnet, wieso eine einfache Tippse sich diesen Museumswahnsinn von einer Fürstenwohnung leisten könne. Obwohl, wenn sie eine einfache Sekretärin mit einem derartig schönen Körper gewesen wäre, wäre erklärlich, dass sie von ihrem Chef subventioniert worden sein musste, denn: »Fucky, fucky makes the money!«

Frank Karl soff mit einem Zug das Bier aus und wurde müde. Er kannte die *Deuxième Bureau*-Theorie* des Herrn Oberst zur Genüge.

»Aber bei der Adele Aicher war das genau umgekehrt«, fuhr der Oberst fort. »Ihr vermeintlicher Chef war gar nicht der Chef, sondern sie, die vermeintliche Sekretärin, hatte das Sagen. Ihr subalternes Verhalten war nichts außer Tarnung. Verstehst du?«

»Ich versteh«, gähnte der Kieberer. »Sie hatte das Geld und hielt sich ihn als Lover.«

»Ja, bist denn du deppert?«, brüllte der Oberst.

---

* das »zweite Büro« wurde vor allem während der Mittagspause aufgesucht. Dort wartete schon die Gespielin.

»Wieso?«, stellte sich der Kieberer blöd. »Du hast doch gesagt: Bei der Adele Aicher war es genau umgekehrt. Sie hatte die Hosen an, und er zog die Hosen aus.«

Jetzt kicherte der Oberst los. Gezwungenermaßen. Er tat so, als hätte er soeben überzuckert, dass ihn der »liebe Frank Karl« die ganze Zeit schon am Schmäh hielt. »Oida, Oida«, jammerte er belustigt. »Dass bei dir immer alles im Bett enden muss.«

»Na ja, wir ermitteln schließlich in den Reihen der Wiener Oberschicht. Und dort geht es nur um Sex oder um Geld. Entweder oder! Oder am besten um beides.«

Das »mit dem Geld« hätte der Frank Karl nicht sagen sollen. Weil jetzt drehte der Oberst durch. Er wurde förmlich zum wirtschaftstheoretischen Finanzakrobaten. »Die Aicher hat nämlich ein Schneeballsystem aufgezogen, unheimliche Zinsen an ihre Kunden gezahlt. Die haben dann mit ihrer Performance bei den Freunden und Familienangehörigen angegeben. Und was haben die gemacht? Richtig, sie sind zur Aicher beziehungsweise zu ihrem offiziellen Chef gerannt und haben denen ihr Erspartes buchstäblich aufgedrängt.«

Frank Karl gähnte. Er kannte diese Geschichten. Sie langweilten ihn, weil sie in Wien zu häufig passierten.

Aber der Oberst war nicht zu bremsen. »Mit den neuen Einzahlungen wurde die Wahnsinnsrendite der Altkunden bezahlt. Bis eines Tages ein Baumeister krachen gegangen ist und dringend Bares gebraucht hat. Aber, nicht dass du glaubst, die Adele hätte ihm den Zaster nicht über den Tresen schieben können. Nein, sie hatte ihm den Geldkoffer, ohne mit der Wimper zu zucken, in die Hand gedrückt. Aber dem Herrn Baumeister ist das alles spanisch vorgekommen, und er hat zu recherchieren begonnen, was bei dem seinen Connections keine Kunst ist, weil so ein Ziegelschupfer kennt ja Gott und die Welt, also auch jeden Kommunalpolitiker und jeden zweiten Bankhäuptling. Und so ist der Herr Diplomingenieur draufgekommen, dass seine sauberen Anlageberater justament die windschiefen Spekulationsbauten seiner eigenen Firma als Sicherheiten akzeptiert hatten. Und, wie du weißt, traut ein Wiener sich selbst am allerwenigsten.«

Frank Karl gähnte zum zweiten Mal.

Der Oberst schreckte auf. Gereizt sagte er: »Ach so, ich erzähl dir nichts Neues. Du weißt eh schon alles. Na, eh klar, der Herr war ja am Tatort.« Dann fragte er den »alten Trottel« zum zweiten Mal an diesem Tag: »Erzähl, was hast du sonst noch herausgefunden? Wie ist euer Stand der Ermittlungen?«

»Da bin ich überfragt.«

»Wieso?«

»Ich hab' am Tatort geschlafen.«

Da ist dem Oberst der Kragen geplatzt: »Für deine blöden Witzchen hab' ich keine Zeit!!!!« Dann hat er diesen »Kollegen«, der in keiner Sekunde seines Lebens etwas ernst nehmen konnte, hinausgeschmissen. »Ich verweise dich des Büros!«, hat er ihm auf den Gang nachgebrüllt. Recht laut, damit es ja jeder mitbekam. Den Frank Karl selbst wunderte das überhaupt nicht, weil: »Wennst in Wien die Wahrheit sagst, glaubt dir keiner was.«

*

Der Gruppeninspektor ist verärgert. Im Gastgarten seiner Stammwirtschaft sind alle Plätze besetzt. Er will schon gehen, da lädt ihn die blonde Susanne an ihren Tisch ein. Sie berichtet ihm vom Penishass.

»Wo ist mein Sessel?«, schnauzte er den Kellner an. »Gibt's derweilen keinen«, antwortete dieser. »Wir haben eine Tischreihe herausnehmen müssen. Deswegen haben wir Platzknappheit.«

»Wieso?«

»Eine Nachbarin in der Wohnung über dem Restaurant hat sich beschwert. Sie hat behauptet, wir hätten zu viel Gehsteigfläche beschlagnahmt. Deswegen mussten wir ein paar Sessel wegnehmen.«

»Und wo soll ich mich jetzt hinsetzen?«

»Auf meinen Schoß«, ertönte eine Frauenstimme von links hinten. Frank Karl wirbelte herum: »Ah, Sie!«

»Ja, ich«, sagte die Blonde von gestern. »Ich heiße Susanne. Kommen Sie zu uns!«

Frank Karl äugte zu den Ladys hinüber und knurrte: »Lieber nicht!«

»Sie sind mir aber eine Enttäuschung.«

»Ich bin müde«, murrte der Kieberer. »Ich brauche meine Ruhe!«

»Na, dann ist ja höchste Zeit, dass Sie jemand aufweckt.«

»Verstehen Sie nicht? Mir geht mein Job auf den Arsch, mir gehen die Menschen auf'n Arsch, mir geht alles auf'n Arsch. Ersparen Sie sich daher meine Gesellschaft. Sie würden an mir keine Freude haben.«

»Na, kommen Sie. Ich werde Sie aufrichten!«

Frank Karl ließ sich auf den Klappsessel neben der Dame plumpsen. Sie schob ihm ein Glas Bier zu. Dann schwiegen sie sich an. Die Autos rauschten vorbei. Fiaker klapperten. Röcke flatterten, Reifen quietschten, ein *Rot-Kreuz*-Wagen tütete. Dem Gruppeninspektor war das alles wurscht.

In diese laute Stille seufzte die Frau: »Männer haben es heutzutage nicht leicht.«

Der Kieberer schloss die Augen. Jetzt würde also das kommen, was er befürchtet hatte: ein feministischer Vortrag: »Frauen erhalten für dieselbe Arbeit mit derselben Qualifikation um 30 Prozent weniger Gehalt. In den Vorstandsetagen der großen Konzerne sind sie so gut wie nicht vertreten. Daher fordern Frauen Quoten.« Nach dieser Phase des Angriffs, sah Frank Karl voraus, würden ausgleichende Argumente fairen Verständnisses folgen: »Fähige Männer würden auf diese Weise um ihre Chancen gebracht. Das sei ein notwendiger, wenn auch grausam in Kauf genommener Preis. Wer sich dagegen auflehne, würde gehetzt und geächtet. Danach beschritten viele Männer den buddhistischen Weg, sie ließen alle Ambitionen fahren. Das aber wäre genau das, was Frauen in einer Beziehung nicht wollten. Im Privaten wünschten sie sich virile Kämpfer, echte Mannsbilder und keine Softies.«

Als Frank Karl das Radio in seinem Kopf ausschaltete, hörte er die Blonde sagen: »Sie haben recht! Es gibt Penishasserinnen.«

Der Polizist schnappte nach Luft. Er umklammerte mit beiden Händen sein Bierglas.

Susanne fuhr fort: »Ich erinnere mich. Wir waren acht

Jahre alt. In meiner Volksschule. Buben und Mädchen hatten gemeinsamen Turnunterricht. Plötzlich schrillte die Lehrerin. ›Pfui!‹, schrie sie. Von der Turnhose eines Mitschülers stand ein Zelt ab. ›Du Ferkel!‹, quietschte sie. ›Du Vieh! Mach das weg!‹ Der Junge umklammerte sein Glied. Er begann zu weinen. Die Kinder lachten.«

Karl Franks Gehirn schwamm. Pudding. Eins! Zwei, drei! Jetzt hatte er sich wieder gefasst. »Literatur!«, spuckte es aus seinem Mund. »Was Sie da erzählt haben, ist eine Szene, die in der Literatur immer wieder abgehandelt wird. Dieses Thema macht vor keinem Kontinent halt.« Er hatte Orhan Pamuks *Istanbul* in der Aktentasche. Nein, nicht zufällig. Er war seit dem letzten Mal vorbereitet. Er hatte gehofft, dass die Blonde auf ihn lauern, ihm ein Thema abverlangen würde. Er hatte mit ihrer Gier gerechnet. »Ich habe ein Buch in meiner Tasche«, presste er hervor. »In diesem Buch wird eine Begebenheit geschildert, die der Geschichte aus Ihrer Erinnerung ähnelt.« Sie lächelte: »Sie haben dieses Buch rein *zufällig* dabei.« »Nein«, spottete er zurück, »ich wollte es Ihnen zwischen die Beine schieben.« Er schaute ihr ins Gesicht. Sie japste nicht einmal. Sie erhob sich nicht. Sie lief nicht davon. Sie strich sich nur ihr Haar aus der Stirn. »In diesem Buch«, fuhr er aufgewühlt fort, »schildert der türkische Schriftsteller Episoden aus seiner Kindheit. Eines Tages wurde der Knabe gewahr, dass ihm sein ›Bibi‹ nicht mehr gehorchte. Das Glied erhob sich immer wieder ohne Befehl.« Während Frank Karl diese Szene zusammenfasste, zog er das Buch aus seiner Tasche. Er hob sein Kinn an, und sagte streng: »Ich zitierte Seite 30: … als meine Mutter nach einer der vielen Zerwürfnisse mit meinem Vater das Haus verlassen hatte und ich von einem Kindermädchen in der Wanne gewaschen wurde, passierte mir wieder das gleiche. Ich weiß noch gut, wie die Frau ziemlich kühl anmerkte, das sei ja ›wie bei einem Straßenköter‹, doch was mir eigentlich Lust bereitete, war nur das warme Wasser und das Gewaschenwerden.«

*

»Gemma spazieren!« Das war keine Einladung, sondern ein Befehl. Der Joschi hatte kaum Zeit, um in seinen Staubmantel zu schlüpfen. Der Gruppeninspektor zog ab wie ein Hund, der nach seinem Auslauf gierte. Der Assi konnte nicht ahnen, dass er an diesem Nachmittag mit der amerikanischen Hurrikan-Bauphilosophie, mit einem arabischen Kleinkriminellen und einer jugendlichen »Prostituierten« Bekanntschaft machen würde.

»Na, haben wir leicht keine Kondition!«, schrie Frank Karl nach hinten, aber im Grunde genommen war es ihm pfeifendeckel-piep-egal, ob es der Jungspund »derschnaufte« oder nicht. Am Ende der Kolingasse schaute der Kieberer schadenfroh die abschüssige Straße hinab. »Oh je«, seufzte der Büro-Assi, »jetzt kommen die verdammten Erklärungen«, weil es der Chef nicht würde lassen können, wichtigtuerisch über die Geschichte der Stadt herzuziehen. »Da kannst du Gift darauf nehmen, jetzt wird er zum 100. Mal vortragen, warum die Türme der Votivkirche* höher sein mussten, als es der Rathausturm sein durfte.« Aber nichts dergleichen geschah. »Entweder ist der Boss verkatert oder krank.« 200 Meter weiter, nachdem sie links abgebogen waren, blieb die Erläuterung aus, warum die bedrohliche Gefängnisburg zur rechten Hand »Landl«** genannt wurde. Alarmglocken schrillten, als der Gruppeninspektor weder ins *Café Rathaus* noch ins *Café Eiles* einkehren wollte. Selbst das *Gasthaus Blauensteiner* am Anfang der Josefstädter Straße würdigte der Grandscherben mit keinem Blick, obwohl er, der Hobbyhistoriker, sich für gewöhnlich zu echauffieren pflegte, indem er fragte, wohin die Pfeife des Schriftstellers Heimito von Doderer, die Jahrzehnte lang in einem Glaskäfig an der Wand ausgestellt gewesen war, verschwunden sei. Nichts dergleichen. Er rannte bloß. Sogar das *Volkstheater* wurde verschont. »Dieser Kasten wurde ursprünglich *Deutsches Volkstheater* genannt, weil der Bürgermeister Lueger Angst gehabt hat, die Tschechen würden Wien überrollen. Einstweilen haben 1918 200.000 Böhmen die Reichs- und Residenzhauptstadt fluchtartig verlassen, weshalb es in Wien keinen gescheiten Tischler mehr gab.« Selbst dieses Seitenhiebs enthielt sich der Mann. Es hatte ihm die Rede verschlagen. Er schien verbittert. Erst vor dem *Museumsquartier*, den ehemaligen Hofstallungen, vollzog er eine Vollbremsung. »Weißt du, was der Hurrikan Andrew ist?« Joschi schüttelte den Kopf. »Der Hurrikan hat die amerikanischen Häuser weggeblasen. Die Holzwände

* Gedächtniskirche anlässlich eines missglückten Attentats (1852) auf Kaiser Franz Joseph. Kein neuer Turm sollte die Türme der Votivkirche überragen.

** Straflandesgericht Wien

sind durch die Luft gesegelt. Ich war damals, 1992, in Florida. Ich habe das mit meinen eigenen Augen gesehen. Die Verkehrszeichen wurden zu Korkenziehern verdreht, die Marinas leergefegt. Die Luxus-Jachten lagen nun in den Dächern der Häuser.« Joschi zuckte mit den Schultern. Er verstand nur Bahnhof. »Jetzt ist Andrew in Wien angekommen«, setzte der Gruppeninspektor fort. »Da, schau da hinauf!« Er deutete auf das Haus an der Ecke Mariahilfer Straße/Getreidemarkt. Und in der Tat, vom Dach des Gründerzeitgebäudes blitzte die Kommandobrücke eines Schiffes. Sonnenschutzscheiben, Palmenterrasse ... Mit allem Pipapo.« »Das nennen die Dachbodenausbauten«, knurrte der Polizist. »In Wirklichkeiten sind das Hochsitze für Spekulanten, Scheichs, Oligarchen, Businessmen, Steuerflüchtlinge, abgetakelte Apparatschiks aus Diktaturen, Diven, Fußballmillionäre und Startenöre. Und ich erhalte mit meinen Steuergeldern jene Kulturdenkmäler auf die die G'spritzen herabschauen ... Wien wird entwienert, so wie München entmünchnert wurde. Bis zu den Olympischen Spielen 1972 gab es in Schwabing eine Kulturszene. Danach fielen die Geldsäcke aus dem Norden in Bayern ein und haben sich mit den lokalen Schickimickis verbündet. Die Mieten stiegen, die Immobilienpreise explodierten, Einheimische und Künstler wurden vertrieben. Ähnliches blüht den Wienern, und ich prophezeie: Das Neu-Ottakring am Stadtrand wird gemütlich wie Neu-Düsseldorf.« Frank Karl stampfte auf den Boden und schrie: »So!« Dieses »So« knallte kurz auf und bedeutete so viel wie: »Jetzt hab ich's euch gesagt.« Selbstzufrieden schlurfte er zur U-Bahnstation Mariahilfer Straße. Schon ratterte er die Rolltreppe hinab. Schon drehte er sich um die Achse, um den hinterher dackelnden Joschi anzutreiben, als seine Hand blitzschnell aus dem Ärmel fuhr, nach der gegenläufigen Treppe langte und einen Araber am Krawattel packte und ihn zu sich herüberzog. Nun rumpelten die beiden in enger Umklammerung Richtung Bahnsteig. »He, was ist?«, raunzte der Arretierte dämlich. »Mit dir geht's abwärts«, antwortete der Gruppeninspektor. Am Ende der Treppe angekommen, erklärte Frank Karl dem Joschi: »Ich hab einen Taschlzieher g'fangt.« Während er dem Burschen die Hände auf den Rücken drehte, befahl er: »Durchsuch seinen Hosensack.« Und schon hielt der Joschi eine rosarote Geldbörse in der Hand. »Die gehört meiner Schwester«, stammelte der Araber. »Und ich bin ein Spezialist für Raketenantriebe«, belehrte ihn Frank Karl und gab ihm einen Tritt in den Arsch. Der Typ zischte wie ein Düsenjäger ab, taumelte und schlug dann Haken wie ein Osterhase im Vollrausch. »Hau ab, du Arschloch, und lass dich nie wieder blicken!« Währenddessen durchwühlte in der rechten hinteren Ecke der Eingangshalle zur U-Bahn eine zerraufte Dame verzweifelt ihre Handtasche. »Sie da«, schrie der Gruppeninspektor zu ihr hinüber, »ich hab was für Sie!« Die Lady fing die rosarote Geldtasche geschickt auf. Ganz Profi, ganz Handballerin. Sie winkte dem Kieberer zu, der aber zeigte ihr die kalte Schulter. »Komm, Burschi«, stieß er den Assi an, »ich hab heut genug vom U-Bahnfahren. Gehen wir ein paar Schritte zu Fuß.« Am Heldenplatz angekommen, hielt es der Joschi nicht mehr aus: »Hörst, Chef, warum hast du den Gauner laufen lassen?« »Weil … weil ich kam nicht umhin, dem Anfänger eine Lektion fürs Leben zu erteilen.« »Was? Wie bitte?« »Ja, ich hab dem Hiasel seine *Rolex* g'stohlen.« Triumphierend schwenkte der Gruppeninspektor eine Armbanduhr über seinem Kopf.

Das Spazierengehen mit dem Chef, dachte Joschi, ist besser als jedes Kino. Das ist Action pur. Hollywood ist nichts dagegen, vorausgesetzt, dass der Chef nicht gerade Fremdenführer spielen will. Ängstlich äugte der Assi zum *Café Central* hinüber. Die im *Palais Ferstl* untergebrachte Kaffeesiederei war dereinst ein bekannter Treff von Literaten gewesen. »Was heißt Literaten?« So wurden um 1900 die Schnorrer genannt. Heute konnte man das Café nicht mehr verfehlen, weil japanische Touristen davor Schlange standen und den Verkehr in der Herrengasse behinderten. Frank Karl machte Schwimmbewegungen. Er stieß sich eine Bahn durch die Leiber. »Asiatische G'fraster!«, schimpfte er. Dann fuhr er den Joschi an: »Was passt dir nicht? Was stierst mich so deppert an? War ich vielleicht politisch inkorrekt?« Dann murmelte er: »Blasierter Cottage*-Schnösel!« Das war gut so, denn Fluchen ist wie Pinkeln. Danach fühlt man sich erleichtert. Und tatsächlich ging es dem Gruppeninspektor sofort besser. Er fing sogar zu singen an: »Wean, du bist a Taschenfeitel/ Unter an Himmel voll Schädelweh/ ein zehnmal kochtes Burenhäudl/ auf des i net haas bin, aber trotzdem steh …«** Keine Spur mehr vom militäri-

* Cottages: im 19. Jahrhundert. errichtete Prachtvillen. Cottageviertel = Wohngegend für Reiche

** Lied, gesungen von André Heller und Helmut Qualtinger: Wien, du bist ein scharfes Taschenmesser/ unter einem Himmel von Kopfschmerzen/ eine zehnmal aufgekochte Burenwurst/ die ich nicht besonders mag, auf die ich aber trotzdem abfahre.

schen Gewaltmarsch, wunderte sich der Joschi. Vor der Benediktinerabtei *Unserer Lieben Frau zu den Schotten* begann der Kieberer sogar zu laschieren*. Fast hätte er dem Joschi erklärt: Dieses Kloster ist das älteste Wiens und wurde 1155 direkt vor den Mauern der Stadt errichtet. Da fiel ihm ein, dass es sinnlos wäre, dem geschichtsabstinenten Gimpel zu eröffnen, dass die ursprünglich romanische Pfeilerbasilika von Heinrich II. Jasomirgott errichtet worden war. Der Joschi ist ja kein Piefke, und darum ärgert er sich auch nicht, wenn ich ihm erzähl, dass der Babenberger nicht nur Markgraf von Österreich, sondern sogar Herzog von Bayern gewesen ist. Jedenfalls verfinsterte sich sein Gemüt. Der Joschi, dieser Spielverderber, hatte ihn um eine Pointe gebracht. Krampfhaft grübelte er nach, womit er den Assi ersatzweise ärgern könnte. In diesem Augenblick hob in der Schottengasse eine Schreierei an.

»Hilfe, Hilfe!« Die Frau plaatzte** so laut, dass sich ein Notruf per Telefon erübrigte. Der nächste Streifenpolizist würde sie so und so hören.

»Was ist los?«, wollte Frank Karl wissen.

»Polizei, Polizei!«, kreischte die Alte. »Gehen S' mir aus dem Weg! Polizei!«

Dem Kieberer blieb nichts anderes übrig, als den *Bundesadler* zu zücken: »Was ist los?«

»A Selbstmörderin!« Die Frau deutete auf den Innenhof hinter sich. Frank Karl hirschte ums Eck. Und tatsächlich schob sich da eine junge Frau am Gesimse über den Arkaden des *Melkerhofs* entlang. Ein Sidestep nach

* langsam werden; franz. »lâcher«
** laut schreien

dem anderen. Die Arme an die Fassade gepresst. »Das schaut mir aber weniger nach einem Selbstmord aus.« Jetzt hatte das Mädchen ein offenes Gangfenster erreicht. Man hörte den abgefederten Aufsprung auf dem Steinboden. »Eindeutig Einschleichdiebstahl!«, zischte er dem Joschi zu. Er deutete auf den Torbogen zur Hofeinfahrt: »Du rechts, ich links!« Der Kieberer musste nicht einmal bis 13 zählen, da hechtete die Kleine ums Eck. Er warf sich ihr entgegen. Er spürte ihre Stoßdämpfer. Joschi drehte ihr die Arme auf den Rücken. Die Nippel der Kleinen stachen durch das dünne Gewebe des Pullis.

»Ich trage keinen BH!«, ätzte sie und lächelte die Männer verächtlich an. Dann spuckte sie Frank Karl ins Gesicht. Der fotzte ihr rechts und links eine herunter. Das Mädchen jaulte auf und begann, in Zeitlupe zu weinen. Ein sehr berührendes Bild. Schön langsam stieg ihr das Wasser ins Auge. Wundersame Rötung. Von den Wimpern perlte eine Träne. Glitzernd wie ein Tautropfen.

Frank Karl kramte im kleinen schwarzen Rucksack des Mädchens. Neben dem typischen Frauen-Krimskrams wie Taschenspiegel, Schminkzeug, Nagelfeile, Handy und Kamm fand er noch eine Schachtel Kondome und ein Reservehöschen. Er blätterte die Brieftasche durch. Der Schülerausweis verriet ihren Namen und ihr Alter. Der Kieberer fotografierte das Dokument ab. Die Kleine war 16. »Wegrennen macht keinen Sinn.« Der Kieberer wedelte mit der Brieftasche. »Wir wissen, wer Sie sind. Wir wissen, wo Sie wohnen.« Er schaute auf seine Schuhspitzen. Dann unterbreitete er seinen Vorschlag: »Wir alle haben uns ein bisschen aufgeregt. Ich glaube, wir haben uns einen Kaffee verdient. Ich lade euch ein.« Im Kaffeehaus schwiegen sie eine Weile. Das Mädchen bestellte sogar noch eine zweite Erdbeertopfentorte. Dann hielt sie es nicht mehr aus: »Was wird aus mir werden?« »Das wollten Sie gar nicht fragen«, korrigierte sie Frank Karl. »Vielmehr wollten Sie von mir wissen, ob ich Ihre Eltern verständige.« Die Kleine nickte. »Schauen Sie«, fuhr der Kieberer fort, »ich könnte durchwegs den Vorfall vergessen. Allerdings müssten Sie mir die Wahrheit erzählen. Und zwar ungeschminkt.« Die Kleine errötete, stockte. Also ging er in die Offensive: »Sind Sie eine Einschleichdiebin?« Keine Reaktion. »Sind Sie eine Prostituierte?« Das war dem Mädchen zu viel. Es begann wieder zu heulen. Das wiederum weckte den Kaffeehausober auf. Er kam diskret angeschlichen und erkundigte sich onkelhaft: »Ist was passiert? Kann ich helfen?« »Danke!«, wies ihn der Kieberer zurecht. »Das hier ist eine Familienangelegenheit. Erziehungsprobleme. Halten Sie also Abstand. Sie verstehen?«

Der Mann buckelte gedemütigt und gab Leine. Dann pfauchte der Kieberer das Mädchen scharf an: »Im Rucksack befand sich kein Diebsgut. Was wollten Sie also da oben in der Wohnung?«

Die Kleine presste die Lippen aneinander.

»Sie haben Präservative in Ihrer Tasche. Was wollten Sie also?«

»Ficken!«, flüsterte das Mädchen. Sie sagte wirklich: »Ficken!«

»Und?«

»Er wollte nicht mehr.« Sie schluchzte drauflos.

»Er«, das war ein 65-jähriger Rechtsanwalt. »Ich liebe ihn, aber er will nicht mehr. Er kann das nicht mehr verantworten. Er bekam plötzlich einen Moralischen. Ich könnte seine Enkelin sein. Er hat mich hinausgeschmissen.«

»Wegen seiner Frau?«

»Nein, wegen mir. Wegen meiner Zukunft.«

»Aber, warum sind Sie in die Wohnung eingestiegen?«

»Ich hatte keine Schlüssel mehr. Ich wollte mich rächen.«

Das war wahrscheinlich eine Lüge. Frank Karl nahm sich vor, jene Schlüssel, die er während der Perlustrierung des Rucksacks unbemerkt in seine Hosentasche hatte gleiten lassen, am Schloss der Wohnung auszuprobieren.

Okay, sie wollte sich rächen. Zuerst hatte sie sich ausgezogen, sich nackt in das Bett des Mannes gelegt, an den Stellen, an denen sie das Organ des Mannes liegen gesehen hatte, geschnüffelt. Dann wollte sie ins Bett pissen, brachte es aber nicht fertig. »Ich wollte nicht, dass die Ehefrau unnötige Fragen stellt.« Da fiel ihr ein, dass ihr Lover vergesslich geworden war. Immer wieder hatte er sich beschwert: »Dauernd suche ich meine Brillen, verlege meine Autoschlüssel, lösche Telefonnummern aus meinem Hirn.« Also unterstützte das Mädchen die Flüchtigkeiten des alternden Mannes. Sie lockerte, nachdem sie in die Wohnung eingestiegen war, den Verschluss der Ketchup-Flasche. »Er sollte sich beim Schütteln die Krawatte vollspritzen.« Dann warf sie eine *WC-Ente* in die Klomuschel. Verstopfungen passieren eben. Zuletzt ließ sie den Gefrierschrank einen Spaltbreit geöffnet, denn sie hatte wiederholt beobachtet, wie der Rechtsanwalt die Tür im Überschwang zuschmiss, weshalb diese zurückprallte und offen geblieben war, bis die Alarmpfeife des Geräts zu zwitschern anfing. »Dieses Mal wird aber niemand da sein, der den Eiskasten schließt. Das Schmelzwasser wird sich in die Küche ergießen, die Tiefkühlkost auftauen, das Gemüse faulen, die Wohnung nach Kloake stinken.«

Der Kieberer rieb sich das Kinn: Log die Kleine? Okay, sie behauptete, keinen Schlüssel mehr zu haben. Wahrscheinlich hatte sie vorher an der Wohnungstür geläutet, weil sie vermutete, dass der Geliebte zu Hause sein würde. Nachdem er ihr nicht aufgemacht hatte, nahm sie sich vor, über das Gesimse zu balancieren und beim Fenster einzusteigen. Die Überraschung misslang, denn der Kerl war tatsächlich ausgeflogen. Darüber wurde sie zornig. Sie dachte an Rache.

»Sie wollten den Geschlechtsverkehr mit dem Mann vollziehen?«

Das Mädchen nickte.

Jetzt kam der springende Punkt: »Sie hatten keinen Schlüssel mehr. Deshalb haben Sie an der Wohnungstür geläutet?«

Die junge Frau nickte ein weiteres Mal.

»Warum sind Sie nicht gegangen, nachdem Ihnen niemand geöffnet hatte.«

»Ich habe Geräusche aus der Wohnung gehört.«

»Geräusche?«

»Ja, ein Knarren und ein leises Türzuschlagen.«

»Und?«

»Ich wollte wissen, mit wem es das Schwein trieb.«

»Deswegen sind Sie die Fassade entlang geturnt und wollten beim Fenster einsteigen.«

»Ich bin beim Fenster eingestiegen. Zuerst habe ich aber auf das Bett geschaut. Die Luft war rein, das Bett war leer.«

Der Chef ist kein Dreck, wunderte sich der Joschi. »Zuerst lässt er den Taschlzieher entkommen, und dann auch noch die 16-jährige Unschuldsbraut.« Irgendwie hatten die Kollegen in der Rossauer Kaserne womöglich doch recht: Der Frank Karl hat's nicht alle. Bei dem ist eine Schraube locker. Und wie zum Beweis stürmte der Gruppeninspektor geradewegs auf den ägyptischen Zeitungsverkäufer im *Jonasreindel** zu: »Wissen Sie, was eine Firmung ist?« Der Schwarzkopf im rot-gelben Zeitschriftenreklamehemd aus Plastik machte fast in die Hose. Er wusste, dass der Kaspar, der sich vor ihm bedrohlich aufbaute, von der Kieberei war. Er schüttelte den Kopf. Jetzt wurde der Frank Karl geradezu gutmütig: »Macht nichts. Sie bekommen trotzdem eine Uhr.« Dem Joschi stand der Mund offen. Der Chef schenkte dem Araber jene *Rolex*, die er dem Taschlzieher in der Mariahilfer U-Bahnstation abgenommen hatte.

Im Büro wurde Frank Karl gleich wieder ungemütlich. »Verdammte Hurerei!«, schrie er und pfefferte einen Stapel Tageszeitung auf den Boden. Nun kamen die wenig geliebten Akten zum Vorschein. »Acrylfarben! Ich hab's doch eh vom Anfang an gesagt.« Nach

* unterirdische Straßenbahnstation bei der Universität. Hat die Form eines Kochtopfs (Reindl); benannt nach Bürgermeister Franz Jonas

diesem kurzen Begeisterungsausbruch zog gleich wieder ein Schatten über das Gesicht. Er las: Das Busenbild an der Blutwand auf der Tuchlauben war doch nicht so ohne, wie er gedacht hatte.

KAPITEL 7

Ein weibliches Schamhaar war auf dem Blutbild gefunden worden. Was Frank Karl aber wirklich aufregte, war der Vermerk: »Wohnungsinhaber ist ein gewisser Doktor Paul Kammereder.« Nachdem der Kieberer fünfmal sein Lieblingswort »Scheiße, Scheiße, Scheiße!« geschrien hatte, herrschte er den Joschi an: »Hörst, Burli, was sitzt du noch deppert herum? Wir machen eine Wohnungsinspektion.«

Sie joggten die Schottengasse entlang, nahmen den Platz am Hof in der Diagonale, huschten durch den Torbogen vor dem *Uhrenmuseum* und sprinteten durch das Tunnel zur Kleeblattgasse. »Tag, die Herren!«, winkten ihnen die Kellner vom *Kern-Beisl* von Weitem zu. Aber die beiden Stammgäste hatten keine Zeit für Freundlichkeiten. Der serbische Hausmeister auf der Tuchlauben salutierte. »Trinkgeld kriegst keines!«, schnauzte ihn der Kieberer an. »Brauchst also erst gar nicht freundlich zu sein.« Ohne sich umzuschauen, klingelte er schon an der ersten Wohnung, die unter der Suite des verblichenen Doktor Kammereder lag. Es öffnete eine Perlenketten-Oma, die ihnen sagte: »Na endlich. Ich hab Sie schon viel früher erwartet.« Ohne die Herrschaften in die Wohnung zu bitten, ratterte sie los: »Dieser gewesene Doktor Kammereder war ein freundlicher Mensch. Wenn man heute noch Hüte tragen würde, hätte er den seinen bestimmt gelüftet. Tadellose Manieren. Schade, dass man ihn so selten gesehen hat.« »Und sonst?«, unterbrach sie der Gruppeninspektor rüpelhaft. Aber die Lady tat so, als hätte sie die Unfreundlichkeit nicht registriert. Weil, wer geht denn heutzutage schon zur Polizei? »Und sonst«, griff sie das Wort des Kieberers auf, »und sonst schaute der Herr Doktor selten vorbei. Das da oben war ja so eine Art Zweitwohnung, nehme ich an. Aber wenn er einmal vorbeigeschaut hat, ging es rund zu.« »Was soll das heißen: Es ging rund zu?« »Das soll heißen, er hat die *Zauberflöte* abgespielt. Sie wissen schon, die Arie, wo diese Königin der Nacht hysterisch gackert. Na, und eines Tages hat die Arie ausgesetzt …« »Halten S' keinen musiktheoretischen Vortrag«, fuhr sie der Polizist schroff an. Die Dame schnäuzte sich lange und umständlich. Sollte der Vorstadtprolo ruhig warten. Sie würde dem Grobian schon noch Manieren beibringen und seine Nervenstärke testen. »Wo waren wir stehen geblieben?«, fragte sie langsam, jedes einzelne Wort überdeutlich artikulierend. Sie zauberte ein makelloses Unschuldslächeln auf ihre Lippen. »Ach ja … die Königin der Nacht. Die hat auf einmal nicht mehr gesungen, trotzdem hat ein Weib weiter gegackert. Da hab ich erkannt, dass Qualitätsmatratzen auch nicht jedes Geräusch abdämpfen.« »Wie meinen Sie das?«, fragte der Kieberer boshaft. Da hatte er sich aber gewaltig in die Hand geschnäuzt, weil die Lady war keineswegs gewillt, das Wort »Geschlechtsverkehr« in den Mund zu nehmen. »Haben Sie schon einmal was von Turnübungen gehört?«, ätzte sie und warf den Kopf neckisch nach hinten und die Wohnungstür zu. »In dem Beruf machst was mit«, seufzte der Joschi und läutete an der Tür nebenan. Die ging sofort auf. Ein Mann im Pyjama. »Was wissen Sie über den Wohnungsinhaber im Appartement über Ihnen?« Der Mann schaute entgeistert auf den Ausweis des Kieberers und konterte: »Der Mann war Rechtsanwalt ... Mit einem derartigen Gesindel wollte ich nie was zu tun haben und werde auch nie was zu tun haben, weshalb ich Ihnen auch nichts über den vermeintlichen Herrn Doktor zu sagen vermag. Auf Wiederschauen!« In der Wohnung daneben war niemand daheim. Also stapften die beiden Beamten die Stiege hinauf. In der Höhe wurde alles vornehmer und lichter. Jetzt erst kamen die Jugendstilgirlanden an den Treppengeländern richtig zur Wirkung. Am Ende des Treppenlaufs brüllten Löwen und Sphingen. Kaum hatte der Joschi an der Nachbartür zur Wohnung des Doktor Kammereder geklingelt, flog das Milchglasscheibenfenster hinter dem Ziergitter auf, und eine Stimme fistelte: »Vertreter, Hausierer, Bettler und Zeugen Jehovas unerwünscht!« Und schon flog das Fenster wieder zu. »Polizei!«, donnerte nun der Kieberer. »Wennst net sofort aufmachst, tret ich dir die Tür ein.« Dem Frank Karl war es peinlich, als er im Mann, der nun zögerlich die Nase durch den Türspalt streckte, den berühmten Geiger Ludwig Stein erkannte. »Ich bewundere Sie«, stotterte er. »Sie spielen die Geige im vollen Klang wie die Anne-Sophie Mutter, den Bogen streng am Steg, den kleinen Finger als kräftige Stütze auf dem Frosch ...« Der Maestro winkte ab: »Der Kammereder war eine Zumutung. Ständig dieselbe Mozartoper und das Gejaule einer läufigen Wölfin zum Vollmond! De mortuis nihil nisi bene, aber das Ableben dieses unzüchtigen Wesens ist für mich eine wahre Erlösung.« »Das war's dann auch«, entschuldigte sich Frank Karl und war sogleich auf sich selbst böse, weil er dem Virtuosen nicht die neueste Einspielung des Mendelssohn-Violinkonzertes in e-Moll abgeluchst hatte. Mit Autogramm, versteht sich. Nun stand er da, im Treppenhaus vor Blumenranken, einsam und allein (der Joschi zählte ja nicht) und hatte eine Träne im Auge. Mühsam schleppte er sich zur Mansarde hinauf. Dort musste er nicht einmal läuten. Eine ältere Rothaarige öffnete ihnen. Sie roch nach Cognac. »Ich habe gelauscht«, gestand sie. »Kommen Sie doch herein.« Der Salon war voll geräumt wie das Lager eines Antiquitätenhändlers. Aber sauber, das musste man schon sagen. »Ich bin Witwe«, bemerkte sie ungefragt. »Und ich verheiratet«, log Frank Karl. »Sie mögen den Geruch meines Parfüms nicht.« »Doch, es riecht angenehm«, antwortete der Kieberer. »Und es schmeckt noch besser.« Und ehe sich Frank Karl versah, hielt sie ihm einen vollen Cognac-Schwenker entgegen. »Prost!« »Was ist mit dem jungen Mann? Trinkt der nichts?« »Nein«, grantelte der Gruppeninspektor, »der Joschi trinkt nichts. Er ist nämlich eine Stütze der Gesellschaft.« Die Rothaarige brauchte vier Sekunden, bis sie den Witz überzuckerte. »Ach so«, gurgelte sie, »Sie sind die Gesellschaft, und der Bubi stützt Sie, wenn Sie besoffen sind.« »Mehr oder weniger«, bestätige Frank Karl. »Dann lieber mehr!« Und schon hatte die Witwe nachgeschenkt. Dem Joschi war das alles peinlich. »Ich bin Abstinenzler und Vegetarier«, stammelte er. Die Witwe machte sich an. Ihre Hände klatschten auf ihre Schenkel. »Macht nichts«, keuchte sie, »wir alle werden unschuldig geboren. Nehmen wir meinen Seligen her. Der war Bauingenieur und typisch Techniker: sachlich und trocken. Das heißt, trocken war er nicht mehr lange, nachdem er mich kennengelernt hatte. Der hat das nicht ausgehalten. Jetzt ist er tot.« Beim Wort »tot« hakte Frank Karl ein. »Wie war das mit Ihrem Nachbarn, dem Doktor Kammereder?« Die Witwe schaute zehn Sekunden ihre Fingernägel an, bevor sie antwortete: »Der ist auch tot. Was nicht so schlecht ist, weil deswegen wird meine Tapete weniger Löcher haben.« »Wie meinen Sie das?« »Der war eine Sau, ein unbeherrschtes Vieh. Wenn der beim Tschicki-Tschacki mit seine' Füß zu sehr gegen die Wände gepumpert hat, hab ich zurückgeklopft mit dem Schnitzelhammer. Jetzt hat meine Wand ein paar unappetitliche Pecker.« Frank Karl überzeugte sich. In der dunkelgrünen Tapete klafften tatsächlich etliche Dellen. »Haben Sie die Damen, die ihn besuchten, auch gesehen?« »Ha, ha, ich mach mich an, von wegen Damen. Das waren doch alles Flitscherln, die so jung gewesen sind, dass sie womöglich nicht einmal die Anti-Baby-Pille nehmen mussten, weil sie noch keine Mensis hatten. Euer Doktor Kammereder war ein zweiter Adolf Loos.« Die Witwe sah dem Joschi an, dass er keine Ahnung hatte, wer dieser Adolf Loos war. Sofort tat sie das, was er an Frank Karl hasste. Sie unterrichtete ihn: »Der Loos war der Architekt des *Loos-Hauses* am Michaeler Platz. Dieses Haus war so schiach, dass der Kaiser nicht mehr durch das Michaeler Tor fahren wollte, damit ihm der Blick auf dieses Monster erspart bleiben würde. Heute gilt der Marmorschuppen als Architektur-Juwel. Der Loos selber ist aber bei den Bürgern unten durch. Ihm haben sie sogar das Ehrengrab der Stadt Wien aberkannt, weil er sich mit einem Hausmeister auf ein Packel gehaut hat. Und dieser Hausmeister hat ihm Schulmädchen zugetrieben. Die waren zwischen sechs und 13 Jahre alt. Es soll über 300 Opfer gegeben haben. Angeblich mussten die Kinder Modell stehen. In Wirklichkeit kam es aber zu Spreizungen, zu Penetrationen, zur Felatio …« Bevor die Rothaarige ihr Repertoire an sexualkundlichen Ausdrücken ausbreiten konnte, fuhr der Kieberer dazwischen. »Entschuldigung, aber ich wollte wissen, ob Sie die Mädchen, die mit dem Kammereder verkehrten, auch gesehen haben.« »Gesehen nicht, aber gehört hab ich sie, wie sie gequietscht, geschrien und gekichert haben.« »Mehr nicht? Das ist alles?« »Na ja, alles nicht, weil einmal habe ich einen Hintern gesehen. Kommen Sie mit …« Die Witwe zerrte den Inspektor aus dem Fauteuil und stieß ihn an ein Fenster. »Schauen Sie raus … Keine Angst, ich schmeiß Sie schon nicht hinunter. Sehen Sie, da unten ist ein kleiner Balkon. Auf dem hat so eine kleine Mieze ihren Po ausgelüftet. Der war perfekt, aber trotzdem nicht makellos, weil unter den Backerln hat sie zwei kleine Punkterln gehabt, und zwar eines auf jeder Seite. Ich hab's gesehen, und die Kleine hat gesehen, dass ich's gesehen hab. Aber glauben S', dass sich das G'frast getummelt hätte, sich zurückzuziehen? Im Gegenteil, sie hat sich ziemlich Zeit gelassen und mir Busen und Zunge gezeigt.«

Frank Karl packte den Joschi am Revers und zog ihn zur Wohnungstür hinaus. »Sorry«, entschuldigte er sich,

»aber ich musste vor mir selbst die Flucht ergreifen. Ich hätte die Alte da drinnen nicht mehr ausgehalten. Eine Sekunde länger, und ich wäre selbst zum Mörder geworden.« Seufzend ließ er sich auf einer Steinstufe nieder. »Keine Angst«, tröstete er seinen Assi, »ich hab einen Reiseproviant mitgehen lassen.« Der Gruppeninspektor zog eine Cognacflasche aus der Tasche seines Sakkos. »Willst einen Schluck?« In sich versunken nuckelte der Kieberer an der Flasche. Plötzlich schüttelte es seinen Körper wie einen *Steyr*-Traktor, den man startet. »Schaun wir uns noch einmal die Blutwohnung an.« Weil der Kieberer leicht angesoffen war, kümmerte er sich nicht um das amtliche Siegel, das jeden Zutritt verbieten sollte. Er gab der Wohnungstür einen Rempler, dass es nur so staubte. Mit einer galanten Handbewegung lud er den Joschi zur Tatortbesichtigung ein. »Mir blutet das Herz«, jammerte er, »wenn ich daran denke, dass irgendwelche Baustellenrowdies in wenigen Wochen dieses Wandgemälde abklopfen würden. Schau dir diese schöne junge Frau an. Eine archaische Darstellung. Der Wahnsinn einer Initiation. Das ist das wahre Sacre du Printemps. Das Bild gibt vor, dass die Frau abgekragelt worden war, um als Blutopfer an die Wand genagelt zu werden. Aber wie jede Kunst ist auch dieses Action Painting nur Schwindel. Illusion in Acryl … das hab ich als Student von Hermann Nitsch gelernt.« Zur Freude des nüchternen Joschi befiel den betrunkenen Gruppeninspektor ein heftiger Schluckauf. »Drisch mir auf den Rücken«, röchelte der Oberkieberer, was der Joschi nur allzu gerne tat, weil sich über die Monate mehrere Tonnen Hass in ihm aufgestaut hatten. Dem Frank Karl entfuhr ein kräftiger Rülpser. Dann sagte er: »Hörst, ich hab einen Brand. Ich brauch ein Spülmittel. Schaun wir in den Kühlschrank, vielleicht hat da jemand ein Bier vergessen.« Weil der Fetzen*, der den Polizisten heimgesucht hatte, nicht so ohne war, lehnte er sich an den Eiskasten an. Dieser aber machte »kritsch« und scheuerte 20 Zentimeter zur Seite. »Hörst, der Gemüse-Safe ist aber alles andere als stabil«, beschwerte sich der Kieberer. Andererseits kam ihm diese Dynamik äußert verdächtig vor, weil ein Wiener, selbst wenn er sich sonst recht flexibel gibt, bei allem, was mit dem Essen zusammenhängt, ziemlich bodenständig ist. Da gibt es null Beweglichkeit. »Joschi«, befahl der Kieberer, »stemmen wir den Kasten ein bisschen zur Seite.« Der Joschi hatte kaum seine Schulter angesetzt, als der Schrank auch schon gut einen Meter nach links rutschte. An der Stelle, an der die Kältekiste gestanden war, zeichnete sich ein Quadrat im Parkett ab. »Eine Falltür! Pass auf, dass du nicht reinplumpst.« Der Joschi hob den Deckel an. »Du lieber Schwan«, entfuhr es dem Gruppeninspektor. In der Tiefe lag ein Mauertresor. Allerdings stand sein Türl offen. Der Geldschrank war leer. Jetzt drehte der Gruppeninspektor durch. Er rief den Glatzkopf von der Spurensicherung an und nannte ihn einen Gschisti Bohavitschek**. »Ich will sofort, dass ihr herkommts und die Spuren vom Kühlschrank sicherts.« Diese Aufforderung kostete den SPK-Typen nur ein müdes Auflachen. »Ich werde andere Saiten aufziehen!«, schrie der Kiebe-

* Rausch
** Wichtigtuer

rer ins Handy. Der Spusi-Mann blieb cool. Er nannte den Gruppeninspektor einen »Kasperl«, der wohl zu tief ins Glasel geschaut habe. Im Übrigen lägen die Kühlschrank-Auswertungen bereits auf dem Schreibtisch des werten Herrn Kollegen. »Aber, wenn sich der Herr nicht dazu herablässt, sein Büro aufzusuchen oder die Berichte nur schlampig durchliest, kann man eben nichts machen.« Dann legte er auf. Nach drei Minuten meldete er sich wieder: »Um das Resultat zusammenzufassen: Wir haben die Spuren von drei verschiedenen Personen gesichert. Ein Abdruck war ziemlich zart und klein. Er gehört wahrscheinlich zu einer Frau. Die beiden anderen Pratzen sind zweifelsfrei Männern zuzuordnen. Wir hatten die beiden Personen sogar in unserem Computer. Der eine wurde als Rechtsanwalt Doktor Paul Kammereder, der andere als dessen ehemaliger Kanzleiangestellter, Magister Horst Hörndel, identifiziert. Außerdem haben wir auch die Körperabdrücke an der Wand penibel vermessen. Wir haben sogar die Brustwarzenmerkmale der weiblichen Person registriert.« Frank Karl schnappte nach Luft: »Ein Irrtum ist ausgeschlossen?« »Ist ausgeschlossen«, bestätigte der Profi von der Tatortgruppe. »Wie du weißt, müssen in Österreich bei Fingerabdrücken zwölf Merkmale übereinstimmen, bei der Handfläche sind es 18.« »Ich scheiß mich an!«, stöhnte der Gruppeninspektor. »In einem derartigen Fall«, motzte der Spusi-Glatzkopf zurück, »sagt man nicht ›Ich scheiß mich an‹, sondern ›Vielen Dank, lieber Kollege‹.«

*

Ich muss zu all den Dingen Distanz gewinnen, sagte sich der Gruppeninspektor. Also fahr ich nach Baden und suche die Witwe des Doktor Kammereder auf. Er ließ die Tür zum Kleiderkasten offen, weil der, wie sein schwarzer Anzug, nach Mottenpulver stank. Aber ein schwarzer Anzug gehörte sich ganz einfach, wenn man jemandem kondolierte.

Die Villa in Baden war genauso, wie man sich eine Anwaltsvilla vorstellt: Schmiedeeisentor, Doppelgarage, knirschende Kieszufahrt, Heckenrosen, gartenseitig eine großzügige Terrasse, Sprengeranlage, Golfplatzrasen. Die Witwe hatte verweinte Augen. Das gehörte sich einfach. Sonst wies nichts auf Trauer hin, denn ihr Kleid war weiß. Nach den vorbereiteten Beileidssprüchen hätte sich Frank Karl vorsichtig zu den investigativen Fragen vortasten müssen: »Glauben Sie an einen Unfall? Könnte es Mord gewesen sein? Was meinen Sie: Hatte Ihren Mann jemand unter das Lastfahrzeug gestoßen? Hatte der Gatte Feinde?«

Aber all diese Fragen stellte er nicht. Ihm rutschte die Stimme weg. Sie bemerkte es, fragte: »Was denken Sie? Was halten Sie von mir?«

»Sie sehen gut aus.«

»Weiter!«

»Was weiter?«

»Seien Sie ehrlich!«

»So, wie Sie auftreten, stellt man sich keine Witwe vor.«

Sie lachte bitter. »Ist das alles?«

»Nein, das ist nicht alles. Aber mein Anstand verbietet mir, mich noch unverschämter zu äußern.«

Sie schnalzte mit der Zunge. »Sie sind *doch* feige.«

»Nein, bin ich nicht.«

Sie schaute ihn herausfordern an: »Was wünschten Sie sich, wenn Sie nicht feige wären?«

Daraufhin er: »Dass Sie sich Ihrer Kleider entledigen.«

Und sie: »Okay! Kommen Sie!« Sie zog ihn in den Garten hinaus. Ihre Kleider fielen. »Gefalle ich Ihnen?«

»Sehr!«

»Jetzt Sie! Na, machen Sie schon. Seien Sie nicht so g'schamig.«

Die Witwe legte sich auf die zitronengelbe Liege und klopfte auf die Liege neben sich: »Das ist Ihr Platz.« Schließlich sagte sie: »Danke!«

»Wofür?«

»Dass er steht.«

Sein Glied schlug aus. Sie lachte hell. »Sie sind ein echter Gentleman.«

»Warum?«

»Weil Sie keine Anstalten machen, mich zu berühren.«

»Ja?«

»Das ist gut so. Ich ziehe mich nämlich gerne aus.«

»Aber werden dann Männer nicht handgreiflich?«

»Ja, Sie haben recht. Männer können sich nicht beherrschen.«

»Und Ihr Mann?«

»Der auch nicht. Er forderte das ein, von dem er glaubte, ein Anrecht zu haben.«

»Und Sie?«

»Ich wollte ihm eine gute Frau sein. Ich schrie auch

›Oh, oh, oh!‹ Ich fühlte mich schuldig, weil ich liebte ihn und wollte ihn nicht unglücklich sehen.«

»Und er?«

»Er kam dahinter und fühlte sich verletzt. Danach führte er mich nur noch vor, auf Partys und auf Empfängen. Ich war das, was für andere ihre Oldtimersammlung, Rassehunde oder Zuchtstuten sind. Ich war ein Herzeigeobjekt. Er wollte beneidet werden.«

»Überhaupt kein Geschlechtsverkehr?«

»Doch, hin und wieder. Wenn er einfach nicht mehr an sich halten konnte. Dann legte ich mich hin. Das gehörte sich so. Ich gewährte ihm Gnadensex.«

Sie ergriff die Hand des Kieberers. Der sah in die Langeweile des blauen Himmels und spürte eine leichte Brise in den Schamhaaren. Dann drehte er sich zur Seite.

»Ich bemühte mich, eine normale Frau zu sein. Aber er wandte sich von mir ab. Er suchte Trost bei seiner Sekretärin. Ich litt unter seiner Herablassung. Ich bangte, die Angestellten und Bekannten würden den ehelichen Stillstand entdecken. Ich fürchtete ihre Verachtung. Für unser Dienstmädchen träufelte ich manchmal Eiklar auf unser Bettlaken.«

Plötzlich sprang sie auf, wischte sich die Augenwinkel und schlüpfte in ihren BH. »Hake mir den Verschluss zu!« Als seine Fingerspitzen ungewollt ihre Wirbelsäule berührten, rieselte eine Gänsehaut über ihren Rücken.

Bei der Verabschiedung im Flur war sie unterkühlt: »Ich habe Kopien der Kontobewegungen, die Steuerbescheide, die Unterlagen über Geschäftsreisen und eine Aufstellung des Immobilienbesitzes meines Mannes veranlasst. Seine Sekretärin wird Ihnen die Unterlagen aushändigen. Ich persönlich glaube nämlich an einen Raubmord.« Sie schloss die Tür, ohne sich von ihm zu verabschieden.

Der Gruppeninspektor fuhr ohne Umschweife zur Kanzlei des Doktor Kammereder. Die Sekretärin war schon lange nicht mehr jene Tippse, die ihn vor 20 Jahren mit dem Goldschmuggler und Sozius Hörndel bekannt gemacht hatte. Aber eine »würdige« Nachfolgerin. Perfekt wie eine Parfümreklame. Sie händigte ihm das Konvolut wortlos aus. »Hatte der Doktor Kammereder eine Waffe?« Sie schüttelte energisch den Kopf. Dann entgegnete sie seinen Blick. Sie erkannte, welch verkommenes, ordinäres Schwein er war.

*

Wien Strebersdorf*: Der riesige, große blonde Mann hockte im Maisfeld. Feuchtigkeit. Morgentau. Sein Gesicht umschwirrten Insekten. Die Haut brannte. Aber er traute sich nicht, den Schwarm zu verscheuchen. Jede Handbewegung konnte ihn verraten. Schon begann die Sonne, in die Strünke des Maisfelds zu stechen, und dort drüben, bei der Scheune, bellten die Polizisten. Sie waren über die malträtierte Leiche gebeugt.

Und die Staatsdiener wurden immer mehr. Immer häufiger blinzelten Blaulichtfahrzeuge zu ihm herüber. Wenn die mit Hunden kommen, bin ich verloren, dachte er.

* Stadtteil auf der »anderen Seite« der Donau, mit teils dörflichem Charakter

Endlich kreischte in der Ferne die Schnellbahn. Die Vorstadtzüge begannen in dieser Herrgottsfrüh immer häufiger zu quietschen. Nun schoben sich ganze Fronleichnamsprozessionen Richtung Bahnstation. Ameisenprozessionen. Die Leute mussten zur Arbeit. Der blonde Riese ging in die Hocke, als würde er scheißen. Dann erhob er sich. Er wollte sprinten. Nein, du darfst nicht laufen! Das fällt auf. Er teilte die Maisstrünke, trat hinaus ins scharfe Sonnenlicht und schritt schön langsam den Wiesenpfad entlang. Deutlich hob sich sein Seidenanzug vom Hintergrund des Maisfeldes ab. Der Stoff glänzte. Ein Polizist schaute zu ihm herüber. Er spürte seinen Blick. Er durchstach seinen Hals. Der Mann wischte sich über den Kragen. Der war feucht, sog den Schweiß auf. Er hatte Lust zu rennen. Er wollte fliehen, sich hetzen lassen. Aber jetzt hatte er den Strom der Arbeitswilligen erreicht. Die Massen drängten zur Schnellbahn. Sie wollten zur Arbeit. Neben ihm klapperten Aktenkoffer, Schlüssel klimperten aus Damenhandtaschen. Hinter ihm dudelte ein Handy. »Hallo, hallo ... Guten Morgen ... Ich bin schon auf dem Weg.« Ich müsste schiffen, dachte er. Scheiße, warum hab ich das nicht im Maisfeld gemacht? Und da geschah es. Die dumme Kuh neben ihm hob einen Sauermilchkarton, nuckelte an ihm, als irgendeiner an ihren Ellenbogen stieß und sich ein Sauermilchstrahl auf den Seidenanzug des blonden Mannes ergoss. Die junge Kuh strahlte ihn mit dem schönsten »Das tut mir aber leid«-Lächeln an. Ihre Augen küssten sein Gesicht. Sie blieb stehen, begann mit einem Taschentuch an ihm herum zu wischen. Das machte alles nur noch schlimmer und den Fleck noch größer. »Ich könnte dich umbringen!« Sie schaute unverblümt in sein Gesicht. Er wusste: sie würde sich sein Gesicht merken. Er stieß sie von sich: »Dumme Gans!« Er versuchte, in der Menge unterzutauchen. Er ließ sich in der Masse treiben. Bis du deppert!, schimpfte er sich. Du kannst doch nicht stinkend, in einem zerknitterten, buttermilchbesudelten Anzug so tun, als wärst du auf dem Weg zur Arbeit. Er stieß sich von diesen Leibern ab. Er blieb am Rand des Aufgangs zur Schnellbahnstation hängen. Er drehte sich um und ruderte gegen den Strom, Richtung Wohnblock, dorthin, wo seine Großeltern hausten.

Auf der Klingelleiste stand sein Name: Hörndel. Die Alten hießen wie er. Er läutete. Da oben regte sich nichts. Er zog den Schlüssel aus der Hosentasche, verfehlte zweimal das Schlüsselloch, schaffte er schließlich zu Fuß in den zweiten Stock. Er lauerte, schaute zum Aufzug. Kein Laut. Die Senioren schliefen noch. »Dieses Haus ist ein Pensionistenbunker.« Vor 40 Jahren waren seine Bewohner eingezogen, hatten Kinder auf die Welt geschissen, damals war der Spielplatz vor dem Ostblockplattenbau belebt, aber heute ist dieser Nachwuchs schon längst ausgeflogen, hatte eigene, schickere Wohnungen bezogen, hatte selbst Babys produziert und seine Eltern im grauen 60-Jahre-Verlies vergessen. Dieser Unterschlupf für lebendige Leichen war nicht das ideale Versteck für einen Mann, hinter dem die halbe Wiener Polizei her war. Aber was sollte er tun. Als vermeintlicher Mörder hatte er im Augenblick keine andere Wahl. Er läutete an der Tür seines Opas. Da drinnen rührte sich nichts. Er lauschte in den Gang hinein. Dort brauste es. Irgendwo musste jemand in irgendeiner Wohnung duschen. Er stemmte seine Schulter gegen die Tür, stand im Vorraum und hatte recht: Die Oldies waren nicht zu Hause, sie pfiffen wahrscheinlich in ihrem Schrebergarten. Er ließ die Eingangstür zuklicken und pfurzte ergiebig in die Klomuschel. Es war höchste Eisenbahn. Dann pirschte er zum Kühlschrank. Und wie er ganz unschuldig eine Dose Bier in die Anzugtasche steckte und nach einer Packung Frankfurter langte, schweifte sein Blick zum Fenster. Er schlug die Kühlschranktür zu. Er hatte sich nicht geirrt. Sein Instinkt hatte ihn gewarnt. Da schlichen schon die Kieberer über den Rasen. Im Gänsemarsch, aber schön gemütlich, den Frühstücks-Tschick in der Pappen. Nach drei Minuten hörte er den Lift surren. Ganz klar, die faulen Hunde gingen nicht zu Fuß. Der Marsch über zwei Stockwerke war den Schmerbäuchen zu mühsam. Er hätte natürlich schön über die Treppe fliehen können. Aber so blöd war er schließlich auch wieder nicht, denn vielleicht rechnete so ein Obervifzack damit, dass er ihnen im Stiegenhaus in die Arme laufen könnte. Also schlug er leise die Eingangstür zu und wartete hinter dem Eck am Gang. Nur nicht wegrennen. Nur keinen Luftzug verursachen. Nur kein Pfurzerl lassen. Sie stiefelten direkt auf Opas Wohnung zu, hatten Dir-nichts-Mir-nichts die Tür aufgesperrt, huschten wie die Fernseh-Kieberer durch die drei Zimmer, schrien »Da ist keiner!«, um schließlich enttäuscht festzustellen: »Das Arschloch muss vor Kurzem hier gewesen sein, denn im Scheißhäusel stinkt es bestialisch.« Dann bliesen sie »Abmarsch«, um die Ecke vom Gang schauten die faulen Hunde nicht. Sie nahmen den Wiener Leitspruch nicht ernst: »Warum in die Ferne schweifen, das Böse liegt so nah.«

Nichts fällt so sehr auf wie ein eleganter Anzug mit Flecken. Zwar zog er sein Jackett aus und legte es über den Arm. Aber es blieben noch immer diese dunkelgrauen Streifen auf dem rechten Hosenbein. Dem Blonden schien es, als würden alle auf ihn starren. Hinter jedem zweiten Fahrgast vermutete er einen Zivilfahnder. Er scheuerte seinen Arsch wund auf diesem hölzernen Tramwaysitz. Er lief rot an. Hoffentlich kam kein Kontrolleur. Hörst, sagte er sich, du darfst keinen Unschuldsblick aufsetzen, denn damit machst du dich erst recht verdächtig. Er stieg am Praterstern aus. Auf der Siegessäule des Vorplatzes stand noch immer der kaiserliche Admiral Tegetthoff und äffte den Nelson vom Trafalgar Square nach. Ich muss in die U1 wechseln. Der Nachteil einer U-Bahnfahrt war allerdings, dass nicht nur über den Rolltreppen Überwachungskameras hingen, sondern auch in den Waggons. Da konnte er sich noch so sehr wegducken, aber irgendeine Linse würde sein Gesicht schon erfassen. Okay, solang die Cops nicht wussten, in welche Richtung er abtschappiert* war, konnten sie ihn bei der Masse der Videoaufnahmen nicht entdecken. Aber wenn … Er konnte den Satz nicht weiterdenken, denn hinter einem Getränkeautomaten am Bahnsteig lauerte ein Uniformierter. »Servus!«, sagte der Flüchtling in der dreckigen Hose zu einem Jugo, »ich hab dich schon lange nicht mehr gesehen.« Hörndel klopfte dem überraschten Mann auf den

* geflohen

Rücken. »Hee, wer bist du?« Der Balkanese hatte keine Chance, eine Antwort zu bekommen, denn der blonde Hüne entschlüpfte ihm durch die U-Bahn Tür. »Achten Sie auf den Spalt zwischen U-Bahn und Bahnsteig«, plärrte der Lautsprecher. Der Zug ruckte an. Der Polizist gähnte. Er lehnte noch immer am Getränkeautomaten. Der Blonde hätte ihm am liebsten die Zunge gezeigt. An der Station Donauinsel stieg er aus. Unter der Brücke lagen Chinesen und Lateinamerikaner auf Decken. Sie picknickten. Das Ausländergesindel lässt es sich gut gehen. Die feiern, ohne jemals gearbeitet zu haben. Zorn stieg in seiner Birne auf. Er bekam Kohldampf. Der Magen krachte. Am liebsten hätte er sich zu den Tschuschen gesetzt, aber er konnte wohl schwerlich sagen: »Kollegen, ich bin wie ihr. Als gesuchter Mörder auf der Flucht zahle ich auch keine Steuern. Ich entziehe mich der Staatsgewalt. Also lasst's mich mitsaufen.« Missmutig wackelte er weiter. Nach zwei, drei Kilometern würde er den FKK-Strand erreichen. Dort konnte er die Kleidung ablegen. Das war gut so, denn Wiener waren anständige Menschen: sie pflegten einem Nackten nicht auf den Nabel oder ins Gesicht zu schauen. Als Nackter bleibst du anonym. Also gönnte der Blonde seinem Schwanz jene Freiheit, die dieser stundenlang entbehren musste. Um seinen Schweißgestank abzuspülen, stieg er sofort in die Neue Donau, plantschte, tauchte, jauchzte ... Als er wieder aus dem Wasser stieg, hatte sich eine ältere Dame neben seinem Kleiderberg ausgebreitet. Ihr Gesicht war leicht knittrig, aber sonst war sie recht stramm und nahtlos gebräunt. »Entschuldigen Sie«, grinste er verlegen, »aber das hier ist mein Platz.«

»Schon, aber Sie haben kein Handtuch dabei.«

»Ja und?«

»Meines ist neun Quadratmeter groß. Ich biete Ihnen einen Platz neben mir an.« Und schon frottierte sie ihm den Rücken trocken und breitete das rosarote Badetuch aus. Er legte sich gehorsam auf den Bauch. Sie cremte ihn ein. »So, und jetzt drehen wir uns um!« Er machte eine Seitenrolle. Er spürte noch ihren Blick. Dann schlief er ein. Wind durchsäuselte seine Haare. Ihn fröstelte. Er fuhr hoch: Er war in die Falle getappt. Die Frau war ein Lockvogel gewesen. Er zog die Knie an. Er schaute nach rechts. Er schaute nach links. Da war niemand mehr außer ihm. Und er saß auf der Mitte eines rosaroten Frotteehandtuches. »Scheiße«, jammerte er. »Die fröhliche Alte war von mir angetan. Die hätte mich bestimmt in ihre Wohnung mitgenommen.« »Ja«, ergänzte der Kritiker in ihm, »und dann, bei den 19.30 Uhr Nachrichten hätte sie aufgejault, weil sie dein Fahndungsfoto auf dem Bildschirm gesehen hätte. Wie hättest du ihr hysterisches Schreien abgestellt? Wie? Mit dem Spitz des Kristallaschenbechers? Mit einem kräftigen Pecker aufs Hirn, und aus?« Langsam senkte sich die Sonne. Flamingofarben im Wasser. Da ging ihm ein Licht auf: Er würde warten, bis die Nacht das Auwäldchen verschluckte. Dann würde er sich ins Dickicht schlagen. Das tat er dann auch. Auf einer Miniaturlichtung wälzten sich zwei Sandler auf dem Boden. Die waren ziemlich angesoffen. Den größeren packte er an der Kehle. Er quetschte ihm ein bisschen den Adamsapfel. Dann befahl er ihm: »Ausziehen!« Der Mann zitterte, streifte das Hemd ab, ließ die Hose fallen. Als die Unterhose dran war, versetzte er ihm einen Tritt: »Die kannst anbehalten. I will di ja ned budern*.«

Kurz vor dem Aufgang zur U1-Station ließ er sich auf eine Bank fallen. Die Abschlusskante der Sitzschale schnitt in seine Oberschenkel. Er wurde gewahr, dass er noch immer nackt war. Er fühlte sich wehrlos. Er begann zu heulen. Ein junges Pärchen wollte ihn trösten. »Können wir Ihnen helfen?« »Nein!«, antwortete er und sagte ihnen die Wahrheit: »Ich bin einsam.« Dann schlüpfte er in seine dreckige Anzughose, legte das Seidenjackett und die requirierten Sandlerklamotten auf das rosarote Riesenbadetuch und verschnürte dieses zu einem Bündel.

Am Praterstern stieg er wieder in die Straßenbahn. Ein innerer Magnet zog ihn zurück in die Wohnung seiner Großeltern. Er riskierte, dass sie ihn schnappen würden. Sie lagen dort bestimmt auf der Lauer. Aber es war ihm wurscht. Das Bündel lag großbäuchig neben ihm. Aber nicht deswegen machte keiner Anstalten, neben ihm Platz nehmen zu wollen. Es war wegen seines Äußeren: eine glänzende und befleckte Anzughose und ein freier Oberkörper. Angekommen, warf er das Anzugbündel aus der Tram und sprang hinterher. Dann stellte er sich unter eine Straßenlaterne, ließ sich anstrahlen, nahm eine Lichtdusche. Aber aus den Ziersträuchern sprangen keine Polizisten mit der Pistole im Anschlag. Jetzt grölte er laut: »Nehmt mich gefangen! Ich bin ein gesuchter Mörder!« Aber Wien ist eine Stadt der Narren, und keiner schenkte ihm auch nur eine Nanosekunde Aufmerksamkeit. Also schlurfte er auf dem Betonplat-

* vögeln; kommt von »buttern«, den Butterstößel auf und ab bewegen

tenpfad zum Wohnblock, lauschte hin und wieder in die Finsternis, rief sogar zweimal »Hier bin ich!« Es drehte ihm dennoch keiner die Arme auf den Rücken. Wieder klingelte er an der Tür seiner Großeltern. Es flammte kein Licht auf. Als er in die Wohnung trat, saß auch kein Bulle im Ohrensessel und sagte mit sonorer Stimme: »Da sind Sie ja endlich. Ich habe lange auf Sie warten müssen. Jetzt nehmen Sie einmal brav die Hände hoch.« Nichts dergleichen. Das Leben ist doch kein Fernsehkrimi. Er ließ die Hose fallen, stopfte diese zusammen mit dem Rock in die Waschmaschine und wählte den Schongang. Eine Zeit lang starrte er in das Bullauge der Maschine, als liefe da eine aufregende TV-Show. Dann steuerte den Kühlschrank an, griff nach einer angebrochenen Gin-Flasche, warf den Herd an, haute zwei Eier in die Pfanne, rührte Speck und Zwiebel dazu, kurzum alles, was ihm zwischen die Finger kam. Der sich aufplusternde Schmelzkäse schlug Blasen. Die platzten. Plötzlich ein hysterischer Schrei. Na endlich, dachte er. Er öffnete die Eingangstür und schrie: »Ihr Trotteln habt's aber lange gebraucht, bis ihr geschnallt habt, dass ich bei Opa bin.« Aber da war niemand. Aus der Tiefe des Stiegenhauses quiekte es. Da verdrosch einer seine Alte, oder er buderte sie bloß. Was weiß ich? Jedenfalls drosch er die Tür zu und ließ Badewasser ein. Er fuhr aus dem Planschbecken hoch. Er war kurz eingeschlafen. Du hättest dasaufen können, warf er sich vor und schleppte sich zum Doppelbett der Großeltern. Er ließ den Schutzengel über dem Bett kurz auf seinen Schwanz starren, dann verkroch er sich unter die Steppdecke und schnarchte auch schon. Der nächste Tag war nicht aufregend. Die Fernsehnachrichten zu Mittag zeigten kein Fahndungsfoto. Er feuerte sich ein paar von Opas Tschicks an, obwohl er für gewöhnlich nicht rauchte. Aber was sollte er tun? Zwei Liter Kaffee saufen? Er bügelte seinen Seidenanzug trocken. Die Edelkluft sah jetzt aus wie eine Kleiderspende von der *Caritas*. Dann breitete er das rosarote Badetuch im Badezimmer aus und baute mit den Klamotten des Sandlers eine Pyramide. Schließlich machte er sich an die Gewissenserforschung. Diese Technik hatte er im Religionsunterricht in der Volksschule gelernt. Er hätte, warf er sich vor, dem armen, besoffenen Biertippler* auf der Donauinsel nicht die Kleidung rauben sollen. Die Tat wäre vollkommen sinnlos gewesen. Wozu das Ganze? Er hätte doch wissen müssen, dass ihm diese Fetzen bei seiner Körpergröße nie und nimmer passen würden. Aber Panik, entschuldigte er sich, verzerrt die Sinne, ist schlimmer als Wodka. Ich habe durchgedreht. Cool down, sagte er sich. Warte bis 16, 17 Uhr. Dann mach dich auf die Socken. Im Gewurl der Stoßzeit wird dich keiner entdecken. Geh einfach nach Hause, denn in den eigenen vier Wänden stirbt sich's am besten.

In seinem Stammbeisl beim Yppen-Markt stemmte er gleich drei Bier. »Na, habe d' Ehre, wie schaust denn du aus?«, lachte ihn der Leichenfritzi aus. »Du bist ja total zerfleddert.« Der Leichenfritzi heißt so, weil er nur tote Körper malte. Für seine Aktbilder muss niemand Lebendiger Modell stehen. Die Akte lagen, und für die Totenbeschau hatte er eine Sonderbewilligung von der Gerichtsmedizin erwirkt. Dort pinselte

* Gewohnheitstrinker

der »akademische Maler« täglich erkaltete Bodies. Die Gemälde stellte er in seinem Atelier in der Neulerchenfelder Straße aus. Wenn der Leichenfritzi eine Vernissage veranstaltete, züngelten in den Ecken Grablichter. Dazwischen warfen Friedhofskreuze und Totenschädel ihre Schatten. »Das sind Originale.« Die Skelette im Ausstellungsgewölbe waren Teil der permanenten Dekoration. Vor ein paar Wochen ist der Leichenfritzi zur Wachstube in der Kandlgasse gelaufen: »Bei mir haben's eingebrochen.« Weil die auf Eigentumsdelikte spezialisierten Kripozisten gerade im Grätzel waren, haben sie gleich beim ihm vorbeigeschaut. »Das Eigenartige ist«, hat der Leichenfritzi erklärt, »dass die Einbrecher nichts haben mitgehen lassen.« »Ja«, sagte der eine Kieberer, »mich wundert das überhaupt nicht. Die Strizzis sind gleich wieder geflohen, weil die haben einen Schock fürs Leben davongetragen, weil bei Ihnen schaut's ja aus wie im Quartier von einem Massenmörder.« Dieser nämliche Leichenfritzi klopfte jetzt dem Horstl auf die Schultern, dass es nur so stauben würde, hätte er den Anzug nicht gerade gewaschen. Er wiederholte: »Hearst, wie schaust denn du aus?« »Ich gleiche mich deinen Bedürfnissen an«, antwortete der Horst. »In ein paar Tagen kannst du mich porträtieren, ich drah' mich nämlich ham.« Damals hatte der Leichenfritzi die Aussage nicht ernst genommen. Vielmehr beutelte es ihn vor Lachen. »Ja, wenn das so ist«, schrie er den Barkeeper an, »dann bring uns zwei Methanol.« Damit waren doppelte Wodka gemeint. »Und mir gibst einen Friedhofsspargel«, schrie der Pistolenpeter, der gerade zur Tür hereingestolpert kam. Mit »Friedhofsspargel« wurden diese langen, dünnen dunkelbraunen Virginiazigarren bezeichnet. Die hatte schon der Kaiser Franz Josef geraucht. Der Pistolenpeter war ein Kieberer, der ständig einen Schwül* hatte. »Aber das ist nur Tarnung«, munkelten die Gürtelhuren. »Damit er die Halbwelt besser aushorchen kann.« Und eben diesen Pistolenpeter umarmte der Horst. »Welche Erleichterung«, weinte er. »Endlich habt's mich gefunden, endlich verhaftet's mich.« Die Stammgäste hauten sich ab. Sie glaubten, der Horstl nimmt den Pistolenpeter auf die Schaufel. »Lass mi aus, du stinkender Bsuff«, wehrte sich der Kieberer. Und zu den anderen: »Haltets mir den blunzenfetten Trottel bloß vom Leibe! Und gebt's ihm a Betäubungsmittel ... aber auf Kosten des Hauses.«

Auf diese Weise gedemütigt, wackelte der Horst Hörndel nach Hause. Weil er das Schlüsselloch nicht finden konnte, läutete er den Hausmeister heraus. Der war ebenfalls fett. Die beiden fielen sich um den Hals und trugen einander gegenseitig das Du-Wort an. Das war der Beginn einer innigen, wenngleich kurzen Freundschaft, denn am nächsten Tag war der Horst tot.

Um Punkt 7 Uhr dudelte nämlich die *Eroica* aus den Lautsprechern. Hörndel äugte in den Morgen. Er rümpfte die Nase. Es roch nach frischem Kaffee. »Guten Morgen!«, flötete eine Stimme. Hörndel sagte: »Ähhh?« Dann drückte ihm jemand den Polster ins Gesicht und schoss durch die Daunen.

Nach drei Wochen meldeten sich die Pensionisten Cornelia und Martin Hörndel am Wachtzimmer in der Wagramer Straße. Bei ihnen sei eingebrochen wor-

* Rausch

den. Der Rowdy hätte die Wohnung verwüstet und die Badewanne nach dem Gebrauch nicht geputzt. Unter der Waschmuschel hätten sie einen dreckigen Kleiderberg entdeckt. Daraus schlössen sie, dass es ein stinkender Einzeltäter gewesen sein musste. Nein, gestohlen sei nichts worden, wenn man vom leergeputzten Kühlschrank absehe. Was sie stutzig mache, sei der Umstand, dass das Schloss zur Eingangstür unversehrt geblieben sei. »Sehr eigenartig«, sagte der Mann, »weil der Einbrecher sonst ziemlich aggressiv gewesen sein muss.« »Woraus schließen Sie das?«, fragte der Revierinspektor. »Weil er unseren Teddybär erdolcht hat.« »Was?« »Wissen Sie«, mengte sich die Frau ein, »wir haben auf unserem Bett so einen riesigen Zierbären sitzen. Der bewacht sozusagen das Schlafzimmer. Wir waren ja die letzten drei Monate nicht daheim. Wir haben einen Schrebergarten bei Pedersdorf*. Dort haben wir ein paar Obstbaam. Wir züchten unser eigenes Gemüse. Unsere Blumen …« Der Großvater hob plötzlich die Hand, machte eine Bewegung als würde er eine Fliege fangen, fuhr der Oma mit dieser Geste gleichsam über das Maul, verbat ihr jedes weitere Ausuferung und erklärte: »Der Wüstling hat ihm ein Küchenmesser in die Brust gerammt und ihn damit an die Wand genagelt.« Der Revierinspektor wollte »Ich scheiß mich an!« rufen, riss sich aber zusammen und täuschte einen Hustenanfall vor, um im Bellen sein Lachen zu ersticken. Als er sich wieder gefangen hatte, stellte er die Verlegenheitsfrage: »Haben Sie Feinde?« »Nein, direkt nicht«, gluckste die Frau. »Aber im Grunde genommen mag uns keiner.« »Wie kommt es

* Perchtoldsdorf bei Wien

dazu?« »Schaun Sie«, dozierte der Großvater, »heutzutage will jeder Kontakt halten, aber wir pfeifen auf alle Kontakte, weil im Grunde genommen will einen jeder nur ausbeuten. Drum haben wir auch kein Internet und so einen Blödsinn. Weil dort sind ja bloß die Adressenhändler daheim. Früher haben Sie, wenn Sie ins Postkastel geschaut haben, noch echte Ansichtskarten vorgefunden, heute sind nur noch Rechnungen und Reklame drin …« »Hat außer Ihnen noch jemand Schlüssel zur Wohnung?«, unterbrach ihn der Polizist. Der Mann war daraufhin beleidigt. Die Frau schüttelte den Kopf. »Eine Putzfrau oder so?« »Eine Putzfrau?«, brauste der Mann auf. »Wozu eine Putzfrau? Damit sie einen abstiert*?« »Okay«, resignierte der Beamte, »ich schick' Ihnen im Laufe des Tages ein paar Leute von der Spurensicherung.«

Der Großvater sprang plötzlich auf und zerrte seine Frau Richtung Ausgang: »Des führt zu nix. Ich hab dir ja gleich g'sagt, dass des lauter Trotteln san. Wenn einer net weiß, was er werden soll, dann wird er Polizist oder Lehrer. Die faulen Hund' wollen doch nur a dolce vita führen, auf meine Kosten. Und wer blecht's? Ich, mit meine' Steuergelder!« Nach drei Minuten kam die Großmutter ins Revier zurückgekeucht. »Und eines wollte ich Ihnen noch sagen«, schrie sie durchs Schalterfenster. »Mein Mann ist sehr erzürnt …« Nach sieben Minuten kam sie noch einmal: »Und eines wollte ich Ihnen auch noch sagen: Es könnte durchaus sein, dass unser Enkel, der Horsti, noch einen Schlüssel zur Wohnung hat.«

*

---

* beraubt

Frank Karl ließ sich mit Tatü-Tata nach Strebersdorf chauffieren. Die Leiche lag im hohen Gras und war von einem Spaziergänger gefunden worden, das heißt nicht von dem Mann selbst, sondern von seinem Hund. Die beiden waren nämlich äußerln.

Der Spusi-Glatzkopf vom Ermittlungsbereich Leib und Leben, der die Lage zusammenfasste, pflegte den selbstbewussten Stil der Nebensächlichkeit. Diese beschwichtigende Sprechweise brachte Frank Karl auf die Palme. Er schaute sich das Gfrieß des Berichterstatters näher an. Ganz klar, es gehörte zu jenem arroganten Ungustel, mit dem er schon wegen der Tuchlauben und am Tatort Währinger Straße zusammengekracht war. Dieser Motorradjunkie lächelte ihn gutmütig an und musterte ihn mit jener Nachsichtigkeit, mit der Enkelkinder ihre leicht dementen Großeltern zu begrüßen pflegen. Der Gruppeninspektor grunzte. Andererseits durfte er von Glück reden, weil der Glatzkopf eingearbeitet war. »Die männliche Leiche ist an einem Schnitt am Kehlkopf verendet. Weil der Täter auch die Halsschlagader geritzt hat, dürfte der Kerl wie ein Schwein geblutet haben. Die Blutspur lässt sich leicht bis zum Stadel da drüben verfolgen. Das dürfte der Tatort sein. Zeitpunkt des Todes: wahrscheinlich vorgestern Nacht. Aber Genaues wird dir ja die Gerichtsmedizin berichten. Im Übrigen handelt es sich bei dem Toten um einen alten Bekannten. Es ist der Pseudo-Chef dieser ermordeten Millionärin in der Währinger Straße, der Adele Aicher.«

Das Angenehme an diesem Unsympathler war, dass er die Fragen des Gruppeninspektors schon beantwortete, bevor sie dieser auch nur stellen konnte: Natürlich kannte niemand den Namen des Mannes, dessen Hund die Leiche gefunden hatte. Der Mann hatte zu schnell den Anruf beendet.

»Haltet mir die Gaffer vom Leib!«, schrie Frank Karl in das Rudel der Uniformierten, das aus den Kleinbussen sprang.

»Fragen Sie die Kinder!«, sagte eine Anwohnerin der Reihenhaussiedlung. »Die zigeunern da drüben immer herum.« Der junge Polizist, der neben Frank Karl zappelte, begann zu hüsteln. Der Gruppeninspektor kannte das. Der Bursche fühlte sich nicht wohl, er hatte was zu verbergen. »Wos is?«, fuhr ihn Frank Karl an.

»Das mit den Kindern, was die Dame da g'sagt hat, ist nicht einmal so blöd.«

»Was heißt das?«

»Das heißt, dass wir die Kinder schon gestern befragt haben.«

»Und?«

»Kinder sind Kinder.«

»Und Schnaps is Schnaps«, grantelte der Kieberer. »Was bedeutet das?«

»Das bedeutet, dass wir sie nicht ernst genommen haben.«

»Und was habt ihr nicht ernst genommen?«

»Wir haben nicht ernst genommen, was sie uns gesagt haben.«

Jetzt explodierte Frank Karl: »Lass dir nicht die Würmer aus der Nase ziehen! Red' endlich Klartext!«

»Die haben g'sagt, ein großer blonder Mann ist aus dem Stadl g'rennt, Richtung Maisfeld.«

»Und?«

»Sie haben g'sagt, dass sie Locherlschauen waren.«

»Was?«

»Sie haben durch die Gucklöcher, die in die Bretter vom Heustadel gebohrt sind, Liebespärchen beim Budern zugeschaut.«

Frank Karl sagte nichts. Deshalb fuhr der Polizist von selbst fort: »Der Stadel ist ein bekannter Liebestreff.«

»Weiter!«

»Die Nackerten da drinnen haben sich angeschrien.«

»Welche Nackerten?«

»Na, die Buderanten, die die Kinder ausgespechtelt haben. Wie die so richtig im Geschäft waren, ist ein Dritter dazugekommen. Die Kinder glauben, das war der eifersüchtige Ehemann von der Frau. Da hat die Frau ihren Lover abgemurkst und ist auf den zweiten Mann losgegangen. Aber der ist davongerannt.«

»So, und warum erfahre ich das erst jetzt?«

»Weil mein Chef gesagt hat, diese Kindereien sind nicht wichtig.«

»Nicht wichtig?!«

»Ja, weil pubertäre Fantasien.«

Frank Karl roch, dass der Jungmann log. Er druckste zu viel herum. Er stieg ihm auf die große Zehe und sagte: »Und jetzt sagst mir die Wahrheit, oder …«

Der Nachwuchssheriff schrie lange »Au«, wie es sich gehörte, schöpfte Atem und gestand: »Die Kinder sind uns davon g'rennt. Die waren zu g'schwind. Wir haben nicht einmal ihre Namen, geschweige denn die Adressen.«

»Auf Wiederschaun!« Er jagte den Uniformierten zum Teufel. »Na, war'n wir wieder einmal höflich?«, provozierte der Glatzkopf von der Spusi. »Kommen S', im Stadel wären wir soweit. Oder wollen Sie sich den vermeintlichen Tatort eh nicht anschauen?« Natürlich wollte der Kieberer. Im Heuballenbunker tanzte der Staub. Der Boden saugte eine Blutlacke auf. Überall lagen Präservative herum. »Da tun wir uns bei der Spurensuche schwer. Die Lokalität scheint ziemlich oft frequentiert worden zu sein. Außerdem kamen hier Spechtler zu ihrem Vergnügen. Die Bretter sind von außen angebohrt worden. Die Fußabdrücke, die wir vorgefunden haben, stammen vor allem von Schuhen Größe 38 und darunter. Die meisten Gäste der Peepshow waren also Jugendliche oder Kinder.«

KAPITEL 8

Frank stellte den Kindern eine Falle. Er engagierte ein frisch verheiratetes Polizistenehepaar als Komparsen für seine Abendshow im Stadel. Die junge Kollegin hatte gerade erst die Bluse aufgeknöpfelt, als er schon »Zugriff« schreien konnte. Die vier Polizeisportler, die in einer Bodenmulde gelauert hatten, waren im Sprint schneller als die Kids. Die zappelten jetzt wie Katzen in ihren Händen.

Die beiden Buben, Kevin und Benjamin, waren typische Vorstadtlauser, die sich bei »Buschen«* und »Beideln«** gut auskannten. Frank Karl interessierte sich sofort für das Mädchen. Die roch nach dem teuren Parfüm der Frau Mama. Die Kleine war auch ein, zwei Jahr älter als die Buben, also 16. Aus gutem Haus. Der Vater Beamter beim Magistrat, die Mutter Lehrerin. Die Kleine setzte eine Schmollmiene auf, die Frank Karl »herzig« fand. Das Schlimme daran war: Das Mädchen wusste, wie es auf Männer wirkte. Es sagte dem Gruppeninspektor: »Ich schaue viele Fernsehkrimis an. Daher weiß ich, dass Sie meine Eltern hinzuziehen müssen.«

»Ja und?«

---

* weibl. Geschlechtsorgan
** männl. Geschlechtsorgan; Beutel

»Ich möchte mit Ihnen einen Deal machen. Sie sagen meinen Eltern, dass ich beim Schwarzfahren in der Straßenbahn erwischt worden bin, weshalb ich auf dem Kommissariat sitze. Und ich erzähle meinem Papa, dass ich meinen Schülerfreifahrtschein zu Hause vergessen habe, was mir jetzt furchtbar leidtue.«

»Okay«, sagte der Kieberer sanft und leise. »Aber wegen dieser Vergesslichkeit wird man ja nicht gleich auf ein Wachzimmer geschleppt.«

»Ich erzähl meinem Papa, dass ich frech gewesen bin und den Kontrolleuren meinen Namen nicht nennen wollte. Deswegen ist die Polizei gekommen und hat mich mitgenommen. Er glaubt mir das sofort.«

»Und was ist, wenn ich auf diesen Deal nicht eingehe?«

»Dann sage ich: Im Stadel war es finster, deswegen hab ich nichts gesehen.«

»Okay«, grinste der Kieberer, »du hast also deinen Schülerausweis vergessen. Und deshalb kommst du zum Schluss, dass im Stadel genug Licht für Beobachtungen war.«

»Ja!«

»Und was hast du gesehen?«

»Die Frau hat sich sehr rasch ausgezogen und dann dem Mann den Gürtel gelöst. Seine Hose ist heruntergefallen. Er hatte ein verhältnismäßig großes Glied. Sie hat ihm die Vorhaut zurückgezogen und ihn auf das Heu geschmissen. Dann ist sie auf ihn aufgeritten. Er hat ahhhhhhhhhh geschrien und sie oh-oh-oh. Kurz bevor er gekommen ist, hat sie plötzlich ein Rasiermesser in der Hand gehabt und ihm die Kehle durchschnitten. Das Blut ist gespritzt … In diesem Augenblick ist der Mann im silbergrauen Anzug in der Tür gestanden. Der ist sofort davongelaufen …«

Frank Karls Mund stand offen. Als er sich wieder gefasst hatte, entfuhr es ihm: »Woher beziehst du deine Kaltblütigkeit?«

»Wie gesagt, das war für mich nichts Neues. Ich schaue viele Fernsehkrimis.«

»Aber deine Beziehung zum Sex.«

»Sie meinen: Weil ich die Dinge beim Namen nenne? Ich habe *Make More Love* von Ann-Marlene Henning gelesen.«

»Aber, schämen Sie sich nicht?«, Frank Karl war unwillkürlich vom Du auf Sie übergegangen, »… schämen Sie sich nicht, durch die Löcher des Stadels zu schauen?«

»Live ist besser als Konserve.«

»Wie meinen Sie das?«

»Alle anderen in meiner Klasse schauen im Internet Pornos, und zwar Buben und Mädchen.«

Frank Karl hatte plötzlich einen trockenen Gaumen: »Aber die beiden Buben, die mit Ihnen durch die Bretter geschaut haben, gehen doch bestimmt nicht in Ihre Klasse. Die stammen doch aus einem anderen Milieu.«

»Sie meinen, die sind Prolos.«

Der Kieberer schwieg.

»Sie sind Prolos, und deswegen sind sie auch weniger verklemmt. Sie lassen schneller die Hosen fallen.«

»Aber fordern die keine Gegenleistung?«

Das Mädchen schüttelte den Kopf. »Nein, allerdings habe ich ihnen einmal freiwillig Einsicht gewährt. Da war jedoch eine Glastür dazwischen.«

Der Kieberer fragte: »Wollen Sie einen Kaffee? Eine Zigarette?«

»Danke!« Sie schüttelte den Kopf: »Beides ist ungesund.« Dann sah sie ihn forsch an: »Sie interessieren sich aber ganz schön intensiv für die Sexualität junger Frauen ... Sie brauchen nicht gleich rot zu werden. Das ist in Ihrem Alter normal. Der Typ im Stadel war ja auch nicht mehr der Jüngste.«

Er stieß sofort nach: »Aber sie, die Frau, war jung.«

»Ja, ziemlich jung, spitzer Po. Hatte unter jeder Arschbacke ein kleines Tattoo.«

An dieser Stelle des Interviews hätte Frank Karl nachhaken, sich fragen müssen: Warum fielen die Antworten dieser Anika so »spontan«? Aber der Kieberer fragte nicht, obwohl er sich hätte klar werden müssen, dass Schülerinnen, die bei Prüfungen wie aus der Pistole geschossen antworteten, fast immer schwindelten. Entweder hatte ihnen jemand die Prüfungsfragen gesteckt, oder es gab einen Einflüsterer. Vielleicht auch einen Schummelzettel.

In diesem Augenblick wäre es doch so einfach gewesen nachzustoßen. Die Überraschung wäre auf seiner Seite gewesen: Wie war es möglich, dass dieses Mädchen das Gesäß der Mörderin so präzis beschreiben konnte? Bei diesen Lichtverhältnissen im Stadel! Hatte die Kleine den Popo wiedererkannt? Hatte sie ihn schon vorher einmal gesehen?

Aber der Gruppeninspektor war wie betäubt. Er spitzte selbstverliebt seine Ohren, er hörte sich selbst zu. Seine eigene Stimme! Die war sanft. Sie tarnte seine Verschlagenheit, seine Raffinesse.

Bevor der Kieberer das Voyeuristen-Trio laufen ließ, knipste er noch ein paar Porträtaufnahmen. Und weil er schon das Handy in der Hand hielt, scrollte er zum Foto des ermordeten Chefs der Firma Adele Aicher. »War das der Mann in der Scheune?« Das Mädchen nickte.

Kaum war das Mädchen verschwunden, fluchte Frank Karl: »Was bin ich nur für ein Hornochse. Warum habe ich der Kleinen nicht auch das zweite Foto gezeigt?« Deshalb blieb dem Gruppeninspektor nichts anderes übrig, als in aller Herrgottsfrüh zum Rilke-Gymnasium zu fahren.

Das Peepshow-Girl von gestern machte ganz auf »braves Töchterlein aus gutem Haus.« Sie trug zu ihren weißen Stutzen ein Faltenröckchen. Sie stockte, wurde nur ganz kurz verlegen und ging dann entschlossen auf den Kieberer zu. Im Ton einer Verkäuferin fragte sie: »Sie wünschen?« Er zückte sein Handy, wählte das Album und zeigte ihr das Passfoto des Horst Hörndel. »War das der Mann, der überstürzt aus der Scheune geflohen ist?« Ihr Blick streifte die Aufnahme. »Yes, Sir«, sagte sie, »das war er.«

»He, Anika«, schrie eine der Gören herüber, »was trödelst du herum? Was will denn der Opa von dir? Stehst du seit Neuestem auf Gruftis?«

Die Anika lachte hell auf: »Der Rentner ist ein Kieberer. Er hat mich gestern beim Schwarzfahren erwischt.« Das machte den Girls Spaß. Sie stellten sich in einer Reihe auf, winkten und sangen:

»Drah' di net um, oh oh oh

Schau, schau, der Kommissar geht um, oh oh oh
Er wird di anschauen
Und du weißt warum ...«*

»Weiß der Kommissar, warum?«, hörte er eine bekannte Stimme hinter seinem Rücken fragen. Es war die Deutschprofessorin aus dem *Restaurant am Schottentor*. »Ich bin rein dienstlich hier«, rechtfertigte sich der Gruppeninspektor stotternd. »Schade«, hänselte ihn die Blonde, »und ich dachte schon, Sie wollen mir einen Besuch abstatten.«

In diesem Augenblick ging die Tochter des Obersten vorbei. Sie schrie demonstrativ laut: »Grüß Gott, Frau Professor! Grüß Gott, Herr Gruppeninspektor!«

»Hoppala, die haben uns erwischt!«, witzelte die Germanistin. »Aber schauen Sie doch am späteren Nachmittag bei mir zu Hause vorbei. Dort sind wir ungestört und können unsere Expertengespräche fortsetzen.« Sie riss einen Zettel aus einem Notizblock und kritzelte ihre Adresse darauf.

*

Frank Karl musste zum Bahnhof fahren, obwohl er das hasste. Dort gab es die einzige Blumenhandlung, die er kannte, denn einen Buschen** **kaufte er nur in äußerster Not, also dann, wenn er sich nicht mehr anders aus der Zwangslage der Etikette zu befreien wusste. Dieses Mal schaffte er es gerade noch. Er war auf die Sekunde pünktlich. Die Germanistin entriss**

* Lied von Falco
** Blumenstrauß

ihm die Blumen. Der Kieberer hatte den Eindruck, dass sie im letzten Augenblick in ihrer Bewegung innehielt, sonst wäre der Strauß im Papierkorb gelandet. Sie konnte es einfach nicht mehr erwarten. Sie zog ihn auf die Ottomane. Sie begann vorzulesen.

»Er stürzte mit dem Beil auf sie zu: Ihre Lippen verzogen sich so kläglich, wie bei ganz kleinen Kindern ... Der Schlag traf sie mitten auf den Schädel, mit der Schneide, und spaltete sofort den oberen Teil der Stirn, fast bis zum Scheitel. Sie schlug augenblicklich zu Boden.«*

Frank Karl schauderte. Er hatte Angst vor dieser Germanistin, die mit schlürfender Begeisterung den Mord an der Schwester Lisaweta vorlas. Zuerst hatte er die Stirn gerunzelt. Es kam ihm fast zu billig vor, als seine Gastgeberin, diese blonde Deutschprofessorin, Dostojewskis *Verbrechen und Strafe* aufschlug, nachdem sie den Kieberer aufgefordert hatte, seine literarische Lieblingsbluttat vorzulesen. Aber er hatte ihr den Vortritt gelassen. Und jetzt schwang Raskolnikow sein Beil über dem Schädel der barhäuptigen, rattenschwänzigen Geldverleiherin. »Der Schlag traf sie mitten auf den Scheitel ... Sie schrie auf, aber nur sehr leise, und sackte plötzlich auf dem Boden zusammen, obwohl sie noch die Kraft hatte, beide Hände bis zum Kopf zu heben ... Das Blut ergoss sich wie aus einem umgestoßenen Glas ... Er trat einen Schritt zurück und beugte sich ... über ihr Gesicht; sie war bereits tot. Die Augen waren hervorgequollen, als wollten sie aus den Höhlen springen ...«**

* Dostojewskij, Fjodor: Verbrechen und Strafe. Frankfurt 2012, S. 110
** ebenda, S. 106

Frank Karl rang nach Atem. Ihm wurde schlecht. Ihm war in diesem Augenblick klar, dass die Frau Professor sich Mühe gegeben und nach einem würdigen, krassen Tod gesucht hatte. Schließlich war er Mitglied der Mordkommission. Nur vergaß die Akademikerin, dass er in seiner Profession niemals Zeuge einer Bluttat wurde, sondern erst post mortem seinen Auftritt hatte.

Seine Gastgeberin bemerkte seine Blässe. Sie war fast gerührt. Wie sensibel so ein abgebrühter Kieberer doch sein konnte. »Warte, ich bring dir eine Medizin.« Sie knallte eine Flasche I*mperial Gold* auf den Tisch. Es gab kein Klimpern von Eiswürfeln. Auf der Flasche klebte keine Eisschicht. Sie hatte alles richtig gemacht. Der Sankt Petersburger Wodka war nicht bis zur Geschmacklosigkeit heruntergekühlt worden. Man roch an ihm den Saratowskaja Winterweizen. Sein Abgang war daher so, wie es sich gehörte: mit einem leicht süßlichem Anklang an Brioche und einer gepfefferten Schlussnote. »Za Wasche Zdarowje!«, dankte er. »Sie haben meinen Geschmack getroffen. Das ist mein Lieblingswodka.« Spätestens jetzt hätten in ihm die Alarmglocken klingeln müssen. Woher wusste die Blonde, was er liebte? Aber in diesem Augenblick gehörte seine Aufmerksamkeit den Geschmacksknospen.

»Jetzt bist du dran!«, unterbrach sie das Gaumenspiel.

»Ähhh?«

»Du musst mir deinen Lieblingsmord vorstellen.«

»Aber ich bin im Nachteil. Ich habe meine Bibliothek nicht dabei.«

»Du hast dein Gedächtnis!« Ihre Augen lauerten. Er durfte nicht versagen.

»Gut!«, antwortete er gönnerhaft. Fast hätte er in seiner Selbstgefälligkeit den Fehler begangen, zu fragen, ob sie Peter Weiss und sein Stück *Die Verfolgung und Ermordung Jean Paul Marats dargestellt durch die Schauspielgruppe des Hospizes zu Charenton unter Anleitung des Herrn de Sade* kenne. Natürlich hatte sie das Drama gelesen, möglicherweise sogar gesehen.

»Nachdem ich das Schauspiel nicht bei mir habe, möchte ich vom Schicksal der Mörderin Marie-Anne-Charlotte Corday d' Armans berichten. Die junge Frau entstammte einer alten Adelsfamilie aus der Normandie und war eine Urenkelin des Dramatikers Corneille. Eine typische politische Intellektuelle, eine Frau, die auf der Seite der Revolution stand, aber den knochigen Schlächter Marat, den Fanatiker, Extremisten, Massenmörder, Folterknecht und Befehlshaber über die Guillotine, hasste. Man schrieb das Jahr 1793. Vier Jahre nach Ausbruch der Französischen Revolution. Charlotte Corday reiste nach Paris, kaufte sich ein Küchenmesser und versuchte, zu Marat vorzudringen. Sie hielte Beweise für eine Verschwörung in der Normandie in der Hand, behauptete sie. Die Leibwächter ließen sich vorerst nicht erweichen. Erst nach dem dritten Versuch wurde sie vorgelassen. Marat saß in der Badewanne. Er hatte ein Brett über die beiden Wannenränder gelegt und schrieb. Charlotte stieß mit aller Wucht zu. Ihr Stich war so kräftig, dass er Aorta, Lunge und Herz zugleich durchbohrte. Sie hatte Mühe, das Messer wieder aus dem Leib zu zerren. Dann ließ sie die Klinge neben der Badewanne auf die Kacheln fallen. Drei Zimmer vom Waschraum entfernt saßen drei Frauen. Die hörten plötzlich erbärmliches Wimmern: ›Zu Hilfe, liebe Freundinnen. Zu Hilfe!‹ Die Corday stieß die Wächterinnen zur Seite. Sie war schon auf der Flucht, da traf sie ein Geschoss in den Rücken. Laurent Bas, ein Redakteur der Zeitung *Ami du Peuple*, hatte einen Stuhl nach ihr geworfen.«

»Bravo!«, klatschte die Professorin. »Jetzt wollen wir darangehen, den Aufständischen zu kalmieren.« Sie setzte sich zu ihm auf das Sofa. Ihre Finger krabbelten an der Gürtelschnalle. Als sie den Gummi der Unterhose herabzog, bot sich ihr nichts dar, außer der Ruhe vor dem Sturm. Sie bemerkte seinen verzweifelten Gesichtsausdruck. Sie legte ihren Zeigefinger auf seine Lippen und zischte »Pscht!«, langte nach hinten und goss einen Schuss Wodka auf sein Glied.

»Können wir nicht den Vorhang vor das Panoramafenster ziehen?«, bat er. Sie lachte über seine Gschamigkeit und schüttelte den Kopf: »Nnnnn nn! Ich möchte dich sehen.«

Sie riss ihn brutal an den Haaren. »Stoß zu!«

Er fuhr hoch: »Hast du das gehört? Da knackte etwas vor dem Fenster.« Sie lachte teenager-hell auf: »Du depperter Polizist! In deinem Kopf klingelt der Verfolgungswahn.«

KAPITEL 9

»Wien darf nicht zu Salzburg werden!«, forderte am nächsten Tag ein pensionierter Student und aktiver Taxichauffeur in einem Leserbrief an die Wochenzeitschrift *Falter*. »Was hat er damit gemeint?«, fragte der Oberst seinen Kulturexperten Frank Karl. »Salzburg ist eine Mozartstadt, Wien ist eine Mozartstadt, wir sind doch keine Image-Konkurrenten. Schließlich leben wir alle vom Fremdenverkehr.«

»Darum geht's doch gar nicht«, erklärte der Gruppeninspektor.

»Warum geht's dann? Um Fußball?«

»Nein, es geht um Kultur.«

»Um Kultur?«, lachte der Oberst. »Die regt doch keinen auf, außer meine Frau, die nach jedem *Philharmonikerball* meine Einser-Panier* in die Putzerei tragen muss.«

»Die Lokalpolitik, die Hoteliersvereinigung und die Wirtschaftskammer sehen das aber ganz anders.«

»So!?«, spöttelte der Oberst mit gespieltem Entsetzen.

»Ja, weil die Fremdenverkehrswerbung Millionen in Kampagnen für die Hochkultur investiert, und dann stehlen kleine Straßenpolizisten den *Salzburger Festspielen* die Show.«

---

* Backhülle aus Mehl, Ei und Semmelbrösel. Auf den Menschen übertragen: Kleidung

»Ah geh, da schau her, wie denn das …?«

»Indem sie zum Beispiel Peter Handke festnehmen.«

Frank Karl klatschte den *Spiegel* vom 15.04.1985 auf die Schreibtischplatte: »Ich referiere … Man schreibt den 27. Februar 1985. Peter Handke will telefonieren. Von einer Telefonzelle auf dem Salzburger Universitätsplatz aus. Es ist Mitternacht. In der Nähe der Telefonzelle parkt ein Auto, dessen Motor läuft. Eine Polizeistreife fährt vorbei und herrscht den Dichter an: »Stell den Motor ab!« Doch der Dichter besitzt weder Kraftfahrzeug noch Führerschein. Er verbittet sich den rüden Ton, noch will er mit »Du« angesprochen werden. Er weigert sich, sich auszuweisen. Die jungen Polizisten geben später zu Protokoll, Handke habe ihnen vorgeworfen: »Ihr steht da vor mir mit euren Stiefeln wie Nazi-Bonzen.« Handke wird in eine Wachstube begleitet und dort eine Stunde lang festgehalten. Er wird wegen ›ungestümen Verhaltens‹ angezeigt.«

»Das ist typisch für diese reichsdeutschen Schmierfinken«, empörte sich der Oberst. »Die lassen doch keine Gelegenheit aus, um uns anzupatzen. Der Neid des Nordens auf den Süden. Außerdem ist der Handke ein Kärntner und kein Wiener. Also, was geht das uns an. Die können uns allesamt den Buckel hinunterrutschen.«

»Schon«, grinste der Frank Karl, »aber der H. C. …«*

Beim Kürzel »H. C.« zuckte der Oberst zusammen. »Um Himmels willen! Bloß keine parteipolitischen Implikationen!« Er fiel in Schockstarre.

»H. C. Artmann«, setzte der Gruppeninspektor fort,

* »H.C.« assoziieren Österreicher reflexartig mit »H.C. Strache«, dem ehemaligen FPÖ-Chef (Ibiza-Affäre)

»ist aber Wiener. Er war in Salzburg 1981 zu 180 Tagessätzen à 195 Schilling verurteilt worden, und zwar wegen ›versuchten Widerstandes gegen die Staatsgewalt und des Vergehens der Beleidigung‹. Diesem Verdikt war eine ›Blödelei‹ vorausgegangen: Ein paar Wachbeamten hatten den ein Meter 16 großen »Liliputaner« und Burgschauspieler Fritz Hackl festgenommen. Hackl hatte die letzten Meter der Getreidegasse verbotenerweise mit einem Moped zurückgelegt. Artmann mischte sich ein: ›Lasst doch das Zwergerl weiterfahren, ihr Idioten, ihr Hampelmänner.‹ Die Polizisten fühlten sich beleidigt und legten die Armwinkelsperre an. Der Dichter setzte sich zur Wehr. Ein Beamter soll Verletzungen davongetragen haben. Artmann fasste zusammen: ›Ich habe in meinem Leben ebenso viele Polizeistrafen erhalten wie Kollegen Literaturpreise.‹* «

Der Oberst griff sich ans Hirn. Er war verwirrt, hatte den Faden verloren. Weil ihn der Frank Karl erwartungsvoll anstarrte, musste er etwas sagen. Also fragte er: »Welche Konsequenzen haben die Salzburger Kollegen aus dieser Blamage gezogen?«

»Die haben ihre Leute mit Fotografien der berühmtesten zeitgenössischen Schriftstellerinnen und Dichter ausgestattet. Eine Artenschutzfibel sozusagen.« Ein ähnliches Vorgehen könne auch für Wien in Betracht gezogen werden. »Persönlichkeiten des kulturellen Lebens sollten erkannt und mit Glacéhandschuhen angefasst werden.«

»Dieses Unterfangen ist nicht ganz ungefährlich«, warf der Oberst ein, »denn ich prophezeie dir, irgend

* Horowitz, Michael: H. C. Artmann, Wien 2001, S.168

so ein unbedarfter Polizeilehrling wird diese Porträts mit Fahndungsfotos verwechseln.« Kaum war dem Oberst dieser humoristische Satz entglitten, fiel er sich schon selbst ins Wort. Soweit komme es noch, tobte er. »Soll man diese verhätschelten Stipendiaten womöglich noch in der Polizeikantine füttern?« Hat denn der Herr Gruppeninspektor noch nie was vom Gleichheitsgrundsatz gehört? »Ich sage dir, wenn man diese Subventionsschmarotzer noch mehr privilegiert, klopfen als Nächstes auch noch Spinner wie akademische Maler an die Tür.« Dem Chef drohten nun die Augen aus ihren Höhlen zu springen. Er redete sich in Rage: »Porträtfotos von Schriftstellern! Dass ich nicht lach. Jetzt sollen meine Beamten womöglich auch noch Autogrammkarten an Touristen verteilen.«

Hernach sackte der Oberst in sich zusammen. Dem Ballon war die Luft entwichen. Leise murmelte er: »Was reg ich mich bloß auf?« Dann brüllte er: »Gibt's sonst noch was?!«

»Ja«, flüsterte der Kieberer kleinlaut, »der Leserbriefschreiber im *Falter* behauptet, Wien habe Salzburg geschlagen.«

»Was?«, wiederholte der Oberst überrascht, »Wien hat Salzburg geschlagen?« Um Fußball konnte es sich jedenfalls nicht handeln.

»Ja«, ergänzte Frank Karl, »und zwar um Längen. Während sich die Salzburgischen Fauxpas in den 80er-Jahren des vergangenen Jahrhunderts zugetragen hätten, ereignen sich die Wiener Literaturfeindlichkeiten gegenwärtig.«

»Wie? Was? Warum? Wieso?«

»Weil du Schriften des Neidhart von Reuental konfiszieren hast lassen. Und das, wo der Mann seit gut 700 Jahren tot ist.«

*

Eine Stunde später war der Oberst gesättigt. Er grinste in sich hinein. Immer wieder spielte sein Gedächtnis den Film ab, in dem er dem Frank Karl gesagt hatte: »Ich danke dir für deine Aufrichtigkeit. Nicht jeder hat den Mut, mir unangenehme Neuigkeiten ins Gesicht zu sagen. Die meisten wählen den Weg schriftlicher Verständigung, in der Hoffnung, ich werde zu müde sein, mir den umständlichen Bürokraten-Sermon gewissenhaft durchzulesen. Danke, lieber Frank Karl.«

In Wirklichkeit hat der Oberst gedacht: Du Arschloch von intellektuellem Wichser hast mir diese Peinlichkeit eingebrockt. Sicherlich steckst du hinter dem Leserbrief im *Falter.* Laut sagte er aber: »Deine Offenheit soll nicht unhonoriert bleiben. In Anerkennung deiner Verdienste werde ich dich von diesem unappetitlichen Blutbildfall abziehen und dir die Möglichkeit bieten, deine wahre Leidenschaft auch beruflich auszuleben.«

Frank Karl war sofort auf der Hut. Wenn einem Vorgesetzte einen Gefallen tun, kann man getrost die Vorsilbe »Ge-« wegstreichen. Dann bleiben die »Fallen« übrig. »Meine Leidenschaften?«, fragte er somit vorsichtig.

»Ja, deine Leidenschaft, eben die Literatur.«

Der Oberst genoss es, die Zuckungen im Gesicht des Kieberers zu beobachten: Der taumelt. Jetzt ist er verunsichert. Dann hatte sich der Kieberer aber auch schon wieder derfangt und wurde frech: »Heißt das, ihr gewährt mir ein Forschungssemester auf der Germanistik?«

»Ha, ha, ha!«, krächzte der Oberst. »Viel besser noch. Wir schicken dich in die literaturinvestigative Praxis.«

Und so kam es, dass Gruppeninspektor Frank Karl den Auftrag erhielt, die obsessive »Sex b-Klasse« des Rilke-Gymnasiums zu »begleiten«, was konkret bedeutete, er solle jede Schülerin und jeden Schüler »kennenlernen«. Und das zu Hause. Aufgrund dieser Heimsuchung würden auch jene Eltern hellhörig, die bisher nichts vom erotischen Zungenschlag der Deutschprofessorin ihrer Kinder wahrgenommen hatten. »Ich will ja niemanden verdächtigen«, bemühte sich der Oberst zu betonen, »aber es schwirren da jede Menge unappetitliche Gerüchte herum. Dein Auftrag könnte allerdings auch der Entlastung des Lehrkörpers dienen.« War das eine Anspielung? Hatte der hinterlistige Hund Lehr-*Körper* gesagt?

*

Der Gustl Loiber hatte noch nicht einmal die Tür aufgemacht, als ihm der Oberst schon entgegenschrie: »Den Frank Karl hab' ich neutralisiert!« Der Loiber verkrampfte sich, der Oberst schlug sich auf die Schenkel. Den Loiber warf es in den Besucherstuhl. »Was hast du gemacht?«, jammerte er. Der Oberst:

»Ich hab den Herrn Gruppeninspektor vom Blutbild abgezogen. Du kannst den Fall übernehmen.«

Die Augen des Loiber radierten über das Parkett. Er versuchte, die Bodenbretter zu zählen. Schließlich hob er den Blick und beschloss, Tacheles* zu reden: »Das war ein Fehler.«

»Was heißt *Fehler*? Willst du dich vor der Verantwortung drücken?«

»Kapierst du nicht, der Frank Karl war doch der ideale Sündenbock. Schon allein, wie der ausschaut. Herrlich! Ein Fressen für die Fotografen. Die Visage eines Versagers.« Nach einer kurzen Pause: »Nein, danke! Die Nachfolge dieses Faktotums möchte ich nicht antreten.«

Der Oberst war baff. Eine derartige Abfuhr hatte er nicht erwartet. Jetzt saß er in der Scheiße. Unbeholfen versuchte er, die Kontrolle über die verfahrene Lage wieder zu gewinnen: »Wir haben doch einiges in der Hand. Die Indizien …«

»Welche Indizien?!«, fuhr ihn der Loiber an. »*Welche Indizien*? Den Abklatsch einer kleinen Nackten an der Wand auf der Tuchlauben? Ihr Schamhaar? Ein ausgeräumter Tresor unter dem Kühlschrank, wobei die an ihm sichergestellten Fingerabdrücke zwei Leichen zugeordnet werden, nämlich dem Doktor Kammereder und seinem ehemaligen Sozius, dem Magister Horst Hörndel? Dann haben wir noch die Geschäftsfreundin des Kammereder, die Adele Aicher. Erschossen in Währing. Und als Draufgabe deren Bürochef. Mas-

* Klartext

sakriert in einer Scheune. Eine Reihe von Versäumnissen und Pannen ...«

»Versäumnisse und Pannen?«

»Ja, Versäumnisse und Pannen, weil wie kannst du dir sonst erklären, dass uns der Hörndel abgepascht ist, wo er doch gefilmt worden war.«

»Gefilmt? Das hör ich zum ersten Mal.«

»Gefilmt, weil die Stationsaufsicht der Schnellbahnstation Strebersdorf an das Bezirkskommissariat eine Rauferei gemeldet hat. Ein hochgewachsener Mann war da angeblich von einem weiblichen Fahrgast mit Buttermilch angeschüttet worden. Der Mann wurde daraufhin handgreiflich. Die Überwachungskamera zeichnet das alles auf, und der Stationsaufseher delegiert die Verantwortung an das Bezirkskommissariat. Dort sitzt ein erfahrener Kollege am Telefon. Der bittet den Aufseher, mit seinem Handy die Aufnahmen von der Überwachungskamera abzufilmen und an ihn zu senden. Bingo! Der alte Hase hat den Dukaten-Horst sofort wiedererkannt. Der hatte sich nicht geändert. Er war rabiat wie eh und je. Eilig, wie der es hatte, war er bestimmt auf der Flucht. Also entscheidet der Kollege, die *Wega* anzufordern.«

»Red keinen Blödsinn!«, fuhr der Oberst dazwischen. »Die *Wega* anfordern? Das kann ein kleiner Beamter aus der Vorstadt doch gar nicht. Es fehlt ihm dafür jedwede Kompetenz. Die Einsätze sind streng geheim.«

»Eben deshalb avancieren sie auch zu top news im polizeiinternen Tratschando*-Funk. Deshalb wusste der

* Weitergabe von Informationen/Gerüchten abseits der offiziellen Kommunikationswege

Kollege, dass die Elite-Cops gerade auf Tschetschenenjagd in Transdanubien waren. Also bittet er die Gangsterjäger um einen kleinen Gefallen. Ob sie nicht einen kleinen Umweg machen und bei den Großeltern des Horst Hörndel vorbeischauen könnten? Ja, und weil es ein *kleiner* Gefallen sein sollte, hatte die *Wega* auch keine *große* Eile. Als sie dann die Wohnung von Oma und Opa Hörndel inspizierten, war der Goldjunge leider schon ausgeflogen.«

»Warum weiß ich von dem Ganzen nichts?«

»Das ist normal«, beruhigte ihn der Gustav Loiber. »Als erfahrener Mensch weißt du, ein Beamter hat mindestens zwei Leben, ein offizielles und ein inoffizielles. Das wichtigere ist das inoffizielle. In ihm wissen Chefs nie, was Untergebene treiben, und Untergebene haben keine Ahnung, was Chefs denken.«

*

Und so kam es, dass sich der vom Mord befreite Frank Karl auf eine Sex-finding-mission begab. Aber, wo sollte er beginnen? Er würfelte. Er wusste, das war ungerecht, weil zwei Würfel als höchste Augenzahl eine Zwölf ergeben konnten, und in die Klasse 6b immerhin 23 Schüler und Schülerinnen eingeschrieben waren. Die Würfel hüpften, kamen zum Liegen und wiesen die Zahl Neun als Sieger aus.

Der Gruppeninspektor suchte die Neun aus der Fotokopie des Klassenbuches. Sabine D. hieß die Auserwählte. Die Wohnadresse: Czartoryskigasse. »Ziemlich vornehm«, fluchte der Kieberer, »in der Nähe vom Schafbergbad.« Aber ihm sollte das recht sein. Er würde die Straßenbahnlinie 40 nehmen und dann in den Autobus 42A umsteigen. Und nach dem Verhör würde er eine Stunde in einem Ausflugslokal verbringen, auf Überstundenbasis versteht sich, denn: Hat mir jemand jemals was geschenkt? Das Haus in der Czartoryskigasse war genauso, wie man sich ein Heim in der Zeitschrift *Schöner Wohnen* vorstellte. Mit einem traumhaften Ausblick auf die Stadt. »Meine Eltern sind nicht zu Hause«, offenbarte ihm die Sabine. »Am besten, wir nehmen auf der Terrasse Platz. Sie können ruhig Du zu mir sagen. Wie wollen Sie Ihren Kaffee? Ich nehme an, einen Espresso, kurz, stark und ohne Milch und Zucker.« »Genauso«, bestätigte der Kieberer. »Sie sind eine Hellseherin.« Dieses Kompliment interessierte die Schülerin einen Dreck. »Angefangen hat der sogenannte Sexskandal«, erzählte das Mädchen, »mit der Beschimpfung des Geografieprofessors. Der hat uns ›geistige Nackerpatzerl‹ und ›kopflose Idioten‹ geschimpft. Gut, haben wir uns gesagt, man soll Lehrern nie widersprechen. Also werden wir kopflose Nackerpatzerl produzieren. Wir haben uns sechs Bubenfotos und sechs Mädchenfotos aus dem Internet gezogen und die Bodies auf Glanzpapier ausgedruckt. Zuvor haben wir natürlich von den textillosen Körpern die Schädel wegradiert. *Adobe** macht's möglich. Dann haben wir für diese Fotos ein Kartenspiel entwickelt. ›Ordne jedem Schnappschuss den Namen einer Mitschülerin/eines Mitschülers zu‹, hat die Fangfrage gelautet. Natür-

* Software/Grafik- und Fotobearbeitungsprogramm

lich sind auch Keusche, Brave und Zugeknöpfte angekreuzt worden. Jedenfalls hat es plötzlich ein Gerangel um diese Nacktfotos gegeben. Deshalb hat man einander geschubst. Und mitten in diesen Tumult hinein ist der Geografieprofessor gekracht. Er ist blass geworden, hat die Nacktkarten als Corpora delicti an sich gerissen und ist damit ins Konferenzzimmer gestürmt. Glauben Sie mir: Unser Spiel ist zum Unterhaltungshit unter Lehrern geworden. Die sind bis heute ganz geil darauf zu erraten, wie wir unter dem Pullover ausschauen. Irgendwie haben sie uns danach aber wie Geisteskranke behandelt. Aber dann ist es zum Eklat gekommen. Der Musikprofessor hat uns *Die Teufel von Loudun,* eine Oper von Krzysztof Penderecki, vorgespielt. Jetzt war der Ofen aus. Man hatte einen Rädelsführer gefunden.«

»Ich versteh' Bahnhof«, musste Frank Karl zugeben.

»*Die Teufel von Loudun* basieren auf einer historischen Tatsache«, erklärte die Schülerin im gönnerhaft herablassenden Tonfall einer Lehrerin. »Im Jahre 1632 wurden die Ursulinen im südfranzösischen Kloster Loudun plötzlich hysterisch. Die Nonnen fühlten sich massenhaft gereizt, konnten nicht mehr schlafen, wälzten sich in ihren Betten. Der Dämon Asmodai hätte sie geritten. Sie gestanden, der Ordensgeistliche Urbain Grandier hätte sie verführt, wäre Vermittler gewesen. Er habe sie in die Unzucht getrieben. Kardinal Richelieu lachte sich ins Fäustchen. Er konnte nun aufräumen, schickte die Heilige Inquisition und ließ den lüsternen Priester zwicken. Die Geständnisse der brünstigen, vor Angst bibbernden Bräute Christi kamen der Rachsucht Seiner Eminenz sehr entgegen, hatte es doch dieser Grandier kurz zuvor gewagt, ein spitzes Pamphlet gegen ihn, den Kardinal, zu schreiben. Außerdem hetzte die Meute, soll dieser Priester des Satans wiederholt den Zölibat gebrochen haben. Nach einem spektakulären Hexenprozess wurde der verteufelte Mönch am Scheiterhaufen verbrannt.«

»Aha«, gestand der Kieberer beeindruckt, »jetzt hab ich was gelernt. Weil euch der Musikprofessor eine Oper über die Lüsternheit von Nonnen vorgespielt hat, soll er nun wie der Priester Grandier der verstaatlichten Inquisition ausgeliefert und hingerichtet werden.«

Die Schülerin schlug sich aufs Hirn und sagte in reinstem Fernsehdeutsch: »Sie sind aber so was von naiv. Es geht denen doch gar nicht um Sex, sondern um postserielle Musik.«

»Um was?«

»Um postserielle Musik. Die behaupten, unser Professor sei eine Gefahr für unsere Ohren, schlimmer noch als *Heavy Metall*, *Black Sabbath* und *WASP*. Sie behaupten: der Musiker beschädige den Geschmack der Jugend. Sie wollen ihn fertigmachen.«

Frank Karl furchte die Stirn: »Moment! Wer sind denn die *die*, die ihn fertigmachen wollen?«

»Die *die*«, antwortete die Schülerin genervt, »sind die Brahmsianer, die Wagnerianer, die Mozartfans und Beethovenverehrer. Sie hassen den Penderecki, diesen Polen. Er wäre in ihren Augen gefährlich wie Kartoffelkäfer, die während des Krieges die Pflanzen auffraßen. Und diese Kartoffelkäfer hätten die Amerikaner über Deutschland abgeworfen, obwohl man darüber nicht reden dürfe. Wir müssten verstehen: Die Amis und die

Russen führen seit jeher einen Krieg gegen Europa. Früher bloß mittels geächteter biologischer Angriffe, jetzt sogar mit kulturellen Waffen. Die *die* sind wie Stalinisten und Nazis. Die wollen den Kulturkampf. Sie hassen das Gequietsche, den Reifenabrieb, das Jaulen von rolligen Katzen, das Gehupe und Gepfeife, kurzum postserielle Musik.«»Und Sie?«

»Ich kann mir schon vorstellen, dass lüsterne Nonnen so gequiekt haben.«

»Danke!« Frank Karl klappte sein Notizbuch zu. Er brauchte dringend frische Luft. An der Haustür drehte er sich noch einmal um und fragte in den Flur hinein: »Und was ist mit dem Sex?«

»Den dürfen wir haben, solang es nicht mit einem Neger ist.«

»Vollkommen polonisiert, Penderecki verehren und in der Czartoryskigasse wohnen«, knurrte Frank Karl in sich hinein als er das Steilstück der Straße hinunterrannte. »Wenn das mit den scheiß Schülern so weitergeht, brauch ich einen Psychiater. Aber gut, machen wir uns zum nächsten Patienten auf.« Der Schüler hieß Che Emanuel Friedmann und wohnte in einem Schrebergartenhaus hinter dem Gersthofer Friedhof. Obwohl der Typ auf Che Emanuel getauft war, hatte er äußerlich rein gar nichts mit dem Guevara oder dem Königsberger Kant zu tun. Er war ein smartes Bubi im James Dean-Stil. »Kommen Sie herein«, verbeugte er sich höflich. »Die Sabine hat Sie schon angekündigt.«

»So!«, fuhr ihn der Kieberer an. »Und was hat die Sabine gesagt?«

»Dass Sie auf rabiat tun, in Wirklichkeit aber ein sanfter Alkoholiker sind, zu dem man ruhig frech sein dürfe.«

Frank Karl musste zugeben: Diese Ohrfeige saß. »Das Bier ist schon kaltgestellt«, setzte der Knabe fort. Dann hockte der Gruppeninspektor und Che Emanuel fünf Minuten auf der Schwelle der gartenseitigen Tür. Letztendlich durchbrach der Schüler das Schweigen. »Der Glatzkopf, der da vorne im Gras unter dem Kirschbaum liegt, ist mein Vater. Früher, als ich gezeugt wurde, hatte er langes Haar wie der Frank Zappa. Aber vollgekifft war er schon damals. Meine Mutter musste die Kohle herbeischaffen, während er mit seinen Haschbrüdern über die Trotteln aus der Leistungsgesellschaft herzog.«

Dann schwiegen sich die beiden wieder an. »Wenn ich die Sabine richtig verstanden habe, sollten Sie mich zum Thema ›Sex in unserer Schule‹ befragen.«

»Richtig! Was fällt Ihnen zum Thema Sex ein?«

»Ethinylestradiol plus Gestagen.«

»Was?«

»Auf gut Deutsch *Antibabypille.*«

»Aha!«

»Ja! Weil, ich interessier' mich nämlich für Chemie.«

»Und wie äußert sich das im täglichen Leben?«

»Das äußert sich im alltäglichen Leben, indem ich meiner Mutter das Unkraut-Ex und den Blaukorndünger wegnehme. Das Ammoniumnitrat ist ein Salz, das sich aus Ammoniak und Salpetersäure bildet und brandgefährlich ist. Wenn Sie zum Unkrautvertilgungsmittel aus dem Baumarkt etwas Backpulver beimengen und in dieser Mischung ein bisschen herumstochern, dann macht es puff, und das Dach vom Schuppen da drüben segelt durch die Landschaft.«

Jetzt war es für den Kieberer an der Zeit, das zähe Gespräch mit etwas Ironie zu würzen: »Glauben Sie, dass Ihre Mutter Sprengstoff herstellen könnte? Ist sie eine Terroristin?«

»Den Post-68ern ist alles zuzumuten. Schauen Sie sich doch das Bücherbord meiner Mutter an. Sie hat darin das *Kommunistische Manifest* und den *Baader Meinhof Komplex* des ehemaligen *Spiegel*-Chefredakteurs Stefan Aust gelagert.«

Dieses Gymnasium ist ein Treffpunkt von Verrückten. Die Schüler haben einen Hieb, die Eltern haben einen Hieb und die Lehrer sowieso, sagte sich Frank Karl, als er im Gießkannenexpress* zum Leberberg zockelte. Diese Siedlung lag an der Peripherie auf dem Weg zum Flughafen Schwechat und setzte sich aus einer Ansammlung von Stahlbetonquadern zusammen. Von der Ästhetik her atmete das Ensemble ein bisschen den Charme von Nowosibirsk aus. Allerdings waren die neuen Blöcke im Inneren picobello. Hell, mit Parkettboden und so. Nur vor die Tür gehen durfte man nicht. Da kam kein Anflug von Wiener Gemütlichkeit zustande. Frank Karl schaute auf seine Liste. Jennifer Hörtnagel stand da. Der Vater war Hauptschullehrer, die Mutter Elektrotechnikerin bei *Siemens*. Hauptschullehrer, schoss es dem Kieberer durch den Kopf. Hauptschullehrer sind am schlimmsten. Spießer par excellence. Und wie kam

* diese Linie führt zum Zentralfriedhof, weshalb viele Passagierinnen Gießkannen mit sich führen

man bloß auf die Schnapsidee, seine Tochter auf den Heimatfilmvornamen Jennifer zu taufen? Als die Wohnungstür aufgerissen wurde, fand Frank Karl seine Einschätzung bestätigt. Vor ihm stand das Musterexemplar eines österreichischen Beamten in Stretch-Jeans, hellblauem Hemd und gelockerter Krawatte. »Kommen Sie doch rein«, säuselte der Mann in übertriebener Höflichkeit. Auf dem Wohnzimmertisch war ein Damasttischtuch ausgebreitet. Aus der Silberkanne duftete milder Filterkaffee. »Greifen Sie zu«, forderte ihn der Schulmeister auf und deutete auf den Marmorkuchen. Als der Kieberer zu fragen anfangen wollte, stoppte ihn der Herr Lehrer: »Nur keine Hektik. Machen Sie uns die Freude, genießen Sie den Gugelhupf. Den habe ich selbst gebacken.« »Ein Gedicht!«, kam Frank Karl nicht umhin zu loben. Nachdem er gehorsam sein Kuchenstück verschlungen hatte, ließ ihn der Herr Lehrer erst gar nicht zu Wort kommen: »Sie kommen wegen der sogenannten Sexaffäre in der Schule meiner Tochter. Ich kann Ihnen dazu nur sagen, ich finde das Ganze höchst unpassend. Vor ein paar Tagen ist unser Nachbar, der Fritz Schweizer, zu uns gekommen und hat erbost gefragt, ob wir wüssten, welche Schweinereien auf der Literaturliste der Deutschprofessorin stünden? Ich habe mit den Schultern gezuckt. Da hat er aus diesem Buch da« – der Herr Lehrer langte nach einem zerknitterten Paperback im Bücherbord hinter ihm – »vorzulesen angefangen: ›Maria nahm das Brausepulver liegend zu sich. Da sie, sobald das Pulver aufbrauste, mit den Beinen zu zucken und zu strampeln pflegte, rutschte ihr das Nachthemd oftmals schon nach dem ersten Gefühl bis zu den Schenkeln hoch.‹ An dieser Stelle begann der Schweizer zu schwitzen. Vollkommen aufgeregt übersprang er einige Zeilen und setzte nach Luft schnappend fort: ›Mir jedoch lag Marias Bauchnabel nahe, und ich vertiefte meine Zunge in ihm, suchte Himbeeren und fand immer mehr.‹ Die Stimme des Schweizers überschlug sich. Gerade, dass kein Geifer auf seinen Lippen schäumte. ›Da fand ich wie zufällig an anderen Orten Pfifferlinge‹, setzte er sich verhaspelnd fort. ›Und da die tiefer versteckt unterm Moos wuchsen, versagte meine Zunge, und ich ließ mir einen elften Finger wachsen, da die zehn Finger gleichfalls versagten.‹* Schließlich hat er seinen Blick in meine Augen genagelt: ›Was sagst du dazu? Da schläft ein 16-jähriger Zwerg mit einer verheirateten Frau.‹ Ich musste lächeln und kam nicht umhin, ihm wahrheitsgemäß zu antworten: ›Ich finde das Zitat großartig. *Die Blechtrommel* ist mein Lieblingsroman.‹ Da war der Schweizer baff. Er hat den Grass auf den Boden gewichst und geschrien: ›Den Schund kannst du dir behalten.‹ Seitdem grüßt er uns auf der Straße nicht mehr. – Jennifer!«, plaatzte der Hauptschullehrer in das Vorzimmer. »Komm herüber! Der erwartete Besuch ist da!« Ein Wuschelkopf erschien im Türspalt. Das Mädchen beäugte missbilligend den Bauchansatz des Gruppeninspektors. »Was hast du zur ganzen Chose zu sagen?«, wollte der Vater wissen. »Ich habe zu sagen«, antwortete das Mädchen, »dass alternde Männer gerne über Sex mit jungen Frauen reden.« Jetzt kam der heikelste Besuch seiner Mission dran. Er musste die Tochter des Obersten in die Mangel nehmen. Das Gebäude, in

* Grass, Günter: Die Blechtrommel. Frankfurt/Main 1992, S. 229

dem der Oberst mit seiner Familie im 3. Bezirk wohnte, war ihm von Haus aus unsympathisch. Ein typischer Lückenbüßer aus den 50er-Jahren des vergangenen Jahrhunderts, ein lieblos im Eilzugstempo aufgezogener Bau, der den Platz, den amerikanische Bomber während des Zweiten Weltkriegs gesprengt hatten, füllen sollte. »Aus Mitteln des Wiederaufbaufonds unter Bundeskanzler Julius Raab errichtet«, stand auf einer Metallplatte neben dem Klingelbord. Hier wohnten lauter Regierungsräte, Oberpostler, Oberlehrer, Justizbeamte und Polizeijuristen. Frank Karl ekelte vor diesem Bunker. Die Tochter des Obersten war blass, strohblond, aber nicht strohdumm. »Mein Vater hat gesagt, ich soll Ihnen die Wahrheit sagen, und zwar ungeschminkt, in aller Brutalität«, beschied sie ihm. Sie nahm auf einem Drehstuhl vor einem hellen Ahornschreibtisch Platz. Frank Karl ließ sich krachend auf das Jugendbett nieder. Die Liege knirschte, und der Kieberer hatte Angst, dass der Lattenrost durchbrechen würde. Die Kleine war anders als ihr Vater, nämlich schlagfertig und zungenflink. Sie lachte: »Sie sind der erste Mann, der er es sich auf diesem Bett bequem macht.« Frank Karl grunzte. Zumindest hatte sie ihn als »Mann« apostrophiert. Er brauchte sie erst gar nicht zu fragen. Das Töchterchen beantwortete von sich aus die nicht gestellten Fragen: »Mein Vater macht sich Sorgen. Er glaubt, wir alle sind oversexed.« »Wer sind *wir alle*?« »Na, unsere Klasse. Er glaubt, unsere Deutschprofessorin würde die Jugend verderben. In seinen Augen ist sie eine Art weiblicher Koberer.*« »Und? Ist sie das?« Jetzt schüttelte es das Mädchen vor

* Kuppler, Bordellbesitzer

Lachen. »Typisch Kieberer! Ihr alle habt's einen berufsbedingten Verfolgungswahn, perverse Fantasien. Wissen Sie, was mein Vater gemacht hat? Er hat heimlich meinen PC durchsucht. Er wollte herausfinden, ob ich Pornos konsumiere, und war ziemlich angefressen, als er entdecken musste, dass ich auf Bob Dylan abfahre. Er hat wahrscheinlich gedacht: Wie kann man so jung und so konservativ sein.« »Haben Sie mit Ihrem Vater darüber gesprochen?« »Ich hab's versucht, aber es war ihm peinlich.« »Peinlich?« »Er ist draufgekommen, dass ich auf seinem Schreibtisch einen dicken Wälzer entdeckt habe. Das ist mir gleich verdächtig vorgekommen: Seit wann interessiert sich mein Herr Papa für Literatur?« Jetzt wurde der Gruppeninspektor unruhig. Er begann auf der Tuchent zu wetzen. »Ja und?«, fragte er nervös.

»Es war das Buch eines Herrn Neidhart von Reuental. Auf Seite 52 ist ein Post-it geklebt. Die angestrichene Stelle war ziemlich delikat. Sie behandelte das klassische Schinkenklopfen, aber in zwielichtigen Andeutung. In ihr befiehlt eine bettsüchtige Herrin ihrer Dienerin: ›Hol uns wieder einen vollen Krug./ Wir wollen diesen Tag mit Lust beschließen-/ wir beißen miteinander braune Nüsse auf .../ Darauf die Magd: Ich biete hierzu meine reifen Birnen an.‹ Klar, man konnte unter den »Nüssen« die Testikel des Herrn Neidhart verstehen.«

»Schinkenklopfen?«, fragte der Kieberer dämlich. »Na, Sie wissen schon«, half ihm der Teenager auf die Sprünge, »das übliche Tschicki-Tschacki. Dann, beim Abendessen, wollte ich es genau wissen. Der Papa ist rot angelaufen. Er hat sich gerechtfertigt und gemeint: ein aufgeblasener, wichtigtuerischer Kollege, eine verkrachte Existenz, die es nur bis zum Gruppeninspektor gebracht habe, hätte ihm diese Lektüre aufgedrängt.« Jetzt explodierte Frank Karl. Es zerriss ihn halb, so sehr musste er lachen. Das Gestell des Jugendbettes quietschte. Tränen quetschten sich aus seinen Augen. »Und, was haben Sie darauf entgegnet?« »Ich habe ihm gesagt: ›Papi, irgendwie bin ich enttäuscht, weil ich hab immer gedacht, eure Generation wäre auf Äneis Nin, William S. Burroughs und Charles Bukowski abgefahren. Du weißt schon, auf *Das Delta der Venus*, *Naked Lunch* und *Fuck Machine*.‹ Nach Erwähnung dieser Titel hat meine Mutter die Nerven geschmissen. Sie hat das Jausenbrettchen auf den Tisch gepfeffert und ist aus dem Zimmer gestürzt. Ich war überrascht, weil ich hab gar nicht gewusst, dass auch sie diese Gebrauchsanweisungen für Hippiefickis kannte.«

Das sollte der letzte Besuch des Tages sein. Er war ohnedies schon auf dem Nachhauseweg. Aber da hat ihn der Teufel geritten. Oder war es vielleicht gar nicht der Teufel, sondern schlichtweg die Bequemlichkeit, weil die Zieladresse der Schülerin auf dem Nachhauseweg im dritten Hieb* lag. Also stieg er an der U-Bahnstation Rochusgasse aus und schlenderte die Erdbergstraße hinauf. Das Wohngebäude war eine Bruchbude, ein Spekulationskasten aus der Kaiserzeit, den die neuen Besitzer bewusst verfallen lassen wollten. Wenn nämlich wichtige Teile des Gebäudes »von selbst« einstürzten, dann kam man leider, leider nicht umhin, die Ruine abzubrechen. Wahrscheinlich gehörte die Gründerzeitmietska-

* 3. Wiener Gemeindebezirk »Landstraße«

serne ohnedies schon einem Konsortium. Die Wände im Vorhaus waren aufgestemmt und nicht mehr verputzt worden. Da hatte es offensichtlich vor noch gar nicht langer Zeit einen Wasserschaden gegeben. Die Wohnungen im Mezzanin waren schon mieterfrei. Der Mann, der die Tür zur Wohnung Nummer 14 aufmachte, war in einem bedauernswerten Zustand. »Gut, dass Sie kommen«, sagte er. Er musterte den Kieberer: »Ich sehe Sie zum ersten Mal. Kennen Sie meine Geschichte?« Frank Karl schüttelte den Kopf. »Kommen S' rein. Entschuldigen S', es ist ein bisschen staubig, aber die Wohnung ist einfach nicht mehr sauber zu kriegen. Sie sehen es eh, rechts und links von uns wird gestemmt und gebohrt. Der reinste Lärmterror. Die wollen uns nämlich hinausekeln. Für uns ist das die reinste Katastrophe. Erst vor zwei Jahren haben wir eine Dusche eingebaut. Vorher hatten wir ja nur die Bassena* und das Gangklo. So, und jetzt stehen wir da. Die Kredite für die Sanierung sind noch nicht abbezahlt, und ich bin auf einmal hackenstad**. Sie kennen meine Geschichte?« Frank Karl schüttelte wieder den Kopf. Der Mann mit dem bleichen Gesicht eines Krebskranken erzählte, er habe sich beim Sprung in die Grube den Fuß gebrochen, er sei nämlich Automechaniker. Weil ihn sein Chef bekniet hätte, habe er sich noch im Krankenstand, mit dem Gips am Bein, unter einen kaputten Wagen gelegt. Plötzlich habe er etwas Eigenartiges gespürt. Aber da war ihm schon die Bremsflüssigkeit zwischen Haut und Gips geronnen. Leider sei er so blöd gewesen und habe noch einen Tag

* Für alle Hausparteien gemeinsam zu nützendes Wasserbecken am Flur
** arbeitslos

zugewartet. Im Krankenhaus hätten sie ihm sofort den Gips runtergerissen. Aber da war die Haut schon bösartig entzündet. Der Mann zeigte dem Gruppeninspektor die fleischige violette Wunde. Es stank nach Eiter. Dem Gruppeninspektor wurde schlecht. »Mein Rechtsanwalt sagt mir, vor dem Arbeitsgericht habe ich keine Chance, weil ich hätte mich nicht unter das Auto legen dürfen. Das wäre eine berechtigte Arbeitsverweigerung gewesen.« »Entschuldigung«, unterbrach ihn der Polizist, »aber ich bin nicht vom Sozialamt, sondern von der Kieberei. Mir müssen Sie nichts über Ihre private Situation erzählen. Ich interessiere mich für den Deutschunterricht Ihrer Tochter.« Der Mann sah ihn entgeistert an. »Entschuldigung ... aber, das ist schlimm, das ist sehr schlimm.«

Aha, dachte sich der Kieberer. Da hat einer angebissen.

»Was ist daran so schlimm?«

»Schlimm ist, dass ich Ihnen mein verpatztes Leben erzählt habe. Meine Tochter würde das gar nicht freuen, und ich versteh das. Wissen Sie, wir tun alles, damit sich meine Tochter nicht ihrer Eltern schämen muss. In diese verfluchte Schule gehen ja nur die Kinder von G'spritzten. Für uns ist jede Landschulwoche, jede Schulexkursion eine finanzielle Katastrophe. Wir haben Angst, um Unterstützung beim Elternverein anzusuchen, weil unsere Tochter dann ausgegrenzt werden würde. Die Mitschüler würden sie bemitleiden, *Armutschkerl* ist dort ein Schimpfwort.«

Womit sie wieder beim Sozialen gelandet wären. »Wie gesagt«, versuchte der Kieberer, das Gespräch auf die geregelte Bahn seines Anliegens zu bringen, »wie gesagt, ich interessiere mich für den Deutschunterricht Ihrer Tochter.«

»Flausen!«, antwortete der Vater. »Alles Flausen. Da bemüht man sich, seine Kinder zu anständigen Menschen zu erziehen, damit sie es einmal besser haben würden, und dann werden sie durch literarische Hirnrissigkeiten verdorben.«

»Wie meinen Sie das?«

»Nehmen wird doch diese Erzählung von Franz Kafka, *Die Verwandlung*, her. Da wird aus einem bemitleidenswerten Mann ein Käfer. Sagen Sie mir: Ist das normal? Oder verstehen Sie diese *Katz und Maus* von Günter Grass? Da will ein Kater den Adamsapfel eines Schülers zerbeißen. Das ist doch furchtbar.«

Wie auf ein Stichwort hin rasselte das Schloss der Wohnungstür. Mutter und Tochter kamen herein. Die Mutter war dünn wie ein Zwirnsfaden, die 16-jährige Tochter hatte das Aussehen einer 13-Jährigen. Sie war körperlich unterentwickelt. Frank Karl erkannte in ihr sofort die Tulla Pokriefke aus *Katz und Maus* wieder. Über sie hatte Günter Grass geschrieben: »Immer noch und seit Sommern klebte dieser mausgraue, überall grobgestopfte Kinderbadeanzug an ihr: das bisschen Brust gequetscht, die Schenkel abgeschnürt, und zwischen den Beinen eine vom verfilzten Stoff nachgeformte Mösenfalte.«

Scheiße, dachte der Kieberer, wenn der Vater in dieser literarischen Beschreibung seine Tochter erkennt, dreht er mir womöglich noch durch.

»Zeig dem Herrn Inspektor«, forderte er seine Tochter auf, »welchen Wahnsinn ihr für die Schule lesen müsst.«

Jetzt wurde es kritisch, denn was passierte, wenn der Mechaniker in *Katz und Maus* zu blättern anfing? Wenn sich Frank Karl richtig erinnerte, langte darin Tulla nach dem riesigen »Stehaufmännchen« des Spielkameraden Mahlke. »Sie fragte: ›Darf ich mal schnell, nur ganz schnell?‹ Tullas Mund blieb offen, Mahlke nickte und ließ seine rechte Hand fallen, aber als Griff bestehen. Tullas immer zerkratzte Hände wirkten verloren an jenem Ding, das unter prüfenden Fingerkuppen Umfang gewann, Geäder schwellen und die Eichel anlaufen ließ.«*

Wenn der Vater erführe, dass der Spielkamerad in diesem Buch ejakulierte, würde die Mutter einem Herzinfarkt erliegen, denn: »Kaum hatte Mahlke die erste Ladung über die Reling gespritzt, begann er sogleich wieder von vorne ... er wurde ... genauso viel los wie beim ersten Mal: Wir lachten überdreht, als sich die Möwen auf jenes in der glatten, nur selten krausen See schlingernde Zeug stürzten und nach mehr schrien.«

Diesen Schock konnte der Kieberer nicht verantworten. Er musste eine Familientragödie verhindern. Er hüstelte. Er räusperte sich: »Entschuldigung, ich möchte ja nicht unhöflich sein. Aber könnte ich, bitte, ein Glas Wasser haben.«

»Ein Glas Wasser!«, zischte der Vater. Er wandte sich an die Mutter: »Schnell, ein Glas Wasser!« Beide kehrten dem Gruppeninspektor den Rücken zu. In diesem Augenblick griff der Kieberer ans Bücherbord und krallte sich *Katz und Maus.* Das Töchterchen riss die Augen auf, sagte aber nichts. Frank Karl ließ den Paper-

---

* Grass, Günter: Katz und Maus. Göttingen 1993, S. 58

back-Band in seine Anzugtasche gleiten. Um nicht lauthals loslachen zu müssen, hustete er wie wild in sein Taschentuch. Der besorgte Familienvater trommelte mit aller Wucht auf den Rücken des Polizisten. Der erstickte fast. Nach einigen Minuten fragte die Frau: »Geht es Ihnen besser?« Frank Karl nickte erschöpft. Der Vater fuhr nun die Tochter an: »Zeig dem Herrn Inspektor dieses Buch von Günter Grass!«

»Entschuldige, Papa, das geht nicht. Das Buch war ausgeborgt. Ich habe es gleich wieder an die Bibliothek zurückgegeben.«

»Sehen Sie«, warf sich der Mann stolz in die Brust, »das ist meine Tochter. Die Erziehung hat doch was genützt.«

*

Der Gruppeninspektor schnitt gerade eine Pizza im *Bylini* beim Franz-Josefs-Bahnhof an, als sich die Dragica bei ihm meldete. Die Putzfrau heulte ins Telefon. Die Polizei war da und habe alles auf den Kopf gestellt.

»Mach dir keine Sorgen, meine Liebe«, beruhigte sie der Gruppeninspektor, es würde schon alles mit rechten Dingen zugehen. Außerdem, was heiße *»alles auf den Kopf stellen«*, wo doch in seiner Wohnung von Haus aus alles auf dem Kopf stünde. Die Polizisten haben versprochen, sie würden endgültig »aufräumen«. Da musste der Gruppeninspektor lachen. »Dragica«, versprach er, »die Polizisten werden aufräumen müssen. Spätestens, nachdem ich mich beschwert haben werde, dass es zu gesetzlich nicht gedeckten Hausdurchsuchungen und Beschlagnahmungen gekommen ist. Glaub mir, die werden meine Wohnung in einen derart sauberen Zustand zurückversetzen, wie er ursprünglich gar nicht vorhanden war. Das ist der Vorteil von polizeilich angeordneten Säuberungen.« »Aber die haben auch Ihren Computer mitgenommen.« »Das freut mich«, jubelte der Kieberer, »weil die Kiste vor zwei Wochen ihren Geist aufgegeben hat. Es bleibt den Idioten gar nichts anderes übrig, als das Ding zu reparieren, weil sie das Ding kaputt gemacht haben.«

»Herr Chef«, fragte die Dragica entgeistert, »haben Sie denn etwas Verbotenes getan?« »Nein, nein, mach dir keine Sorgen. Ich habe auf dem Computer nur sicherheitsrelevantes Material abgespeichert.«

»Was ist das?«

»Ich habe mir Gedanken darüber gemacht, wie man den Terrorismus vermeiden könnte.«

»Terrorismus?«

»Ja, Terrorismus! Stell dir vor, man kann bei uns in Österreich ohne Ausweiskontrolle am Sonntag in die Kirche gehen. Das ist gefährlich. Daher habe ich in meiner Expertise vorgeschlagen, man soll an den Kirchenportalen Sicherheitsschleusen wie am Flughafen einrichten. Allerdings müssten die Gold- und Silberkreuze der Geistlichen durch Plastikanhänger ersetzt werden, weil sonst würden die Röntgenapparate ständig Alarm pfeifen. Außerdem müsste der Kardinal sein rotes Käppi durch ein schwarzes ersetzen. Auf diese Weise wäre er als Zielobjekt nicht so leicht zu erkennen.«

Die Dragica war bestürzt: »Das alles Sünde. Die Polizisten haben gefragt, ob ich weiß, wo Sie Sex versteckt haben?«

Frank Karl musste lachen. »Darüber, Dragica, mach dir keine Sorgen. Das ist nichts Außergewöhnliches. Österreichische Polizisten stecken häufig in Schwierigkeiten mit dem Sex.«

»Was?«

»Schau«, erklärte er Dragica, »für mich verschärfte sich der Beziehungsstreit durch einen Rechtschreibfehler. Die Sekretärin des Obersten hatte sich vertippt, und im Auftrag für mein Gutachten anstatt *Ursachen des sexuellen Populismus in Schüleraufsätzen* ›Ursachen für den sexuellen POPO-lismus‹ geschrieben. Ich habe, um den Oberst zu trösten, die Literaturgeschichte ins Spiel gebracht: Die Vorliebe für Rundungen, habe ich beschwichtigt, hat doch in Wien Tradition. Allerdings waren früher vor allem prominente Schriftsteller auf die Hinternwelt abonniert. Auf diese Weise kamen wir auf die Vorlieben des Schriftstellers Heimito von Doderer zu sprechen. Doderer hatte 1929 einen autobiografischen Roman *Dicke Damen* entworfen. Und dieser Autor war ein ausgewiesener Arschfettischist, wobei man Fettischist mit zwei TT schreiben musste. Der Niederschrift waren zahlreiche ›Feldforschungen‹ vorangegangenen. Doderer und sein Haberer* Albert Paris Gütersloh pflegten dazu in ihr Atelier in der Buchengasse in der Josefstadt beleibte Damen einzuladen. Diese hatten sie zuvor über Zeitungsannoncen angeworben. ›Gewichtsmindestanforderung – 100 Kilo‹ Die Frauen

* Freund, Kumpane

mussten ihre Straßenkleider fallen lassen und weiße Büßerkutten überziehen. Sie hatten zu knien und Kirchenlieder zu rezitieren. Auf Lateinisch, versteht sich. Die Herren soffen während dieser Leibesvisitationen Zwetschgenschnaps und bewerteten die fleischlichen Üppigkeiten wie Schlachtvieh: ›Imposanz nur oben, graziös und reizvoll; dumm. Trefflicher Reithosentyp, zu leicht; durch ihre beispiellose Dummheit geradezu echte Zärtlichkeit; sehr fesch, leider fast normale Figur, etwa 73 kg … usw. und so fort.‹*

Anfangs hat sich der Oberst über diese sexuellen Verrücktheiten noch amüsiert. Aber später ist ihm das Lachen vergangen, denn er musste erkennen, bei uns, in der Kieberei, gibt es eine undichte Stelle. Jedenfalls sind Passagen aus meiner Expertise unter dem Stichwort *Ficki-Leaks* in für gewöhnlich gut informierten und uniformierten Kreisen weitergereicht worden.«

Dragica säuselte mit gequälter Stimme ins Telefon: »Versteh ich nicht. Mein Deutsch nicht gut«, obwohl Frank Karl nur zu genau wusste, dass Dragica alles verstand. Sie war absolut keine Idiotin. Sie hatte nämlich in Jugoslawien Politologie studiert, diese Titoistische Sünde aber in ihren Lebensläufen wohlweislich verschwiegen, was der Gruppeninspektor verstand, weil als Akademikerin hätte sie in Österreich keinen Job als Putzfrau bekommen, denn es galt: Du darfst hierzulande viel sein, solang du es nicht zugibst.

*

* Horowitz, Michael: Begegnung mit Heimito von Doderer. München 1983, S. 178

Um 20.50 Uhr war Schluss mit lustig. 15 Polizisten der EGS sprangen durch die Fenster der Galerie des Leichenfritzi. Die Vernissage-Gäste applaudierten. Sie glaubten, diese Aktion wäre eine vorgezogene Mitternachtseinlage und versuchten, den Beamten aus der Einheit zur Bekämpfung der Straßenkriminalität Weingläser in die Hand zu drücken. Die Polizisten verstanden keinen Humor. Sie lehnten diese »Frechheit!« ab. Sie wollten auch nicht umarmt werden.

Die Umarmung wurden von den Uniformierten als Versuch von Judoattacken interpretiert. Jedenfalls wurden einige Vernissage-Besucherinnen durch blitzschnelle Abwehrgriffe auf den Boden geworfen. Ein Arzt, der auf dem Ziegelboden fixiert wurde, beschwerte sich: »Der Boden ist kalt. Ich bin empfindlich, ich habe Gastritis.« Das nahmen ihm zwei Burschen übel. Seitdem wusste der Doktor, was man unter dem Begriff »Bundeswurst«* zu verstehen habe. In ihrem Protokoll hielt der Einsatzleiter fest:

In der Galerie des akademischen Malers F., genannt »Leichenfritzi«, fand eine satanistische Veranstaltung statt. Im unverputzten Gewölbe des Veranstaltungstunnels brannten Friedhofskerzen. In den Nischen dieses Kellers lagen Totenschädel. In Klammern: »Originale!« Die Wände waren mit »Geisterbahnbilder« geschmückt. Angeblich haben dafür echte Leichen Modell gelegen. Trotz des frostigen Klimas, das in dieser Künstlergruft herrschte, waren einige Besucherinnen nur leicht bekleidet. In diesem Umstand erkannten wir ein weiteres Indiz

* Gummiknüppel

für eine okkultistische Orgie, in der möglicherweise ein feministischer Femekult der Renaissance wieder belebt werden sollte. Wie dem geheimen Gutachten des Polizeiexperten für Verbrechen in der Geschichte der Stadt Wien, Gruppeninspektor Frank Karl, zu entnehmen ist, hat es im 16. Jahrhundert eine Rächerinnen-Gruppe gegeben. Die weiblichen Mitglieder dieser kriminellen Vereinigung haben »angebliche Vergewaltiger« betrunken gemacht und sie in Gewölbe aus der Zeit der Türkenbelagerung gelockt. Als die wehrlosen Männer aus ihrer Betäubung erwachten, hingen sie in Ketten an der Wand. Die Frauen schnitten ihnen die Vorhaut ab. Es gab keine Narkose. Um nicht noch härter gequält zu werden, mussten die Verurteilten »De damnatione raptoris« rezitieren:

Was schreist du, arme Seele,
Ich brauche doch dein Blut.
Du willst, dass ich dich quäle,
Das tut der Seele gut.

Was schreist du, arme Seele,
Das Messer ist schon g'wetzt,
Durchschneide gleich die Kehle,
Was quiekst du so entsetzt.

Was schreist du, arme Seele
»Maria hab Erbarmen!«?
Dein Glied ich nun abschäle.
Du stirbst in meinen Armen.*

* Verfasser ist allgemein unbekannt

Es stehe zu befürchten, fuhr nun der Leiter des nächtlichen Einsatzes fort, dass der Funke dieser Teufelsanbetereien auf die Jugend überspringen könnte, zumal uns der Religionslehrer der 6b-Klasse des Rilke-Gymnasiums gemeldet hatte, dass seine Schülerinnen CDs der amerikanischen Heavy-Metal-Gruppe *W.A.S.P.* hörten. Man dürfe sich nicht täuschen lassen, *W.A.S.P.* sei keineswegs die Abkürzung von White Anglo-Saxon Protestants, sondern höchstwahrscheinlich von *We Are Satan's People* abgeleitet. In einem vom Katecheten beschlagnahmten Liedtext heißt es:

Probier die Liebe,
den Zauber Luzifers,
der dich benommen macht.
Du fühlst, was er mit dir macht;
und du bist betrunken von Liebe.
Du schläfst im Feuer!*

Nicht unbemerkt bleiben darf, führt das Protokoll aus, dass das geheime Gutachten des Gruppeninspektors Frank Karl die Bühnenshow der Band als »primitiv-futuristisch« beschreibt. »Bandleader Blackie Lawless schwingt auf der Bühne die Axt, tranchiert damit Fleisch und wirft blutige Steaks ins Publikum. Die Musiker tragen Ketten und Sägeblätter sogar zwischen den Beinen. Im Hintergrund macht eine nackte Jungfrau Schlangenbewegungen. 1997 wurde die Band in Mailand verhaftet, weil sie in ihrer Show die Vergewaltigung einer Nonne zelebrierte und eine Sau schlachtete. Die Polizei hielt

* vgl. https://kath-zdw.ch/maria/schattenmacht/lockm.satans.html

das Schwein für echt. In Deutschland wird 1986 ein Cover der Gruppe in eine Liste der *Bundesprüfstelle für jugendgefährdende Medien* aufgenommen. Die katholische Kirche warnt ausdrücklich vor dem negativen Einfluss dieser Art der Musik.«*

Nun fügte der Einsatzleiter in Randnotizen hinzu: »Auf den Bandleader, Blackie Lawless, wurde mehrfach geschossen. Es gab Bombendrohungen, weshalb ein terroristischer Hintergrund nicht unbeachtet bleiben darf. Zudem trinkt der Bandleader auf der Bühne demonstrativ Blut aus einem Totenkopf. Dazu fällt auf, dass auch der Inhaber der beschriebenen Leichenhallen-Galerie in der Neulerchenfelder Straße offensichtlich ein glühender Anhänger des Totenschädelkults ist. Das beweist die Dekoration seines Ateliers. Auf die Frage, ob er sich auch an Schüttbildern und Blutfresken versucht habe, schüttelte der Maler entsetzt den Kopf. Er verbittet sich, im Zusammenhang mit den Blutgemälden eines mystischen Kriminalfalles auf der Tuchlauben genannt zu werden. Rot sei keineswegs seine Lieblingsfarbe. Rot schätze er höchstens auf den Zehennägeln hübscher Frauen. Er ziehe Blau, Grün, Schwarz und Gelb vor, wie sich die Herren von der Polizei auf der Stelle überzeugen könnten. ›Eigenartig‹, haben wir ihm vorgehalten, ›warum hat Sie ausgerechnet der Goldschmuggler und diverser Bluttaten verdächtigte Ex-Rechtsanwalt Horst Hörndel kurz vor seinem Ableben besucht?‹ Der Horstl, antwortete der ›Künstler‹ habe ihn nicht besucht, sondern die beiden hätten, wie in der Vergangenheit bereits öfter, ein Bier getrunken. Dieses Treffen wäre zufällig gewesen.«

* vgl. https://de.wikipedia.org/wiki/W.A.S.P.

Als der Oberst um 6 Uhr in der Früh von Frank Karl aus dem Schlaf geläutet wurde, fragte er ihn, ob er Zahnschmerzen hätte, so laut habe er »Ohhh, oh, oh!« geschrien. Aber Frank Karl war nicht zu bremsen. Er tobte: »Es war ein Fehler, die EGS nicht an die Kandare zu nehmen. Jetzt sind die Ehrgeizlinge zur Bekämpfung der Straßenkriminalität mit Mopeddiebstählen nicht mehr zufrieden. Sie suchen neue Betätigungsfelder. Das ist schon bei der Durchsuchung des Bundesamtes für Verfassungsschutz und Terrorismusbekämpfung gewaltig in die Hosen gegangen. Jetzt will kein ausländischer Nachrichtendienst mehr mit unserem BVT zusammenarbeiten. Und nun legen sich die Spinatwachter auch noch mit der internationalen Kunstmafia an. Das ist für den österreichischen Kulturtourismus schlichtweg eine Katastrophe.«

Schon wollte der Oberst zurückschreien: »Halt deine Goschen! Derartige Anschuldigungen lassen ich und unser Verein uns nicht gefallen! Schon gar nicht auf nüchternen Magen! Worüber redest du überhaupt?« Aber dann überlegte er es sich und drückte das Gespräch weg. Er beeilte sich, den Gustl Loiber aus seinen Träumen zu klingeln. Aber dem brauchte er schon nichts mehr zu erklären. Der unglückselige Gruppeninspektor hatte ihn schon vor einer Stunde belästigt.

»Ja, ist denn der Trottel noch vom Vortag besoffen?«, schrie der Oberst.

»Leider nein!«, brüllte der Gustl zurück. »Beim Frank Karl ist es nämlich genau umgekehrt. Je nüchterner er ist, umso ausfälliger wird er.«

»Ja, ist denn das Arschloch bereits gemeingefährlich? Ein Fall für die Psychiatrie? Soll ich den Amtsarzt …?«

»Nur das nicht«, zischte der Loiber Gustl verzweifelt. »Auf diese Skandalisierung wartet der doch nur. Bei dem seinen Connections zur Presse. Nicht umsonst nennen die Schmierfinke die Wiener Polizei bereits ›Frankreich‹.«

»Diese akademische Brut!«, tobte der Oberst, bremste sich aber recht schnell wieder ein, denn was wäre, wenn sein Telefon abgehört würde, wo doch jeder Redakteursaspirant wusste, dass der Frank Karl und der Polizeipräsident irgendwann irgendwie Studienkollegen gewesen waren.

»Red' endlich Klartext! Wo liegt der Hund begraben?«, flehte er den Gustl an. »Es sind zwei Hunde«, lautete die Antwort. »Der erste Hund liegt im 3. Bezirk. Dort wohnt nämlich der Frank Karl. Dessen Wohnung wurde gestern von der EGS heimgesucht ... Der zweite Hund liegt auf deinem Schreibtisch, nennt sich Gutachten, betrifft den Satanismus in Wien und weist den besagten Frank Karl als Autor aus. Die EGS beruft sich auf diese Akte.«

»Was bedeutet das?«

»Das bedeutet, dass sie entweder dem Karl seinen Computer zerlegt haben, oder bei dir im Büro eingebrochen wurde.«

Nun herrschte zwischen dem Gustl Loiber und dem Oberst ein einvernehmliches Schweigen. Schließlich räusperte sich der Oberst und befahl: »Du hältst absolut die Goschen. Ich muss mir was überlegen, weil wenn uns dieser Herr Karl mit seinem notorischen Hang zur Literatur durchdreht, hetzt er uns womöglich auch noch den PEN ans G'nack*.«

* Genick

KAPITEL 10

»In dieser schaurigen Stadt lauert überall der Sex«, belehrte Frank Karl den Joschi, der zum Neuen Markt mitkommen musste. Der Gruppeninspektor litt etwas unter Einsamkeit, weil ihn der Oberst ignorierte, und er sich in seinen Selbstgesprächen nicht selbst anflegeln wollte. »Schau, Joschi«, ereiferte er sich nach Art der Fremdenführer, »da drüben steht der Donner-Brunnen, benannt nach seinem Schöpfer, dem Raphael Donner.«

Der Joschi gähnte. Ihm war das alles so was von wurscht. Der Gruppeninspektor spuckte auf die Erde: Ja sah denn der junge Dutter* nicht, wie lüstern sich die Nackten am Brunnenbeckenrand räkelten. »Da sind Hollywood-Girls am Swimmingpool in Kalifornien nichts dagegen.« Der Joschi gähnte ein zweites Mal. »Die Maria Theresia empfand die nackten Brüste als Provokation!« Der Joschi zeigte keine Reaktion. Jetzt schrie der Gruppeninspektor beinahe schon. »Die Kulturbarbarin hatte befohlen, das Kunstwerk zu vernichten. Die Brunnenfiguren wurde abmontiert, aber von einem Feuerwerker im Zeughaus versteckt. Der Giacomo Casanova hat sich darüber irrsinnig aufgeregt. Er war ja gerade mit einer gewissen Gräfin Blasin in Wien angekom-

* unerfahrener, junger Mensch; einer, der (Tutte) noch gesäugt wird

men und im Gasthof *Zum Roten Ochsen* abgestiegen. In aller Herrgottsfrüh klopften Agenten der Keuschheitskommission an seine Tür. Ob er, der Casanova, mit dieser Dame verheiratet sei? Wenn nicht, dann müsse er erklären, wie es dazu komme, dass sein eigenes Bett unberührt sei, während sich die aufgewühlte Liegestatt der Gräfin körperwarm anfühle. Nachdem Casanova in unverständlichem Italienisch geantwortet hatte, wurde seiner Gespielin nahegelegt, die Stadt innerhalb von 24 Stunden zu verlassen. Diese Spermaspurinspektoren kannten eben kein Pardon. Jungfrauen, die auf dem Weg zum Krämer waren, wurden angehalten und peinlich befragt, warum sie ungeschützt und allein durch die Gegend schlichen. Das Geschäft der Keuschheitskommissäre war durchwegs einträglich, weil nach den Leibesvisitationen der Schmuck der Mädchen unauffindbar blieb.«

»Joschi«, explodierte nun der Kieberer, »muss bei dir erst einer abgestochen werden, dass du aufwachst?« Der Kieberer war nahe daran, den Kopf seines Assis in das Brunnenbecken zu tauchen. Da rettete ein Sandler* den Lahmarsch vor dem Ertränkt werden. Der Schnorrer streckte dem Ermittler-Duo seine dreckige Hand entgegen. »Master, haben S' net an Euro übrig?« »Ohne Leistung gibt's nichts.« »Was soll' i denn für a Leistung erbringen, ich bin doch seit fünf Jahren hackenstad.« »Dann erzähl mir halt einen Witz, den ich net kenn.« »Kann's ein Lied auch sein?« »Von mir aus.« Dann sang er: »D' Lebendigen und die Toten/ die Wiener san Falotten./ Und wenn's kane Falotten sind/ dann san sie auch

* Strotter, heruntergekommener Mensch

kein Wiener Kind.« »Da hast 50 Cent«, beschied ihm der Gruppeninspektor. »He, was soll das. Es war ein Euro ausgemacht. Hat Ihnen das Lied nicht gefallen?« »Das Lied schon, aber deine Stimme verscheucht die letzte Ratte aus dem Alserbach.« Während Frank Karl sprach, äugte er zum *Hotel Europa* hinüber. Er hatte richtig gesehen. Dort drüben parkte der Mercedes der Gräfin Roth-Neusiedel in zweiter Spur. »Schau«, sagte er, an den Sandler gewandt, »siehst du den Mercedes vor dem Hotel? Geh hinüber, setz dich ins Auto und frag: ›Ist das Taxi frei?‹ Wenn du das tust, dann reib ich dir einen Zehner.« Während der Sandler gehorsam über den Platz schlurfte, fragte der Joschi: »Chef, warum tust du das?« »Weil die Gräfin eine blöde Funsen* ist. Die schimpft wie ein Rohrspatz auf die Wiener Polizei, wenn aber ihr Katzerl auf einen Baum kraxelt und sich nicht mehr herunter traut, verlangt sie einen Einsatz der *Wega***.« »Okay, aber warum soll sich der Sandler zu ihr ins Auto setzen?« »Weil der Sandler stinkt wie ein Ziegenbock. Seine Geruchsfahne kriegt die Nocken für zwei Wochen nicht mehr aus dem Polster des Gefährts. Auch nicht mit dem teuersten Parfüm von *d' Or*.« An dieser Stelle musste der Kieberer seine Ausführungen unterbrechen, weil der Sandler zu schreien anfing: »Helfen S' mir, Euer Gnaden, ich werd' verfolgt!« Und in der Tat, hinter der Vogelscheuche war der Chauffeur der Gnädigsten her. Da blieb dem Gruppeninspektor nichts anderes übrig, als zu intervenieren. »He, he!«, schnauzte er den Kerl mit seinem Rittmeisterkapperl

* hochmütige, dumme Frau
** Wiener Einsatzgruppe Alarmabteilung

an. »Lassen Sie den armen Mann in Ruh. Jetzt wird einmal stramm gestanden.«

»Wer sind Sie überhaupt, dass Sie sich einmischen?«, traute sich dieser pseudo-italienische Furfante* in seiner Portiersuniform zu fragen. »Zeigen Sie mir einmal Ihre Kraftfahrzeugpapiere. Sie stehen im absoluten Halteverbot. Das bedingt eine saftige Strafe, eine Anzeige, wenn Sie mich richtig verstehen.« Inzwischen war die Gräfin herangekommen. »Lass mal, Leopold«, säuselte sie mit piefkezistischem Akzent, »der Franky-Boy hat sich in den Jahrzehnten, die dazwischen liegen, überhaupt nicht geändert. Wir sind nämlich zusammen aufs Gymnasium gegangen. Er war unser Klassenprimus, ein absoluter Streber. Genützt hat ihm das nicht, wie man sieht.« Der Gruppeninspektor machte eine angedeutete Verbeugung: »Durchlaucht, ich empfehle Ihnen, sich auf das Schleunigste zu vertschüssen und Ihre stinkende Kutsche zu besteigen, bevor ich mich vergesse und Ihrem Beiwagerl verrat, wie man hierzulande in besseren Kreisen zu einer Matura kommt.« Die Gräfin pfauchte nur »Paaah!« und zischte arschwackelnd ab. »Was ist jetzt mit der Anzeige?«, fragte ihn der Joschi. »Aus der wird nichts«, antwortete der Gruppeninspektor. »Der arme Chauffeur ist durch seine Chefin zur Genüge bestraft.«

*

Frank Karl hatte den Joschi, diesen Kulturbanausen, nach Haus geschickt. Um Missmut und Lan-

* Schurke, Schuft, Bösewicht

geweile zu verdrängen, war er bestrebt, seine Literaturmission zügig fortzusetzen. Die Mutter der Musterschülerin kam ihm mit dem Staubsauger in der Hand entgegen. Ja, ihre Tochter sei zu Hause, er müsse nur in den ersten Stock hinaufgehen, die erste Tür links.

»Schuhe brauchen Sie keine auszuziehen.« Und: »Erschrecken Sie nicht, ihr Freund ist bei ihr.« Beim Wort »Freund« hatte die Mutter ein Schnoferl gezogen. Der Typ war also nicht wohlgelitten. Die Musterschülerin war so, wie man sich eine Musterschülerin vorstellte: etwas schlaff, mollig, ein 08/15-Gesicht, kurzum eine Brillenschlange. Ihr Freund passte zu ihr: ein Meter 85 lang, eine Bohnenstange mit Pickeln im Gesicht. Er kam sofort zur Sache: »Sie sind also der angekündigte Polizist, der uns über Sex befragen will. Dazu kann ich nur eines sagen: Wir beide praktizieren ihn. Was die anderen treiben, interessiert uns nicht.« Jetzt ging Frank Karl in die Offensive: »Sind Sie ein Raufbold? Warum haben Sie ein blaues Auge?« »Das Veilchen hat ihm sein Vater geschlagen, weil ihm der James frech gekommen ist«, antwortete die Freundin. »Und worin hat die Frechheit bestanden?« »Ich habe meinem Vater erklärt«, meldete die Bohnenstange, »dass Neutrinos keine Außerirdischen sind, sondern elektrisch neutrale Elementarteilchen, und jeder Quadratzentimeter seines Körpers in jeder Sekunde von 70 Milliarden solaren Neutrinos durchschossen wird. Daraufhin hat mein Vater geschrien, soweit komme es noch, dass er beschossen würde, und hat mir einen Haken verpasst. Nach einer Viertelstunde ist er mit Tränen in den Augen wieder aufgetaucht. Er hatte eine Bierflasche in der Hand. Er hat es mit der Kumpeltour versucht. Es täte ihm leid, aber ich solle mir derartigen Hokuspokus aus dem Schädel schlagen, er hasse Sience-Fiction und pfeife auf meine klugscheißerischen Erklärungen. Aber diese klugscheißerischen Erklärungen hat man uns in der Schule beigebracht. ›Das ist Naturwissenschaft‹, hab ich ihn angefleht. ›Naturwissenschaft‹, hat er gehöhnt, ›ich scheiß auf deine Naturwissenschaft.‹ ›Du bist ja besoffen‹, hab ich geschrien. Dann hat er mir aufs Auge gehaut. Jetzt hab ich eine Blaumeise*.«

Auf dem Nachhauseweg mutierte der Gruppeninspektor Frank Karl zum Bewunderer der Wiener Pädagogen, weil ein Dompteur des *Zirkus Krone* war nichts dagegen. Während seiner Schulzeit fürchteten die Schüler ihre Lehrer. Heute ist es umgekehrt. So ein Professor ist eingekesselt. Dem sitzt die Direktorin im Genick, er wird von der Unterrichtsbehörde kontrolliert, von Schülern verspottet und von Eltern bedroht: »Wenn meine Tochter nicht durch die Nachprüfung kommt, bringe ich mich um, weil ich bin eine alleinerziehende Mutter, die in prekären Verhältnissen lebt.« Die Schülerinnen überzuckern diese Konstellation natürlich und machen sich daraus eine Gaudi, indem sie zum Beispiel kopflose Nacktfotos verteilen und behaupten, das seien sie selbst.

*

* blaues Auge, Veilchen

»Ich hab genug vom Sex«, wetterte Frank Karl. »Ich sauf mich nieder.« Und schon war er auf dem Weg zu *Nikos Bar*. Die lag bezeichnenderweise in der Spiegelgasse, und die Spiegelgasse heißt Spiegelgasse, weil die Gäste, die hier die Lokale frequentieren, ihren Alkoholspiegel konstant halten.

Der Niko selbst war eine verkrachte Existenz, ein Studienabbrecher, einer, der es zu nichts gebracht hat. Das ist zumindest die offizielle Version. Aber der Frank Karl wusste natürlich, dass die Story eine Art Legende war, denn im Gegensatz zu ihm selbst hatte der Niko sein Philosophiestudium abgeschlossen. Der Niko war aber ein schlauer Hund und spielte noch immer den ewigen Alumnus emeritus*. Diese Mitleidsmasche zog, weil Studenten von Orchideenfächern in ihrer Angst, sie könnten selbst als Taxifahrer enden, ihm reichlich Trinkgeld zukommen ließen. Und nachdem der Niko, wie der Gruppeninspektor selbst, kreuz und quer die Studienfächer gewechselt hatte, pflegte er intensiven Kontakt zu Hundertschaften von Ex-Kommilitonen, was keineswegs dem Umsatz abträglich war. Was Frank Karl am meisten an *Nikos Bar* reizte, war das Angebot an mannigfaltigen Schlägereien. Häufig fing das Gerangel mit den Wirtschaftsnachrichten an. Während sich in anderen Etablissements die Stammgäste bei Fußballübertragungen die Seele aus dem Leib schrien, observierten die Trankler** bei Niko das Fernsehmagazin *Eco*. Das war jedes Mal wie ein Blättern im Fotoalbum, weil

* pensionierter Student (Zögling)
** Säufer

man in jedem zweiten Manager einen Kumpel aus vergangenen Uni-Tagen erkannte. Da waren besonders die Ex-Maoisten präsent, was ja logisch war, weil die hatten die härteste Schule durchlaufen. Sie haben um 4 Uhr früh aufstehen, geschnäuzt und gekampelt zu den Fabrikstoren fahren müssen, um dort die neuesten Flugzettel an das werktätige Volk zu verteilen. Dann folgte eine halbe Stunde körperliche Ertüchtigung mit einer kreislauffördernden und budgetschonenden Kaltdusche. Bummelstudenten gab es unter den KB-lern* keine, weil man schließlich auf Kosten der Arbeiterklasse studieren durfte. Erstklassige Prüfungsergebnisse wurden erwartet. Beethoven hören oder Skifahren zählten zu bourgeoisen Perversitäten und galten als Zeitverschwendung. Am Abend wurden die Kader geschult und die revolutionären Aktivitäten des nachfolgenden Tages besprochen. Liebeskummer gab es nicht, und Affären wurden als kleinbürgerliches Abweichlertum bestraft. Im Vergleich zum maoistischen Schliff war das Training im Priesterseminar eine Kur im All-inclusiv-Sanatorium eines *Robinson-Clubs*. Kein Wunder also, dass disziplinierte Maoisten nach dieser Rangerausbildung für eine Karriere als Wirtschaftskapitäne bestens gerüstet waren. Plötzlich erwachte Frank Karl aus seinen Reflexionen. Ein Pfeifkonzert hob an. Auf dem Beislbildschirm war ein berühmter Fernsehkommentator und Wirtschaftsprofessor erschienen. Ein Teil der Gäste erkannten in ihm einen ehemaligen Trotzkisten wieder, und Trotzkisten war ganz üble Burschen, nämlich von Hornissen gestochene Großbürgersöhne,

* Kommunistischer Bund (maoistisch)

die, kaum hatten sie ihr Studium beendet, die Firma ihres Herrn Papa übernahmen. So einem gehörte eine Watschen verabreicht. Darin waren sich Maoisten und KPÖ-ler einig. Nur, wie es der Teufel haben wollte, suchte man ausgerechnet an diesem Abend vergeblich nach einem dieser verdammten Menschewiken. Doch, doch, da war einer. Der duckte sich. Keine Spur von leninistischem Kampfgeist. Die Catcher im Businessanzug bauten sich bedrohlich vor dem Pseudo-Bronstein* auf. In diesem Augenblick pinkelte der Pinscher des Trotzkisten gegen ein Stuhlbein, jaulte auf, zitterte vor Angst und sauste unerwartet zur Tür hinaus. »Dieser Feigling!« Damit war die Situation vorerst bereinigt, denn ein Gutteil der Kämpfer stürmte auf den Gehsteig, um das trotzkistische Schoßhündchen wieder einzufangen. Im Schatten der Schank buckelte indessen eine Runde von KPÖ-lern, die sich ihren Frust von der Seele tranken. Frank Karl taten diese heimatlosen Gesellen leid. Wem sollten die sich anschließen? Ihre ehemaligen Freunde, Funktionäre, Kolchosniki, Kombinatsdirektoren und Vorstände der völkerverbindenden Freundschaftsvereine in sozialistischen Bruderstaaten waren ihnen abhandengekommen. Die sowjetischen Vorbilder der Werktätigenavantgarde hatten ihr Insiderwissen genützt und waren Besitzer jener Firmen geworden, deren frühere Direktoren sie gewesen waren. Kein Wunder, hänselte eine Konvertitin und nunmehriges ÖVP-Mitglied: »Der klassische Irrtum aller Marxisten ist, dass sie glauben, der Knecht will die Verdammten dieser Erde befreien. Das will der Knecht aber über-

* Lev Davidovič Bronštejn; bürgerlicher Name von Leo Trotzki

haupt nicht. Der Knecht will Bauer werden.« Eine sozialdemokratische Lokalpolitikerin wackelte heran und legte ein Schäuferl nach: »Die Arbeiterklasse im Ostblock war das Deppertste, was es gibt. Das hat es in der Menschheitsgeschichte noch nie gegeben, dass eine herrschende Schicht ihre Macht freiwillig aufgegeben hat.« Mehr hat es nicht gebraucht. Damenspitz hin oder her. Aber so dreist brauchte einem niemand zu kommen. Fast wäre es doch noch zur ersehnten Rauferei gekommen. Die KPÖ-ler waren aufgesprungen, aber die ex-linken Manager aus dem maoistischen Eck erinnerten sich der Ritterlichkeit ihrer Väter: Frauen müsse man verteidigen, egal, welcher politischen Überzeugung sie waren. In diesen Tumult hinein schrie der Gruppeninspektor Frank Karl: »Meine Herrschaften, der Herr Generaldirektor Tomaschitz fühlt sich geehrt, Sie auf eine Runde einladen zu dürfen.« Was blieb dem Tomaschitz übrig, als diesem Begehren Folge zu leisten, wenn er nicht verdroschen werden wollte. Also sprang er auf und schrie: »Prost! Prost!« Dem Barbesitzer Niko war diese Großzügigkeit überhaupt nicht recht, denn diese Verbrüderung durchkreuzte seine Pläne. Er hätte eine exzessive Zertrümmerungsparty gebraucht. Die war so alle zwei Jahre fällig. Da mussten sich die betuchten Gäste austoben. Am Tag darauf war ihnen die Besoffeneng'schicht peinlich. Allerdings hatten sie die Folgen des Happenings zu zahlen, und Niko selbst ersparte sich die Kosten einer Renovierung.

*

Um 15 Uhr nachmittags zwitscherte das Handy. Es war der Oberst: »Wo bist?« »Im Bett«, antwortete der Gruppeninspektor wahrheitsgemäß. »Ich glaub, bei mir bahnt sich eine formidable Grippe an.«

»Ich hab einen Presslufthammer im Schädel …« »Grippe, ha, ha!«, höhnte der Oberst. »Ich kenne deine Krippen-Spielchen, die beim Heiligen Nikolo zu Sankt Stephan ihren Anfang nehmen.« Dann schwieg er. Man hörte nur den schweren Atemgang des Gruppeninspektors. Plötzlich donnerte der Oberst los: »Ja glaubst du Nudelaug, ich überzuckere gar nichts? In einer halben Stunde salutierst du geduscht, geschnäuzt und gekampelt bei mir auf.« Gut, aus der halben Stunde wurde eine ganze Stunde, aber der Oberst war besonders gut aufgelegt. »Willst einen Slibowitz?«, flötete er den Frank Karl an, dessen Bauch diese Einladung mit einem Stich in den Magen quittierte. Ihm wurde kurz schwarz vor den Augen. »Wie weit sind deine Recherchen in Sachen Unterrichtsporno gediehen?«, marterte er den Kieberer. Der antwortete: »Die Jugendlichen sind pervers. Ich würde sagen, die schweben in einem naturwissenschaftlichen Rausch. Meiner Generation wäre es nicht einmal bei einer Chemieprüfung in der Schule eingefallen, von Ammoniumnitrat, Salpetersäure und Ethinylestradiol zu reden. Aber die machen das freiwillig, und das in der Freizeit.« Der Oberst schwieg. Der Frank Karl schwieg.

»Aber was ist mit dem Sex?«

»Manche dürfen ihn praktizieren, wenn es nur nicht mit einem Neger ist. Andere wiederum sehen darin einen rein technischen Vorgang.«

»Die spinnen«, zürnte der Oberst. »Dieser realitätsfremde Wahnsinn ist dem exaltierten Musikprofessor und seinen Nonnen zu verdanken. Womöglich nimmt der Kerl *LSD*.«

»Ich glaube, der ist eher vorkonziliar katholisch. Der hält es mit der Heiligen Cäcilia. Die hatte auch kein *Crystal Meth* gebraucht. Die Dame war high, schloss die Augen und vernahm Engelschöre, Flöten, Becken, Tamburine, Triangel, Gamben und Orgeln. Ihr Pech war, dass die Schweinsohren in ihrer klerikalen Umgebung diese Musik nicht zu hören vermochten. Darüber gerieten die Obrigkeiten in Tollwut. Sie warfen der Heiligen vor, sie zöge den musikalischen Orgasmus dem fleischlichen vor. Das durfte nicht sein. Das wäre geisteskrank, so wie das In-sich-Hineinhören des Komponisten Penderecki.«

»Ja, um Himmels willen«, höhnte der Oberst. »Wer steckt denn da dahinter?«

»Ich sag es dir: die Energiewirtschaft! Wo kämen wir denn hin, wenn unsere Jugend ohne Strom Musik spielen und hören würde.«

»Ha, ha, ha!« Das gefiel dem Oberst, weil die E-Werke ständig den Preis für die Kilowattstunde erhöhten. Sogleich übermannte ihn aber wieder der eisige Ernst: »Schluss mit dem Schmähführen! Was ist mit den Nacktfotos?«

»Das wiederholte Überprüfen dieser Fotos verweist auf eine alteingesessene Wiener Familientradition. Die Väter von Schulkindern pflegen seit den 60er-Jahren des vergangenen Jahrhunderts die Glanzpapierseiten des *Playboys* zu scannen. Im Gegensatz zu den inkriminierten Jugendfotos sind dort die Köpfe der Nackten allerdings nicht wegradiert.«

Der Oberst lief rot an. Er verstand die Anspielung. Er hatte es satt, sich von diesem versoffenen Vorstadtkieberer über die Maschekseite* als »Softpornoinspektor« beschimpfen zu lassen. Andererseits war er beruhigt. Der Gruppeninspektor schien den nächtlichen Anruf und den EGS-Einsatz bereits verdrängt zu haben. Also beschied er trocken: »Verschwind!«

Frank Karl war sich nicht ganz sicher: Sollte er dem Oberst den Rest eines charakterlich tadellosen Kerns zugestehen?, denn er hatte durch seine Sekretärin für ihn, den weidwund Gesoffenen, ein frugales Frühstück anrichten lassen. Dann sah sich der Kieberer dieses Dejeuner näher an. Es bestand aus einem kaugummizähen Kipferl, einem Ristretto, einem Glas Wasser und einem Aspirin.

* von hinten herum; ungar. Ursprung

KAPITEL 11

Noch vor dem Verlassen der Rossauer Kaserne vibrierte das Handy: »Du sollst nicht glauben, dass ich dir deine alkoholbedingte Dienststundenunterschlagung durchgehen lasse. Du wirst diese Arbeitszeit ohne Überstundenzuschlag nachholen.« Und so kam es, dass Frank Karl schon am nächsten Tag die vormittägliche Sonntagsruhe der Familie Diplomingenieur Jeremias Schmidt störte.

Im Reihenhaus an der Brünner Straße roch es nach Desinfektionsmittel wie im Krankenhaus. Die Dame des Hauses war aufgeputzt wie die Modepuppe einer Staubsaugerreklame aus den 50er-Jahren des verflossenen Jahrhunderts. Das Arbeitszimmer des Herrn Diplomingenieur glich einem Kompromiss zwischen der Schaltzentrale eines Atomkraftwerkes und einem Tonstudio. In seinen Riesenbildschirm schoss ein literarischer Text. »Lesen Sie!«, forderte der Techniker den Polizisten auf. Der Kerl ist ganz schön frech und selbstbewusst, provozierte das Gehirn den Kieberer. Trotzdem las er gehorsam und brav:

An seinem Bette saß Basini! Und mit rasender Behändigkeit löste dieser im nächsten Augenblick das Hemd von seinem Leibe, schmiegte sich unter die Decke und presste seinen nackten, zitternden Leib an Törleß an …

»Törleß« war das ausschlaggebende Stichwort. Natürlich kannte der Gruppeninspektor die Erzählung. Schon wollte er sich abwenden, als er von Ingenieur Schmidt angeherrscht wurde. »Ich weiß, dass das unerträglich ist, aber lesen Sie weiter.« Frank Karl übersprang einige Zeilen, ließ diesen Basini um Befriedigung betteln: *Oh sei nicht so! So wie du ist keiner,* um schließlich den Jüngling winseln zu hören: … *wir sind beide jünger als die anderen; … du bist nicht so roh und prahlerisch wie sie; … du bist sanft; … ich liebe dich …!*

Nachdem Frank Karl die Passage zu Ende gelesen hatte, legte der Herr Diplomingenieur eine dramaturgische Pause ein. Schließlich ließ er sich herab zu fragen: »Was sagen Sie dazu?«

»Ich sage dazu, dass es sich um ein berühmtes Zitat aus der Weltliteratur handelt, nämlich um einen Ausschnitt aus Robert Musils *Die Verwirrungen des Zöglings Törleß.* In dieser Erzählung geht es keineswegs um voreheliche Sexspiele zwischen einem pubertierenden Mann und einem gleichaltrigen neugierigen Mädchen, sondern um unbeholfene homophile Versuche in einem kaiserlich-königlichen Internat.«

Der Herr Diplomingenieur kochte. »Sag ich doch! Schwule!«, stammelte er. »Schwule!« In einem letzten Aufbäumen seines Überlebenswillens brüllte er: »Thomas!« Der Sohn hatte rot geweinte Augen. »Ja, Vati«, flüsterte er kleinlaut.

»Wie kamst du auf die großartige Idee, derartige Sauereien zu lesen? Erklär das dem Herrn Kriminalinspektor!«

»Ich habe das Mathematiklehrbuch für die 7. Klasse

durchgeackert, und dort habe ich auf Seite 37 eine Abhandlung über die imaginäre Zahl ›i‹, also die Wurzel aus Minus Eins, gefunden. Die Zahl ›i‹ , wundert sich in dieser Schrift ein Schüler, gibt es doch gar nicht. Jede Zahl, ob sie nun positiv ist oder negativ, gibt zum Quadrat erhoben etwas Positives. Es kann daher keine wirkliche Zahl geben, welche die Quadratwurzel von etwas Negativem wäre …«

Das war für den Gruppeninspektor zu viel. Hat denn auch dieser Knabe, wie die halbe Klasse 6b, einen naturwissenschaftlich-mathematischen Knaller? »Was weiter!«, flegelte er den Buben an.

»Ich habe darauf«, rechtfertigte sich der Knabe mit weinerlicher Stimme, »die Novelle, die als Quelle im besagten Schulbuch angeführt ist, gekauft. Ich konnte ja nicht ahnen, dass es sich dabei um einen homoerotischen Knüller handelte.«

»Sie sehen«, fuhr nun der Vater den Gruppeninspektor vorwurfsvoll an, »mein Sohn ist das Opfer mathematischer Verführer.«

»Danke!«, pfauchte nun der Kieberer und schaute hektisch auf die Uhr. »Sie müssen entschuldigen, aber ich hab' noch einen anderen Termin.« Und schon war er auf der Flucht. Er hatte nicht einmal die Tür hinter sich zugeschlagen.

Die nächste Kundin der *sexfinding mission* wohnte in der Nähe der Moschee, am sogenannten Bruckhaufen. Den kleinen Einfamilienhäusern war nicht anzusehen, dass sie auf einer ehemaligen Mülldeponie errichtet worden waren. Die Mutter der Patricia war alleinerziehend, von Beruf Mittelschullehrerin für Französisch. Frank Karl konnte sich also auf was gefasst machen. »Kommen Sie weiter«, bat ihn die Lehrerin in die Küche. Die Frau steckte in Jeans und wollte dem Kieberer einen Filterkaffee aufdrängen. »Danke«, lehnte der Kieberer entsetzt ab. »Ich bin ja kein Piefke.« »Und das da?« Die Frau tippte auf einen Doppler. »Naturtrüber Apfelsaft!« Da antwortete der Kieberer mit »Ja!«

»Super!«, lobte der Polizist den Ungegorenen. »Kommt aus dem Mostviertel«, freute sich die Lehrerin. »Meine Eltern haben dort einen Bauernhof. Ich bin also ein Kind vom Land.«

»Was sagen Sie zur Sexaffäre in der Schule Ihrer Tochter?«

»Schauen Sie«, antwortete die Mittelschullehrerin, »bei uns am Land pflegt man sich mindestens einmal pro Tag auszuziehen. Und das möglichst schnell, nämlich vor dem Zubettgehen.«

»Aber, das kann doch nicht alles sein?«, schlappte es aus dem Inspektor.

»Natürlich ist das nicht alles. Jede weiß, dass jeder in irgendeiner Form Sex betreibt. Man redet nur heimlich darüber, offen*sichtlich* darf es nicht werden.«

»Das versteh ich jetzt aber nicht«, stellte sich der Gruppeninspektor naiv.

»Die Betonung liegt auf *sichtlich.*«

»Das heißt, das Ganze geschieht im Dunkeln?«

»Genau! Das ist wie mit der Schattenwirtschaft. Solang ein Geschäftsmann beim Schwindeln, Unterschlagen und Steuerhinterziehen nicht erwischt wird, gilt er als ehrenwerter Kaufmann.«

»Was hat das mit der Sexaffäre in der Schule Ihrer Tochter zu tun?«

»Man hat das Prinzip der Schattenwirtschaft auf die Schule übertragen. Jeder Erwachsene weiß, was im Chemielabor der Pubertierenden vor sich geht, nur darf das nicht in Erscheinung treten. Handfeste Beweise sind eine Katastrophe. Es darf keine Belege geben.«

»Verba volant, scripta manent*«, gab der Kieberer an.

»Pullover kann man wieder anziehen, Fotos bleiben«, übersetzte die Lehrerin.

Frank Karl musste grinsen: »Es würde mich noch interessieren: Wie bewerten Sie den Deutschunterricht Ihrer Kollegin?«

»Ach Gott, die war vielleicht etwas blauäugig, als sie ihren Schülerinnen eine freie Literaturwahl zum Thema *Sexualität in der modernen Literatur* zubilligte.«

»Welches Buch hat Ihre Tochter ausgewählt?«

»Vollkommen irrational: *Die Reise nach Petuschki* von Wenedikt Jerofejew. Das ist die Erzählung eines Alkoholikers und Ich-Erzählers, der versucht, mithilfe eines Vorortzuges vom Kursker Bahnhof in Moskau in die Kleinstadt Petuschki zu fahren. Dort lebt seine Geliebte. Das könnte ein Bezug zu Sex sein. Mehr gibt es in dem Buch nicht.«

Frank Karl, der es nicht ertrug, dass jemand von ihm glauben könnte, er kenne ein berühmtes Stück Weltliteratur nicht, fiel ihr ins Wort: »Der Kerl betrinkt sich derart auf dieser Eisenbahnfahrt, dass er nach wiederholtem Aus- und Umsteigen jeden Bezug zu Zeit und Wirklichkeit verliert und nach einer zweiwöchigen, ungewollten

* Worte verfliegen, Geschriebenes bleibt.

Rundfahrt wieder am Abfahrtsbahnhof ankommt. Er konnte es also nachweislich gar nicht mit seiner Freundin getrieben haben.«

Die Tochter Patricia rümpfte die Nase. Sie empfand das Gespräch zwischen ihrer uralten Mutter (sie war bereits 38) und dem aufgeschwappten Polizisten als öde. »Ich kann nicht nachvollziehen«, warf sie ein, »warum das Buch einen Skandal hervorrief. Jaja, klarerweise fühlten sich die russischen Patrioten auf den Schlips getreten, weil Jerofejew die Sowjetunion als soziale Katastrophe geschildert hatte. Aber schließlich schlafen auch bei uns Sandler unter der Brücke.«

»Und was ist das da?« Frank Karl zog ein ganz anderes Buch eines ganz anderen Jerofejew aus dem Bücherregal. »Dieser Viktor Jerofejew war ein Diplomatensohn und mit dem Alkoholiker Wenedikt Jerofejew nicht im Entferntesten verwandt. Allerdings hat diese autobiografische Erzählung, *Der gute Stalin*, ebenfalls einigen Staub aufgewirbelt.« Der Kieberer las die rot angestrichene Stelle auf Seite 187: »Das Kindermädchen knöpfte den weißen Kittel auf. Jetzt sah der sowjetische Diplomatensohn ihre rosa Unterhose. Bis an den Nabel! Dann zog sie diese Unterhose aus. Nun stand sie da mit ihren dünnen weißen Beinen. Plötzlich flutschen auch ihre Zitzen aus dem weißen BH. Sie stieg, ihre kleinen Brüste knetend, in die Wanne. Jetzt betrat eine zweite Frau, die Schuldirektorin Kirilla Wassiljewa, das Badezimmer. Die Lehrerin schob den Riegel vor die Tür und entledigte sich ihres Kleides. Die trug keine Unterwäsche. Der Schüler bewunderte ihren runden Hintern. Krillia Wassiljewna hob ein Bein, um in die Wanne zu steigen, und für eine Sekunde, als leuchtete ein Blitz auf, sah ich das kleine braune Löchlein von ihrem Po, die rosa sich öffnenden Lippen und die schwarzen Haare ihrer Weiblichkeit.* Dem russischen Knaben stand der Mund offen. Seine Blicke rollten über den großen Busen und verkrallten sich an den aufrecht stehenden Brustwarzen. Während die Frau ihre Schenkel mit dem Schwamm abrieb, schaukelten ihre Brüste hin und her. Dann drehte sie sich ganz um, streckte ihren Körper durch, zeigte ihren Bauch und ihre schwarzen Löckchen. Sie fragte, ob er ihren Rücken schrubben wolle?«

Frank Karl hob den Blick. Die Tochter war weder schockiert noch erstaunt. Im Gegenteil, sie erteilte ihm Nachhilfeunterricht: »Ja, erfassen Sie denn nicht das Raffinement dieser Szene? Die Perfidie der Beschreibung liegt darin, dass die entblößte Schuldirektorin den Knaben noch am Vortag in der Grammatikprüfung mit dem Gerundium gequält hatte.«

Nach anständigem Schweigen ging die Mutter und Lehrerin in die Offensive: »Macht es Ihnen eigentlich Spaß, Jugendliche über deren intimste Erfahrungen zu befragen? Delektieren Sie sich am Erröten junger Mädchen?«

»Ja«, nickte der Gruppeninspektor, »ich bin ein Spezialist dafür. Darum haben mich meine Vorgesetzten auch mit dem Projekt *Sexschule* betraut.«

Diese Unverfrorenheit gefiel der Romanistin. Sie versuchte ihn nun im Stile alter Volksschullehrerinnen, aus der Reserve zu locken. Sie wusste, diese großmutterhaft verlogene Vertrauensseligkeit führte bei gelern-

* Jerofejew, Viktor: Der gute Stalin. Berlin 2006, S. 187

ten Österreichern für gewöhnlich zu einer allergischer Reaktion. »Entschuldigen Sie, ich wollte Sie nicht verletzen«, streichelte sie ihn. Aber noch im selben Augenblick schoss sie die Fangfrage nach: »Erzählen Sie mir einmal, zu welcher Schlussfolgerung Sie in Ihrer Investigation gekommen sind.«

»Meine Schlussfolgerung ist, dass die Schülerinnen ihre Lehrer auf den Arm nehmen. Die sind viel schlauer, als es ihr Superpädagogen anzunehmen vermögt. Zu meiner Zeit haben sich Mitschüler mit schmuddeligen Gedichten erwischen lassen, die sie auf Opas Dachboden gefunden hatten. Die heutigen Kids zitieren anzügliche Passagen aus der Weltliteratur. Aber wer besitzt schon den Mut, den Eleven Musils *Mann ohne Eigenschaften* zu verbieten? Und wenn moralische Professoren zu renitent werden, bemühen die Youngsters das *Alte Testament*. Immerhin hat darin der Ur-Vater Abraham seine hübsche Frau Sarai dem ägyptischen Pharao gegenüber als seine Schwester ausgegeben und als Gespielin überlassen. Nachdem das Übliche geschehen war, gab ihm der Pharao die Frau zurück*. Dann trieb es Abraham mit der junge Sklavin Hagar, weil seine Frau keine Kinder bekommen konnte.** Diese Geliebte war ihm von seiner Ehefrau vermittelt worden. Schließlich verkauft Abraham seine Frau ein weiteres Mal an den König von Gerar*** …«

Frank Karl nahm ein kräftigen Schluck vom Apfelsaft: »Sie sehen, den Schülern ist schwer beizukommen.«

---

* Gen. 12
** Gen. 16/9
*** Gen. 20

Plötzlich gefror die Französischlehrerin zu einem eisigen Klumpen. Sie herrschte ihre Tochter mit schriller Stimme an: »Warum hast du mir diesen Viktor Jerofejew vorenthalten?«

»Weil du das Buch eingezogen hättest.«

»Eingezogen?«

»Ja, du hättest für zwei Wochen die Erzählung in Beschlag genommen, weil du so langsam liest.«

*

Dem Gruppeninspektor blieb nichts anderes übrig, als das Telefongespräch anzunehmen, obwohl es Sonntag war, denn aus dem Display stach die Nummer einer Nebenstelle des Innenministeriums. Es meldet sich ein Sektionschef, einer jener Streber, die mit Freizeitzertrümmerungen beweisen wollen: Ich arbeite Tag und Nacht, selbst an Feiertagen, also nehmen Sie sich an mir ein Beispiel. Der Beamte sprach ihn freundlich mit »Herr Kollege« an, was für Frank Karl so viel bedeutete: Der Schleimi versucht, mich zu bestechen.

»Ich muss mich bei Ihnen entschuldigen«, beteuerte der Mann. Seine Stimme bemühte sich um einen halb belustigten Zungenschlag: »Es tut mir leid, aber da sind ein paar Kollegen über das Ziel hinausgeschossen.«

»Meine Wohnung ist verwüstet.«

Der Typ lachte. Wahrscheinlich dachte er: Wie kann man eine Müllhalde verwüsten? Laut sagte er aber: »Wir werden alles wieder gutmachen.«

Nachdem der Gruppeninspektor auch nicht auf der Nudelsuppe dahergeschwommen kam, klagte er: »Was machen feindliche Ausländer in Wien?«

»Feindliche Ausländer?«

»Wie ich herausgefunden habe: Die Invasoren waren Fremde, nämlich ESG-Straßenpolizisten aus Niederösterreich.«

»Na, na, na, ganz so schlimm war es nicht«, besänftigte ihn der Sektionschef, »es waren schon ein paar echte Wiener auch dabei.«

Umso besser, freute sich der Kieberer, wenn bei dem »illegalen« Grenzübertritt nicht nur Provinzler, sondern auch Wiener, also »Verräter« aus den eigenen Reihen, beteiligt waren. »Wir sind unterwandert«, wird sich der Oberst quälen und sich sogleich auf die Suche nach »Maulwürfen« machen. Außerdem wette ich: Der gute Herr Oberst scheißt sich an, wenn ich keine offizielle Beschwerde einreiche. Dann glaubt er nämlich, ich packle mit der »Brut aus dem Ministerium«.

»Ich würde sagen: Schwamm drüber!«, suggerierte der Sektionschef.

»Schwamm? An welche Säuberung denken Sie? An die Ihres Beamtenapparates oder an die meiner Wohnung?«

Der Beamtencapo bemühte sich, ein blechernes »Hä, hä, hä« zu lachen, weil nichts ist so arg wie die Rachsucht eines Wieners, dessen Pointe verschmäht wird.

»Das kommt Sie teuer zu stehen«, drohte der Gruppeninspektor.

»Nennen Sie Ihren Preis.«

»Es kostet Sie eine upperclass-übliche Bestechung.«

»Und die wäre?«

»Zwei Logen-Tickets zur Premiere von *Don Giovanni* und eine Einladung zum Neujahrskonzert der *Wiener Philharmoniker.*«

»Kein Problem. Wird erledigt. Ich lasse Sie für den 1. Januar als Personenschutz des Ministers im Musikverein einteilen.«

*

Frank Karl rannte schnell ums Eck und setzte sich auf eine Parkbank. Umständlich zog er die zerknüllte Schülerinnen-Liste aus seinem Rucksack. Langsam fuhr sein Zeigefinger nach unten. Die Suche nach dem geeigneten Interviewpartner war dieses Mal nicht so einfach. Schließlich war Sonntag, und als gelernter Österreicher glaubte er, den Anspruch erheben zu dürfen, auf einen anständigen Sonntagsbraten eingeladen zu werden.

Weil er nicht allzu weit fahren wollte, wählte er eine Adresse an der Alten Donau. Erstens, sagte er sich, ist das eine teure Gegend, und zweitens ist dort ein gewisser Magister Friedrich Schönberg gemeldet. Der ist Hinterbänkler im Gemeinderat. Für diese Wahl spricht die Präsentationspflicht eines Mandatars, was sich gewiss in einer gediegenen Küche äußern müsste. Gegen ein Mittagsessen bei diesem Politiker sprach allerdings die Tatsache, dass der erzkonservative Familienvater als selbst ernannter Aufdecker den gymnasialen Sexskandals erst ins Rollen gebracht hatte. Der Kerzerlschlucker könnte also unangenehm werden. Jetzt schaute Frank Karl auf die Armbanduhr. Die Zeit drohte davonzulaufen. Gestresst entschied er sich doch für die Alte Donau. Er läutete zweimal kurz an, und schon öffnete der Hausherr höchstpersönlich. Sein forsches »Sie wünschen?« verwandelte sich augenblicklich in ein schmieriges Lächeln, nachdem ihm der Polizist sein Anliegen vorgebracht hatte. »Endlich tut sich was in dieser leidigen Sache«, freute er sich, bereute aber sofort seine überschwängliche Begeisterung, weil er nun nicht mehr umhin kam, den bereits ostentativ schnüffelnden Kieberer zum Mittagessen einzuladen. »Sie kommen gerade zum richtigen Augenblick«, schmeichelte der Herr Gemeinderat, »das Mahl wird gerade aufgetragen.« Zuerst musste er natürlich seine Familie vorstellen. Die drei Damen waren uniform in Weiß gekleidet. Da sieht man die Kleckse von Soßen besser, höhnte der Kommentator in seinem Hirn. »Halbarm-Blusen aus Bauwollpopeline mit Blütenkelchkragen«, erklärte die Herrin des Hauses, als sie seines erstaunten Kennerblicks gewahr wurde. Einstweilen interessierte sich der Gruppeninspektor weniger für die Fetzen, als vielmehr für die BHs, die die drei darunter trugen. Die Körbchen waren verschieden groß, aber in der Machart gleich: Ihre Blumenranken waren von Hunderttausenden Miniaturlöchern durchstochen. Sie waren atmungsaktiv. Die beiden Töchterchen machten einen artigen Knicks. Die ältere kannte er ja vom Sexklassenfoto, die jüngere besuchte dieselbe Schule, allerdings zwei Klassen darunter. Die drei Frauen hatten tadellose Beine, allerdings durchzog die rechte Wade der Mutter eine kleine bläuliche Linie, die Andeutung einer Krampfader, die das Bein aber noch begehrlicher machte. Der Vater steckte in einem dunkelrot-weiß gestreiften Polo aus Baumwolljersey. Sehr jovial, sehr englisch, was Frank Karl ärgerte, weil er sich in seinem Feiertagsanzug wie ein Bergbauer beim Opernball vorkam. »Kommen Sie! So kommen Sie doch!«, bat ihn der Gemeinderat zu Tisch. Aufgetragen wurde auf einer natursteingemauerten Terrasse. Alles sehr amerikanisch, hollywood-like. Der erste Speisegang war aber österreichisch: eine Grießnockerlsuppe. »Herrlich«, lobte der Gruppeninspektor. »Ja, ja, ich wusste, wenn ich heirate. Gell, Schatzi!«, freute sich der Gemeinderat. Das war die Angeberstimme eines Schmierenkomödianten. Frank Karl wurde fast schlecht. Allerdings kalmierte das Boeuf Stroganoff diesen Angriff auf die Magennerven. Die Filetspitzen zerfielen auf der Zunge. Die Gewürzgurken setzten sich zärtlich im Sauerrahmambiente durch. In Summa wäre aus dem Ganzen ein bekömmlicher Wiener Mittag geworden, wenn das Familienoberhaupt bescheidener gewesen wäre. Aber natürlich konnte er seinen Ehrgeiz nicht hintan halten. Natürlich musste er auf den Tisch hauen und eine Kostprobe seines zu bestaunenden Wissens darbieten: »Habe nun, ach! Philosophie, / Juristerei und Medizin, / Und leider auch Theologie! / Durchaus studiert, mit heißem Bemühn. / Da steh ich nun, ich armer Tor! / Und bin so klug als wie zuvor.« Frank Karl klatschte verlogen und schwach in seine Patschhände. »Bravo!« Er lächelte süßlich und anerkennend dem Gastgeber zu. Innerlich tobte jedoch sein kritisches Ich und nannte ihn selbst einen »arschkräulenden Opportunisten«. »Ja, ja, die humanistische Bildung«, bewunderte er halblaut lispelnd den Hausherrn. Dieser deutete ein wohlwollendes Kopfnicken an und bemerkte: »Warum man im Deutschunterricht heutzutage nicht mehr den *Faust* von Johann Wolfgang Goethe durchnimmt, vermag ich einfach nicht zu verstehen.« Weil dieses Stück, du blödes Arschloch, sagte Frank Karl in sich hinein, auf dem Index der jugendgefährdenden Literatur landen würde, wenn es von Menschen wie dir tatsächlich gelesen würde. Weil aber faulpelzige Bildungsbürger wie du den Goethe nie zu Ende gelesen haben werden, werden sie auch nie gewärtigen, dass der Mephisto und sein Kumpan perverse Männerschweine sind, denen es höllische Freude bereitet, einen naiven Teenager, eben das berühmte Gretchen, in den gesellschaftlichen Abgrund zu vögeln. Das Mädchen gebiert ein uneheliches Kind, ersäuft die Leibesfrucht und vergiftet obendrein noch seine Mutter mit einem Schlafmittel. Zum Glück durchbrach ein blökendes Geräusch diesen Gedankengang. Die jüngere Tochter hatte gerülpst, was ihr die Errötung der Mutter und den strafenden Blick des Vaters einbrachte. Ermahnt wurde sie aber nicht, weil der Gruppeninspektor, einer riesigen Vanilleeistorte ansichtig, in Ah- und Uh-Rufe ausbrach, was das Gastgeberehepaar zu einem stolzen Lächeln veranlasste. Nebenbei fragte der Herr Papa: »Begreifen Sie, warum man in der Schule Anzüglichkeiten wie *Narziss und Goldmund* lesen muss und nicht die *Klassischen Sagen des Altertums?*«

»Entschuldigen Sie«, echauffierte sich nun der Gruppeninspektor, »die alten Griechen waren doch exzessive Pornografen.«

Die Dame des Hauses tappte nun prompt in die Falle und fragte blauäugig »Wie meinen Sie das?«

»Ich bin entsetzt«, echauffierte sich der Kieberer, »wie Sie als Eltern zweier unschuldiger Mädchen diese Abgründigkeit als Lektüre empfehlen können. Schon der Beginn des Altertums geriet doch zur moralischen Katastrophe. Die Urmutter Gaia betrieb Inzest und zeugte mit ihrem Sohn Uranus die Titanen. Dem Uranus wurde schlecht, als er die hundertarmigen, extrem hässlichen Monster sah, die ihm seine Mutter geboren hatte. ›Was hab ich nur getan!‹, hat er gerufen. Er entwickelte einen unbändigen Hass gegen diesen Wurf und versuchte immer wieder, mit seinem Phallus diese Brut in die Vulva seiner Mutter zurückzustopfen.«

An dieser Stelle schrie die Hausfrau: »Ujjjjj!«

»Ja«, bestärkte sie der Kieberer, »auch ich bin erschüttert, weil die Gaia ihren anderen Sohn, den sie mit Uranus gezeugt hatte, aufhusste, seinen Vater Uranus zu entmannen. Diesem zweiten prächtigen Sohn, der auf den Namen Kronos hörte, drückte sie eine Sichel in die Hand. Der Filius pirschte sich an den Papa heran, und zack, schon hatte er ihm das Glied abgehackt.«

Die Hausfrau schrie :»Auuuuu!«

»Sehen Sie endlich ein«, betonte der Kieberer, »wie kompromisslos brutal die alten Griechen vorgegangen sind. Vom Schweif des Uranus fielen Blutstropfen auf die Erde. Aus diesem Saft erwuchsen Rachegöttinnen, die Erinnyen. Aber mehr noch: Im Schaft des abgehauenen Penis lauerte noch eine Ladung Spermien. Die schoss nun raus. Dieser Samen verflockte im Meer, und aus der Schaumkrone entflutschte die Königin der Lust, die Aphrodite, von den Römern Venus genannt.«

Die Gattin des Stadtrats kommentierte diesen Ausflug in die hellenistische Chirurgie sehr eintönig mit einem langgezogenen »iiiiiiiiii«, ruderte hysterisch mit den Armen und streifte im Paddeln die Vanilleeistorte, die auch prompt auf den Gruppeninspektor kippte. Gelblicher Eierlikör-Vanilleeissirup tropfte in Bund und Hosenschlitz. Da vergingen dem Kieberer alle Hitzen. Er biss die Zähne zusammen: Das hat dieses Schwein absichtlich gemacht. Sie weiß: Ein armer B-Beamter wie ich besitzt nur einen Sonntagsanzug, und der ist jetzt versaut.

»Das tut mir jetzt aber aufrichtig leid«, miaute die Hausfrau mit verlogen zärtlicher Stimme. Frank Karl erhob sich langsam, die Ehefrau des Stadtrats hüpfte erschrocken zur Seite. Stur wie ein Roboter stapfte der Gruppeninspektor durch den Ziergarten, trat die Alpenröschen nieder, zertrampelte die Gemüsebeete und näherte sich unbeirrt dem Swimmingpool. Es klatschte. Der Gruppeninspektor hatte sich, ohne Schuhe und Sonntagsstaat abzulegen, ins Bassin gestürzt. So langsam, wie er gekommen war, wälzte er sich über die Terrasse und zog eine Wasserspur durch die gekachelte Vorhalle. An der Autobushaltestelle holte ihn die ältere Tochter des Stadtrats ein: »Sie haben Ihr Handy vergessen. Und danke, das war der unterhaltsamste Sonntag meines Lebens.« Nachdem sie sich 100 Meter entfernt hatte, kehrte sie nochmals zurück. Sie tippte an seine Fingerspitzen.

»Was willst?«

»Was hat es mit dem *Narziss und Goldmund* auf sich?«

»Ach so! Das ist ein traurige Geschichte von Hermann Hesse. In einer Schlüsselszene liegt der Goldmund mit der älteren Tochter seines Herbersgvaters im Bett. Als die jüngere Tochter die Lustschreie der Schwester vernimmt, schlüpft sie ebenfalls unter die Tuchent und wünscht sich, dass ihr desgleichen widerfahre. Doch Goldmund verweigert sich, weshalb die Kleine die beiden beim Vater denunziert und das Glück des Paares zerstört.«

*

Am Montag empfing der Oberst den Gruppeninspektor mit einem breiten Grinsen: »Ich habe gehört, deine gestrigen Untersuchungen sind ins Wasser gefallen.« Dann konnte der Vorgesetzte sein Lachen nicht mehr unterdrücken. Er wischerlte sich fast an. Und das vier Minuten lang.

Frank Karl stimmte zuletzt in das Lachen ein, um in eine Atempause todernst zu erklären: »Ich hab genug vom Sex. Ich werde Buddhist, ich geh ins Kloster.«

Jetzt wurde der Oberst wild: »Du und Buddhist. Lüg mich nicht an.« Er schleuderte ein Foto auf den Schreibtisch. Es zeigte des Kieberers halb erigierten Schwanz und den Bauch der Deutschprofessorin. »Diese Aufnahme führt dich beim Literaturpraktikum vor.« Frank Karl hustete. Seit der ersten Zigarette als Schüler zog sich seine Lunge nie mehr so zusammen.

»Woher hast du die Aufnahme?«

Der Kieberer wurde bleich. Er hatte sich nicht geirrt, er erinnerte sich, dass er während des Raskolnikow-Exzesses ein verdächtiges Knacken gehört hatte.

»Also, woher hast du die Aufnahme?«

»Anonym. Ist mit der Briefpost hereingekommen. Wird schon auf Fingerabdrücke untersucht.« Jetzt schaute der Oberst betrübt in das Gesicht seines Untergebenen: »Frank, sag mir die Wahrheit. Wirst du erpresst?«

Der Gruppeninspektor schüttelte den Kopf.

»Am liebsten würden wir dich feuern. Glaube nicht, dass dich dein Spezi, der Polizeipräsident, weiterhin decken würde. Aber leider sind uns die Hände gebunden. Wir müssen um jeden Preis politische Verwicklungen vermeiden.«

»Politische Verwicklungen? Ich hab mein Leben lang kein Parteibuch besessen.«

»Du vielleicht nicht. Deine Freundin auch nicht. Ganz anders liegt die Sache bei dem Gemeinderat, in dessen Swimmingpool du gestern geplantscht hast.«

»Was ist mit dem?«

»Der ist der Lover von deinem Verhältnis.«

»Was?«

»Der schnackselt mit deiner Deutschprofessorin.«

*

Karl Frank fuhr sofort in die Vorstadt zu »seiner Deutschprofessorin«. Die hatte verweinte Augen. »Ich war grad beim Zwiebelschneiden.« »Lass diese

Mätzchen«, schrie sie der Gruppeninspektor an. »Ich werde es wieder gutmachen«, sagte sie und zog sich sofort aus.

Frank Karl sah ihr beruhigt zu. Er war eben ein Arschloch. Er wollte ein letztes Mal diese Landschaft sehen. Dann sagte er: »Daraus wird nichts.« »Werd' nicht melodramatisch«, entgegnete sie und schlüpfte zurück in ihre Klamotten. Dann schob sie ihm einen Cognac zu. »Warum?«, fragte er. »Warum?«, gab sie sich erstaunt und schob auch sogleich die Antwort nach: »Weil es mir Spaß gemacht hat, und es dir Spaß gemacht hat. Das war alles.«

»Mit *Warum* wollte ich wissen, warum du es mit diesem schmierigen Gemeinderat getrieben hast.«

»Ach Gott, der Friedrich hat ein leistungsfähiges Glied. Das schätze ich.«

Am liebsten hätte er gefragt: »War der Kerl besser als ich?«

Aber sie antwortete so und so: »Du warst auch gut. Ihr beide gehört zur gleichen Kategorie. Ihr kommt zu selten zum Schuss. Er, weil ihn seine Frau nicht mehr heranlässt. Sie sagt, zwei Gschrappen* *sind genug*. Und du, weil du zu schüchtern bist. Du redest zwar viel über Sex, für die Praxis bist du zu feige.«

»Mehr nicht?«

»Doch, es gibt mehr. Der Friedrich hat mir dieses Reihenhaus ermöglicht.«

»Wie? Er hat es dir bezahlt?«

»Nein, er hat mir die Möglichkeiten zu einem güns-

* Kinder

tigen Kredit besorgt und mich in der Warteliste vorgereiht.«

»Das kann der als einfacher Gemeinderat?«

»Weil er unscheinbar und einfach gestrickt ist, schaut man ihm nicht so sehr auf die Finger. Andererseits sitzt er in diversen Ausschüssen und kennt Gott und die Welt. Da kann man einiges deichseln.«

»Ich verstehe. Manus manum lavat. Eine Hand wäscht die andere«, murmelte Frank Karl.

»Manchmal wäscht die Hand auch was anderes«, antwortete sie und schaute ihm auf die Eier.

»In Deutschland gäb's das nicht.«

Die Professorin lachte: »Das stimmt, in Deutschland gäbe es das nicht, weil man sich dort nicht mit Peanuts wie in Österreich zufrieden gibt. Dort müssen schon die Milliarden springen, siehe *Dieselskandal* und *Amigo-Connection.*«

»Was steckt hinter dem *Sexualwahn* deiner Schüler?«, fragte Frank Karl ohne Übergang.

»Der Friedrich wollte mich vernichten. Daher hat er die Affäre ins Rollen gebracht und mich bei der Direktorin denunziert.«

»Ja, aber warum *das*?«

»Weil ich ihm gesagt habe, dass ich mit ihm Schluss mache.«

»Du wolltest mit ihm Schluss machen?«

»Ja, weil seine Gattin bei mir angerufen und mich beschimpft hat. Sie hat am Telefon geweint und mir ins Ohr geschrien, sie lasse sich auf keinen Fall scheiden. Das könnten wir uns abschminken. Sie würde diese Unappetitlichkeiten in einer Gratiszeitung veröffentlichen, dann wäre es aus mit der politischen Karriere und unserem Highlife. Ich habe das alles verstanden. Mir tat die Frau leid, und ich habe dem Friedrich gesagt, so gehe es nicht weiter. Daraufhin hat er wie ein Mann, dessen Hirn in der Hose steckt, reagiert. Er hat gedroht, er werde mich fertigmachen. Aber eine Woche später hat seine Frau wieder angerufen und gesagt: Okay, wir könnten ruhig weiter vögeln, weil das ganz praktisch sei, weil er sie dann zumindest in Ruhe lasse. Dafür müsse ich ihr aber schwören, dass ich den Friedrich nicht heiraten wolle. Ich habe das geschworen, den Herrn Gemeinderat angerufen und ihm gesagt, dass ich Sehnsucht hätte.«

»Gut, aber: Was hat der arme Musikprofessor mit euren Problemen zu tun.«

»Das Blöde war, dass der Friedrich einen Ersatz für mich finden musste. Er hat in seinem Zorn nämlich das Thema *Sex* während einer Sitzung des Elternvereins aufs Tapet gebracht. Jetzt gab es aus der Entrüstung kein Entrinnen mehr. Also musste der Musiker als Sündenbock einspringen.«

»Und das hat er freiwillig gemacht.«

»Sagen wir so: gezwungenermaßen freiwillig. Weil dein geschätzter Herr Oberst hat seinen Computerspezialisten, den Herrn Gustav Loibl, geschickt, und der hat sich den Laptop des Musikers vorgenommen und prompt ein paar Kinderpornos gefunden. Als Pädophiler war der gute Mann als Lehrer nicht mehr tragbar. In der Schuldirektion hat man schon seinen Kopf rollen gehört. Aber da hat die Erzdiözese interveniert. Der Musikus ist nämlich auch ein virtuoser Kirchenorganist, und die Ecclesia kann es sich nicht leisten, schon wieder mit sexuellen Absonderlichkeiten in Verbindung gebracht zu werden. Die Öffentlichkeit hat ja nur zu gut noch die Duscherlebnisse des Kardinal Groer und die Vorgänge im Benediktinerkloster Kremsmünster im Gedächtnis. Du erinnerst dich: Dort hatte ein Mönch und Erzieher Zöglinge missbraucht und den Abt mit einer Pumpgun bedroht. Die Diözese hat aus diesem Grund unserer Direktorin klargemacht, dass sie großen Wert darauf lege, nicht mit derartig schmutzigen Geschichten in Zusammenhang gebracht zu werden. Also musste der Musikprofessor aus der Schusslinie genommen werden. Allerdings geschah das auch nicht gratis. Der Musikus darf jetzt tätige Reue üben und muss jeden Sonntag unentgeltlich Orgel spielen. Musica non olet.*«

»Okay, das ist mir alles klar«, schüttelte Frank Karl den Kopf, »aber warum wurde ich in diese Geschichte hineingezogen?«

»Wenn ich den Oberst richtig verstanden habe, schätzt er dich als Literaturexperten. Allerdings seist du auch ein fantasierender Alkoholiker, für den Polizeidienst vollkommen ungeeignet, eine unberechenbar verkrachte Existenz. Dieser negative Umstand wäre aber in der vorliegenden Sexaffäre von geradezu unschätzbarem Vorteil. Wenn du nämlich den Fall übernähmest, würde die Causa sanft entschlafen, weil du das Talent besäßest, alles zu verkomplizieren, unnötig in die Länge zu ziehen und in Sackgassen zu führen. Kurzum, unter deiner Ägide würden sogar Sexualangelegenheit zu einer

* Musik stinkt nicht

langweiligen Belästigung, mit der keiner was zu tun haben wolle.«

»Ich weiß, was der Oberst von mir denkt. Er hält mich für einen intellektuellen Trottel, weshalb er mich auch meistens in Ruhe lässt, was für mich insofern von Vorteil ist, dass ich bezahlt faul sein darf. Was mich allerdings wundert: Warum hat sich der Oberst von euch vereinnahmen lassen?«

»Ganz einfach. Ich musste dem sittenstrengen Herrn nur klarmachen, dass sein Töchterchen besonders talentiert im Arschwackeln und Augenrollen ist. Da hat er alles recht rasch kapiert. Übrigens, vor einer halben Stunde hat der Oberst angerufen. Er hat mich gewarnt, dass du wahrscheinlich mit gezogener Dienstpistole aufkreuzen würdest. Aber diese Warnung war nur ein Vorwand. In Wirklichkeit wollte er mich bitten, ob ich nicht seiner Tochter ein Referat über *François Villon** ausreden könne, weil so Sätze wie ›Ich bin so wild nach deinem Erdbeermund‹ von Pubertierenden klarerweise missverstanden werden müssten. Er hat mich ersucht, einen Gegenvorschlag zu unterbreiten. Das dürfe ruhig eine harte Nuss sein. Ich habe daraufhin *Ulysses* von James Joyce** empfohlen. Du kennst dieses Werk?«

Das war ein kleiner, verletzender Seitenhieb einer zurückgewiesenen Frau. Natürlich kannte Frank Karl dieses Werk. In ihm lässt James Joyce den Anzeigenakquisiteur Leopold Bloom 1.000 Seiten lang von 8 Uhr früh bis 3 Uhr früh durch die irische Hauptstadt Dub-

---

* Scholar, Vagant und Krimineller; bedeutender, französischer Dichter des Spätmittelalters

** James Joyce (1882 - 1942), irischer Schriftsteller

lin streunen, und zwar am 16. Juni 1904. Das stand in jedem besseren Schulbuch.

Die blonde Germanistin lächelte den Kieberer boshaft an. Sie langte ins Regal und überreichte ihm ein Paperback. Auf Seite 721 steckte ein Lesezeichen. Dort war eine Stelle mit Bleistift angestrichen. Darin feuerte ein gewisser Boylan den Romanhelden Leo Bloom an: »Du kannst dich ans Schlüsselloch stellen und dabei an dir selber rumspielen …«, während er selbst die Frau aus dem Bad »rasch ein paar Mal drannehmen« wolle. 200 Seiten weiter, exakt auf Seite 993, ragte ein zweites Zeichen über den Buchrand. In dieser Passage überlegte eine weibliche Person, ob sie sich »die ganzen Haare da unten abmachen« solle, dann sähe sie wie ein junges Mädchen aus, das wäre »ein Lutschbonbon für ihn nächstes Mal, wenn er mir die Röcke hochhebt.«

Die blonde Germanistin kicherte. Diese saftigen Stellen des 1.000-Seiten-Wälzers würden weder der Oberst noch seine Tochter lesen. »Die bleiben spätestens auf Seite 40 stecken.«

Gruppeninspektor Frank Karl hob seinen Blick. Die Germanistin hatte sich ein zweites Mal ausgezogen. Sie knöpfelte gerade den Kragen seines Hemds auf.

*

Der Oberst grinste ihn gutmütig an. Er war lämmchenfromm. »Ah, du kommst gerade richtig. Ein Freund hat gerade vorbeigeschaut und mir einen Doppler *Brünnerstraßler* vorbeigebracht. Du weißt schon, so ein Zwischending zwischen Rabiatperle

und französischer Delikatesse. Ein resches Tröpferl, muss ich dir sagen. Geh, tu mir die Freude und stoß mit mir an.«

Frank Karl kam dieses »Bussi, Bussi« verdächtig vor. Aber der Oberst schenkte großzügig nach und bemerkte dann beiläufig: »Übrigens, diese blöde Sexgeschichte im Gymnasium meiner Tochter hat sich als eher harmloser Schülerstreich entpuppt. Ein unreifer Wohlstandsfratz aus der 7. Klasse hat den Computer des Musikprofessors manipuliert und mit dieser Maschinerie die gefakten Pornofotos produziert. Das hat die Expertise deines Haberers, des Gustav Loidl, ergeben.«

»Habt ihr den Schüler zur Rede gestellt?«

»Hätten wir gerne, aber das geht leider nicht mehr. Der Kerl ist vor ein paar Tagen in sein Heimatland, die USA, zurückgekehrt. Mich wundert's ja nicht. Seit der *Watergate*-Affäre und der *NSA*-Spionage ist den Amis ja alles zuzutrauen. Die sind, wie wir gerade jetzt wieder bestätigt bekommen haben, Profis des Einschleichdiebstahls und der Manipulation.«

Als der Oberst die bittere Miene des Gruppeninspektors bemerkte, klopfte er ihm besänftigend auf die Schulter: »Tröste dich, jeder von uns muss Niederlagen einstecken, und jeder von uns hat so seine Laster. Ich zum Beispiel bin der dickleibigen modernen Literatur verfallen.« Er griff dabei nach seinem Schreibtisch und klopfte mit einem grünen Taschenbuch auf die Glasplatte. »Das ist der *Ulysses* von James Joyce«, lächelte er bedeutungsschwanger. »Kennst du das Buch?«

»Natürlich kenne ich das Buch. Ich bin aber über Seite 20 nicht hinausgekommen. Diesem Wälzer ergeht es wie dem Marcel Proust *Auf der Suche nach der verlorenen Zeit.* Dessen siebenbändigen Roman erwähnt auch jeder, aber keiner hat ihn gelesen.«

Für den Bruchteil einer Sekunde war dem Oberst der Gruppeninspektor sogar sympathisch: »Ja, lieber Frank Karl, dir fehlt eben, bei allem Respekt, das nötige Durchhaltevermögen.«

Bei der Tür angekommen, schrie ihm der Oberst nach: »Ich würde vorschlagen, nach den Aufregungen der letzten Tage, musst du einen Gang herunterschalten. Also durchstreifst du in aller Ruhe die nächsten zwei Tage den Wurstelprater* und von mir aus auch die Lobau. Dabei kann es schon sein, dass du beim FKK vorbeikommst, rein zufällig natürlich.«

* Vergnügungspark, Überbleibsel der Weltausstellung von 1873

KAPITEL 12

»Omne animal triste post coitum. – Alle Tiere sind nach dem Koitus traurig.« Umberto Eco zitiert diese altrömische Weisheit einige Male im Roman *Der Name der Rose*. Und er hatte recht. Frank Karl fühlte sich wie ein geprügelter Hund. Die Deutschprofessorin hatte ihn erledigt. Es saß da in der Prater Hauptallee, hinter ihm tobten die Kinder auf der Jesuitenwiese, durch die Bäume dröhnte der Vergnügungspark, jaulte ein Autodrom, heulte die Geisterbahn, aber ihm war alles wurscht. Ihn erschütterte die serielle Untreue.

Okay, die blonde Germanistin bumste kreuz und quer. Da konnte man nichts machen, so waren Frauen nun einmal. Aber sein alter Haberer, der Gustl Loiber, pfuschte für den Oberst, stocherte da in den Schulcomputern herum, ohne ihm was zu sagen. Das war schon der Gipfel des Verrats. Und erst der Joschi. Er hatte diesen *Aspergertypen* aus der Versenkung geholt, hatte ihm einen Arbeitsplatz, eine neue Heimat geboten, hatte ihn gefördert bis zum Geht-nicht-mehr, und dafür revanchierte er sich, indem er ihn, seinen Wohltäter, kein bisschen vor den Intrigen, die da hinter seinem Rücken liefen, warnte. Aber wie sagten die gelernten Wiener?: Dankbarkeit ist keine Kategorie! »Oida, Oida!«, brüllte sein innere Zuchtmeister, »du bist drogengefährdet. Sauf dich in deinem Zustand nur nicht nieder.«

Aber Vorsätze im Sommer sind auch nicht besser als jene zu Silvester. Sie werden einfach nicht gehalten. Frank Karl verglich sich mit einem Auto aus den 60er-Jahren des vergangenen Jahrhunderts. Die hatten Stil, waren bequem und besaßen eine dicke Außenschale. Allerdings litten diese Gefährte(n) unter ständigem Durst. Wohl deshalb brauchte Frank Karl vom Praterstern bis zur Operngasse zwei Stunden. Es lagen ja einige Beisl an der Strecke. Nach gut zehn Achterln war er fix und fertig. Er schwitzte wie ein Schwein. Er lechzte nach einer Aircondition.

Zum Abkühlen warf er sich ins *Café Museum*. Dort lachte ihm der Strafverteidiger Doktor Svoboda von Weitem entgegen. Sein Zeitungshalter zitterte, das Druckpapier raschelte. »Das haltst net aus. Hast die Schlagzeile gelesen?« Frank Karl war verdattert. »Da!« Der Svoboda klopfte mit der Brille auf den Titel: »Rechtsanwaltssterben in Wien.«

Der Gruppeninspektor verstand das als eine gegen ihn persönlich gerichtete Spitze, weil er die Mörder der Rechtsanwälte Kammereder und Hörndel noch immer nicht gefasst hatte.

»Du bist wie die Journalisten«, schnauzte er den Svoboda an. »Je mehr Blut, umso besser. Das geilt dich auf. Du hast keinen Respekt vor den Toten?«

»Bin ich Notar? Ich mache keine Testamente«, entgegnete der Doktor Svoboda. »Lebende sind mein Geschäft. Wenn ich vom Sterben red', dann orientiere ich mich an meiner Schwiegermutter. Die ist 95 Jahre alt und verharrt Stunden lang vor den Partezetteln an der Friedhofsmauer. Sie deutet auf die Fotos der Verblichenen. Dabei lacht sie. ›Was lachst du denn, Mama?‹, frag' ich. Und sie: ›*Die* ist g'storben, *der* ist tot, und ich leb' noch immer.‹ Das freut sie. Ähnliches empfinde ich, wenn ich von meinen Kollegen in der Zeitung lese: Mit *dem* hab' ich studiert, mit *der* hatte ich a Gspusi* und der dritte war mein größter Konkurrent. Jetzt haben die Kollegen eines gemeinsam. Sie sind pleite.«

»Mich wundert das nicht«, fährt der Frank Karl dazwischen. »In Wien hängt vor jedem zweiten Hauseingang das Schild ›Rechtsanwalt‹, weil jeder, der nicht weiß, was er studieren soll, Jura inskribiert. Kaum haben diese Juristen ihre Approbation in der Tasche, beutelt sie die Angst vor der Arbeitslosigkeit. Deshalb wiegeln sie die Menschen auf. Sie flüstern: Der Bürger sei nicht wehrlos. Er dürfe sich nicht alles gefallen lassen. Es sei zwingend, Prozesse zu führen. Davon profitieren vor allem Rechtsschutzversicherungen. Das fördert natürlich die Streitlust, denn schließlich will ein gelernter Österreicher seine Prämie nicht umsonst gezahlt haben.«

Der Oberkellner, der erkannte, dass der Disput zwischen den beiden »befreundeten« Stammgästen zu einem handfesten Streit ausarten könnte, nahm Frank Karl diskret zur Seite: »Herr Gruppeninspektor, darf ich Sie zu einer Melange einladen?«

»Aha«, erboste sich der Kieberer, »Sie wollen mich ins stille Eck abschieben.«

»Schon, aber das stille Eck ist immer noch besser als das stille Örtchen.«

* Verhältnis

Da wusste der Kieberer nicht, ob er lachen oder explodieren sollte. Hatte dieser Kellner nicht gerade angedeutet, er solle das WC aufsuchen, was ins Wienerische übersetzt bedeutete: »Oida, geh scheißen!«

Laut sagte er: »Als diskreter, dem Trinkgeld nicht ganz abgeneigter Dienstleister sollten Sie dafür sorgen, dass sich prominente Gäste kreativ in die Haare kriegen. Das nennt man Event-Gastronomie. Die Touristen wollen schließlich für ihr Geld was geboten bekommen.«

»Schon«, antwortete der Kellner, »und bei allem Respekt für Ihren Leibesumfang, aber Qualtinger* sind Sie keiner.«

»Ohne frische Leiche ist das auch kein Leben«, jammerte der Gruppeninspektor und warf sich, ohne seine Straßenkleidung abzulegen, ins Bett. Das hatte zur Folge, dass er sofort Ameisen unter seiner Haut kribbeln fühlte. Sein Gehirn schrie: »Faule Sau!« Das Leintuch brannte. Er wälzte sich von einer Seite zur anderen. Er rieb seinen Körper. »Nicht anders machen es im Sommer die Hunde, mal (reiben sie) mit der Schnauze, mal mit den Pfoten, wenn sie abwechselnd von Flöhen, Mücken oder Bremsen gebissen werden.« So beschrieb zumindest Dante Alighieri im *Inferno* seinen Zustand. Frank Karl sprang aus dem Bett, rannte zum Spiegel und schrie den Kerl da drinnen an: »Ich werde kämpfen! Ich werde kämpfen!«

Er drückte auf seinem Handy die Anrufwiederholungstaste. Ihre Stimme klang weich und zärtlich:

* Helmut Qualtinger (1928 - 1986), berühmter, schwergewichtiger Schauspieler

»Wie geht es dir?« »Omne animal triste post coitum«, antwortete er. Die Deutschprofessorin lachte hell auf. »Auch ich bin in gedämpfter Stimmung. Du fehlst mir. Ich leide wie eine Hündin«, säuselte sie, ohne zu erwähnen, dass der letzte Satz aus einem Brief von Maria Theresia an ihren Gatten Franz Stephan von Lothringen gestohlen war. Sofort schaltete das Hirn des Kieberers auf Alarm: Will ihm die Dame unterstellen, dass er so ein dahergelaufener Lothringer, ein Hurenbock, Alchimist, Glücksspieler und Spekulant war? Bevor er das Symbol mit dem roten Telefonhörer auf seinem Telefon drücken konnte, kicherte die Blonde los: »Ich hab dir noch gar nicht den neuesten Schultratsch erzählt. Stell dir vor: Nachdem die Direktorin eine Brandrede gegen den Nudistenwahn gehalten hatte, sagte sie: ›Schwamm drüber!‹ Da haben einige Schülerinnen gekichert. ›Gut‹, antwortete die Schulsprecherin, ›dann widmen wir uns halt der Moral.‹ Da haben die Schülerinnen wieder gelacht. Wir Lehrer haben das demnach für einen Witz gehalten. Das war ein Irrtum. Die meinten es furchtbar ernst.«

»Hmm, und wie äußerte sich dieser Ernst?«

»Indem sie sich moralisch entrüsten. Sie distanzieren sich von diesem amerikanischen Präsidenten, der Frauen zu käuflichen Objekten degradiert hat. Ich hatte schon Angst, sie würden diesen verfänglichen Satz zitieren, du weißt schon: ›Wenn du ein Star bist, lassen sie, die Frauen, dich alles tun. Greif ihnen an die Muschi! Du kannst alles tun!‹«

»Warum erzählst du mir das alles?«

»Weil die uns aufs Glatteis führen. Die machen sich über uns lustig. Die Provokationen dienen vor allem ihrer Unterhaltung. Die sind kreativ. Du kannst darauf wetten, die haben uns auch mit den Nacktfotos nur verarscht, wobei das Wort *Verarschung* in diesem Fall wörtlich zu verstehen ist.«

Frank Karl brummte zur Bestätigung dieser Auffassung dreimal »Hmm!«

»Sogar die Eltern«, setzte die Professorin fort, »sind auf diese Welle der moralischen Entrüstung aufgesprungen. Da schreibt mir eine Großmutter: ›Frech sind die Kinder, es ist nicht zu glauben. In der Schule spielen sie immerwährend und gehen mit dem Lehrer spazieren. Ich bitt' Sie, wie war das zu unserer Zeit! Wenn ein Kind nichts hat lernen wollen, haben's die Eltern aus der Schule genommen und in die Lehre gegeben …‹ Und dann zieht diese Großmutter über die Mode der Saison her. Die Mädchen wollten nur exklusive Markenartikel tragen. Ich bitt' Sie, wozu brauchen sie denn das teure Zeug? Sie gehen ja eh alle baden und ziehen's wieder aus. Und mit den Burschen baden's zusammen. Wo hat's das früher gegeben? Die sollen lieber was arbeiten, das wäre viel gescheiter … Die Eltern erlauben ihnen alles. Früher haben's den Kindern ein paar Ohrfeigen heruntergehaut, rechts und links. Da hat ein Kind parieren müssen. Es ist nicht mehr schön auf der Welt. Solang sie klein sind, lernen sie nichts, und wenn sie groß sind, arbeiten sie nichts.‹ Was sagst du dazu?«

Frank Karl schnaubte ins Telefon: »Ich sage dazu, dass dieser Brief 1935 veröffentlicht wurde, und zwar von einem gewissen Elias Canetti, dem Nobelpreisträger von

1981. Er hat diese moralinsauren Worte einer Haushälterin in den Mund gelegt.«*

Die Professorin hielt den Atem an. Frank Karl hätte sich in die Zunge beißen mögen. Warum hatte er bloß seine Rechthaberei nicht unterdrücken können? War es Profilierungssucht, Angeberei oder Ausdruck eines latenten Minderwertigkeitsgefühls, die ihn ständig zu diesen belehrenden Äußerungen trieben? Gott sei Dank hatte er nicht »Aber, aber Frau Professor! Nicht genügend! Setzen!«, gespöttelt. Ganz klar, er hatte seine Freundin erniedrigt, und sie würde das als Retourkutsche für ihre »Fehltritte« mit dem Gemeinderat verstehen. Unterkühlt antwortete sie demnach auch: »Danke dir! Glücklicherweise habe ich der Dame noch nicht zurück gemailt. Das wäre eine schöne Blamage geworden.«

Das bedrückende Schweigen, das sich dieser Feststellung anschloss, durchbrach Frank Karl mit der Frage: »Wenn ich subsumiere, machen die Schüler und Schülerinnen liebend gern das Gegenteil von dem, was man von ihnen erwartet. Gibt es jemanden in dieser 6b Klasse, der diesen generellen Gruppenkonformismus durchbricht und sich von Haus aus gegen alles stellt?«

»Nein, an und für sich nicht … oder doch? Vielleicht die kleine Russin.«

»Welche kleine Russin?«

»Die Volkonskaja Zinaida.«

»Die ist eine echte Russin?«

»Ja, aber das merkt man nicht. Sie spricht perfekt Deutsch … außer …«

»Was *außer?*«

---

* Canetti, Elias: Die Blendung. Frankfurt 1962, S. 35

»Sie redet nur, wenn sie gefragt wird. Sie ist äußerst sachbezogen, macht auch bei den Streichen der anderen nicht mit. Sie ist zurückhaltend und konservativ. Sie trägt nur hochgeschlossene Kleider.«

»Worauf führst du das zurück?«

»Auf die orthodoxe Kirche, auf die strenge Erziehung. Ihre Eltern sind Diplomaten.«

Unter der Schädeldecke des Kieberers schrillte es. Das gibt es doch nicht. Russische Teenager sind fast immer westlicher als die westlichen. Vor allem die Oberschichtkinder. Da stimmte doch was nicht.

»Warte einen Augenblick, ich hol nur schnell das Klassenfoto … Da, ich hab's schon. Kannst du mir sagen, welche die … die …«

»… die Volkonskaja …«

»… die Volkonskaja auf dem Foto ist?«

»Die kleine Schwarzhaarige, in der zweiten Reihe von rechts.«

Ein hübsches Mädchen. Frank Karl wurde blass. Er kannte die Kleine, und jetzt war ihm klar, warum ihm dieser Name, Zinaida Volkonskaja, sogleich vertraut vorkam. Er hatte ihn auf dem Ausweis der Fassadenkletterin des *Melkerhofs* gelesen.

»Kannst du mir die Adresse der Eltern geben?«

Vielleicht hatte er zu schnell nachgestoßen. Jedenfalls trutzte sie herum: »Wozu brauchst du die?«

»Na, wegen der Sexfotoaffäre.«

»Aber, die ist doch weg, vom Tisch. Außerdem ist die Angelegenheit verfänglich. Die Herrschaften sind Diplomaten. Da könnte es einiges an unerwünschten Verwicklungen ergeben.«

»Ich will die Adresse trotzdem haben.«

»Schon einmal was von Amtsgeheimnis gehört?«

»Was soll das! Ich hab' dir meines gelüftet.«

Frank Karl zählte bis drei. Erst dann kam die Germanistin drauf, welches verborgene Amtsgeheimnis er gemeint hatte. Sie röhrte ungehemmt los.

KAPITEL 13

Der Diplomat lebte in einem bescheidenen Haus in der Nähe des Russenviertels in der Donaustadt. Er riss die Tür auf. So stellte man sich einen Chemiestudenten vor. Sehr smart, modische Brille, sportlich, freundliches Anlachen. »Sie wünschen?«

»Ja chatschu …«

»Sie können ruhig deutsch reden«, beschied ihm der Diplomat.

»Ich möchte Sie zu einem etwas delikaten Sachverhalt befragen.«

Der Diplomat nahm den Lichtbildausweis des Kieberers entgegen. Wahrscheinlich waren in seinen Augen Kameras eingebaut. Allerdings solche mit langen Belichtungszeiten.

»Was wollen Sie wissen?«

»Es betrifft Ihre Tochter.«

»Wieso meine Tochter? Die ist seit sechs Monaten in Moskau, bei ihren Großeltern.«

Diese Antwort war ein Schlag in die Magengrube. Der Kieberer schnappte nach Luft: »Dann entschuldigen Sie die Störung. Es erübrigt sich alles. Do svidanija!«

Frank Karl rief ohne Umschweife die Professorin an. Er ersparte sich das übliche »Servus!«. Es platzte aus ihm heraus: »Ich muss unbedingt die Volkonskaja sprechen, und zwar sofort.«

»Aber, mon cher, das geht nicht. Die Zinaida ist seit ein paar Tagen krank. Sie ist nicht zur Schule gekommen. Aber du willst ja ohnedies ihre Eltern besuchen. Bei dieser Gelegenheit kannst du sie gleich direkt interviewen.«

»Erspar dir deinen Sarkasmus. Es geht um Leben und Tod.«

»Jetzt wirst du aber melodramatisch, oder bist du besoffen?«

Frank Karl schnappte nach Luft. Dann drückte er die rote Taste des Telefons. Nach drei Minuten tippte er auf die Anrufwiederholung: »Sorry«, murmelte er, »aber in mir ist ein ungeheuerlicher Verdacht aufgekommen.«

»Kannst du dich nicht verständlicher ausdrücken?«

»Susanne«, presste er zwischen den Zähnen heraus. Seit Langem hatte er sie wieder bei ihrem Vornamen genannt. Aber auch das war in diesem Augenblick nebensächlich. »Susanne, bitte, beantworte mir meine Fragen. Habt ihr irgendwann einmal die Eltern dieser Volkonskaja gesehen?«

»Ja, allerdings. Bei der Einschreibung. Dann nie mehr.«

»Ist euch etwas verdächtig vorgekommen?«

»Nein, warum? Du stellst aber eigenartige Fragen. Diese Eltern waren genauso, wie man sich Diplomaten vorstellt. Dezent, höflich, vielleicht etwas zu steif, gut gekleidet, effizient, kurz angebunden … Was soll ich dir sagen? Es waren Mustereltern.«

»Du, als Klassenvorständin der 6b, musst ja was wahrgenommen haben.«

»Natürlich habe ich was wahrgenommen. Alle

Papiere, die Zeugnisse, der Staatsbürgerschaftsnachweis, die Geburtsurkunde und so weiter waren von einem beeidigten Gerichtsdolmetsch übersetzt worden und waren picobello in Klarsichthüllen eingeschweißt. Eine derartige Sorgfalt ist mir noch nie vorgekommen. Außerdem war ein Beglaubigungsschreiben des Außenministeriums beigefügt. Wir haben übrigens von allem eine Fotokopie gemacht.«

»Das ist gut, das ist sehr gut. Fahr in die Schule, ich schicke dir einen Experten für Dokumente.«

»Aber, das geht doch nicht. Ich muss zuerst meine Direktorin …«

»Bitte, mach, was ich dir sage …« Klick, und weg war sie.

Weil der Vorsatz »der ist bei mir unten durch, ich rede kein Wort mehr mit ihm«, nur kurz anhält, rief der Gruppeninspektor den Gustl Loiber an. »Servus! Du, ich brauch deine Hilfe.«

Der Gustl unterbrach ihn sofort. »Du, es ist mir schrecklich peinlich, aber ich konnte nicht anders. Der Oberst hat mich buchstäblich erpresst. Er kam in mein Büro gestürmt, hat zielgerichtet in den Papierkorb gegriffen und von dort meinen Proviant, einen Doppler, herausgezogen. Dann hat er geschrien ›Vale, vale, manche Strecke!‹, und hat mich zu deiner Schule geschickt, damit ich dort in dem Computer des Musikprofessors herumstierle. Der Chef hat mich schwören lassen, dass ich dich nicht warnen werde, weil auch du zu den Verdächtigen zählst. Ihm komme nämlich spanisch vor, dass du dich so gut in pornografischen Jugendschriften auskennst. Wie gesagt, ich musste sofort in diese Schule …«

»Okay, dann kennst du ja die Adresse des Rilke-Gymnasiums. Wir treffen uns dort, sagen wir, in einer Dreiviertelstunde.«

In der Direktion der Schule gab es Krach. Das sah Frank Karl auf den ersten Blick. Die Direktorin schrie: »Saustall! So ein Saustall. Und das in meiner Schule.« Die Sekretärin kochte vor Wut, wollte zurückschreien, traute sich aber nicht.

»Was ist los?«, fragte der Kieberer.

»Die besagten Dokumente sind unauffindbar«, flüsterte ihm die Deutschprofessorin zu. Synchron dazu flitzten die Augenbrauen der Direktorin in die Höhe.

»In meiner Schule geht alles redlich zu«, keifte sie. »Da gibt es kein Gemauschel und keine Hinterrückstuscheleien.« Und an die Sekretärin gewandt: »Bei mir hat alles seine Ordnung. Damit wir uns recht verstehen.«

»Gnädige Frau«, mischte sich nun der Gruppeninspektor ein, »die Dokumente sind futsch. Sie sind wahrscheinlich gestohlen worden. Nehmen Sie sich das nicht zu Herzen. Hier waren Profis am Werk. Für die ist so ein Aktenschrank einer Schuldirektion ein Lercherl*. Diese Banditen sind ganz anderes gewohnt. Normalerweise räumen die Panzerschränke in Rechtsanwaltskanzleien aus.«

Die Direktorin schlug gespielt und theatralisch die Hand auf ihren geöffneten Mund. Um den Kitzel des Augenblicks zu erhöhen, raunte ihr der Gruppeninspektor verschwörerisch zu: »Davon darf kein Wort nach außen dringen. Ich rechne mit Ihrer Verschwiegenheit.«

Die Direktorin seufzte. »Das ist ja schrecklich«, ent-

* Kleinigkeit

fuhr es ihr. Aber für derartigen Gefühls-Schmafu* hatte der Kieberer keine Zeit. Er schnauzte vielmehr die Sekretärin an: »Glauben Sie, ich bin deppert und merk nicht, dass Ihr Blick da ständig den Schreibtisch da drüben abtastet. Also reißen Sie das Ladel auf und legen Sie die Tatsachen auf den Tisch. Aber dalli, weil manchmal wird aus einem Teddybär ein Grizzly.«

Die Schreibkraft holte eine Mappe aus dem Tresor und wimmerte: »Normalerweise ist das nicht meine Art. Aber ich hab zuvor noch nie so ein russisches Schulzeugnis in der Hand gehabt, also hab ich den Wisch kopiert.«

»Wisch ist gut«, höhnte der Polizist, »weil jetzt haben wir Sie erwischt.« Frank Karl war jedoch der Einzige, der über sein Wortspiel lachen konnte. Er lief deshalb rot an. Zum Glück stellte sich die Direktorin als Blitzableiterin zur Verfügung, indem sie zur Sekretärin schnauzte: »Frau Kollegin, das wird dienstrechtliche Konsequenzen haben.« »Ja, das wird Konsequenzen nach sich ziehen«, bestätigte der Kieberer, »weil Sie für einen Erotikschuppen verantwortlich sind, in dem vertrauliche, russische Papiere abhandenkommen.«

Das »Pahh« aus dem Mund der Direktorin platzte wie Luft aus einem Reifen. Dann zischte sie ab. »Was ist mit der?«, höhnte der Kieberer. »Hat die keinen Hansel, der sie besteigt?« »Blödes Macho-Arschloch«, rempelte ihn die Germanistin an. »Du bist ein genauso primitives Schwein wie alle Männer.« Und weg war auch sie. Nur der Sekretärin gefiel dieser Dialog. Sie zog ein Taschentuch aus ihrer Handtasche und schnäuzte sich kräftig.

* Unsinn

Frank Karl hörte sie trotzdem lachen. Dem Gustl Loiber war der Auftritt seines Kollegen peinlich. Außerdem ärgerte ihn, dass er wegen einem »derartig marginalen Schaß« seinen Allerwertesten aus dem Schreibtischsessel in der Rossau stemmen musste. »Das sieht doch jedes halb blinde Huhn. Das Original der Kopie der Kopie ist mithilfe eines Grafikprogramms auf einem PC zusammengeschustert worden. Wegen der kyrillischen Buchstaben wird der Schrieb auch nicht echter.«

»Super«, lobte sich der Kieberer, »das, lieber Frank, hast du wieder einmal tadellos hingekriegt. In kürzester Zeit ist es dir gelungen, alle gegen dich aufzubringen.« Sein Komplize im Hirn versuchte, ihn zu trösten: »Du bist wie Nietzsche. Über ihn schrieb Gottfried Benn: ›Er war lächerlich für die Gegner, peinlich für die wenigen Freunde und doch der größte Mann dieses elenden Abendlandes.‹«*

»Oida«, stieß er den Gustl an, »gemma auf ein Bier. Ich lad' dich ein.«

»Danke, sehr nett von dir«, entgegnete der Kollege, »aber ich kann heut nicht. Wegen dem Sodbrennen, weißt eh.«

Also sind wir doch aufeinander alle bös, dachte der Gruppeninspektor. Aber, das ist nichts Außergewöhnliches. Wien bleibt Wien.

*

Wie heißt es im Psalm 42: Wie ein Hirsch nach frischem Wasser lechzt, so sehne ich mich nach dir. Also

* zit. nach: Raddatz, Fritz J.: Gottfried Benn ... 2003, S. 98

startete er seinen BMW und machte sich auf den Weg zu seiner Germanistin. Er sagte sich: »Es ist alles normal. Wir haben gestritten, weil das Versöhnen danach so schön ist.« Im Reihenhausviertel angekommen, stellte er seine Karre ein paar Straßenzüge weiter ab.

Langsam schlenderte er durch den Laubenpfad zwischen den Schrebergartenhäuschen. »Durchgang verboten!«, stand da auf dem Maschendrahttor. »Zutritt nur für Mitglieder des Kleingärtnervereins *Zur emsigen Biene* gestattet.« Frank Karl wartete nur darauf, dass ihn einer von diesen HTL-Ingenieuren im Imkerkostüm anbellen würde: »Sie sind aber nicht von da. Also haun Sie sich über die Häuser.« »Wenn es mit Ihrer Gastfreundschaft soweit steht,«, plante er zu entgegnen, »dann begeben Sie sich in das Innere von Ihrem Bretterhüttenpalazzo und bringen mir schön brav einen amtlichen Ausweis, weil ich würde nur zu gerne wissen, ob ein Meldezettel Sie dazu berechtigt, dieses Idyll als Zweitwohnsitz zu benützen.« Und damit würde er einen Streit, einen Mords Bahöl*, vom Zaun gebrochen haben, was den Vorteil besäße, dass er seinen inneren Zorn schon präventiv abreagiert hätte und in gelockerter Stimmung bei seiner Geliebten ankommen würde. Aber, wie es der Teufel haben wollte, es pfauchte ihn niemand an. Seine gute Laune war dahin. Kein Pinscher zerrte an den Ketten. Dafür raschelte es im Gebüsch. Frank Karl freute sich. Schon hatte er seine Hand am Pistolentascherl, um heimtückische Einschleichdiebe zu stellen. Aber was sah er: zwei Mädchenhintern, über die Hecke

* Krawall

gebeugt. Die Girls hielten Zielfernrohre im Anschlag: Fotoapparate mit wuchtigen, aufgeschraubten Objektiven, sogenannte *Voyeuristen-Zoomer*. »Hände hoch!«, schrie er. Die Teenies kreischten und ließen die Apparate fallen. Das könnte einen kostspieligen Maschinenschaden ergeben. »Da wird sich aber den Papa freuen«, verspottete der Gruppeninspektor die Tochter des Obersten. Zur Musterschülerin neben ihr sagte er bloß: »Sie brauchen an eine Flucht erst gar nicht zu denken, weil bei Ihrem Übergewicht schaffen Sie keine 50 Meter, und ich hätte Sie schon eingeholt.« Sogleich kam er sich aber unanständig vor, weil das mit dem Übergewicht hätte er ihr nicht sagen müssen, wo doch Pubertierende an ihren nicht normgerechten Formen über Maßen litten. Aber dann schoss es ihm durch den Schädel: Diese Kröten hatten auch ihn und sein Gspusi in nicht gerade vorteilhaften Positionen abgelichtet. Sie hätten ruhig seine Bauchfalte wegretuschieren können. Wozu gab es Bildbearbeitungsprogramme? Also würde er ebenfalls unbarmherzig sein, weil diese G'fraster auch kein Pardon zeigten. Wenn es um Sex geht, kennen Menschen eben keine Gnade. Frank Karl bückte sich und hob die Kamera auf. »Ein teures Weihnachtsgeschenk«, sagte er. Er drückte den Wiedergabeknopf. »Tolle Aufnahmequalität«, lobte er. Man konnte auf dem Video sogar die blonden Schamhaare der Germanistin erkennen. Dann wurde sie um die Körperachse gedreht. Eine Hand drückte ihren Rücken nach unten. Die Brüste baumelten. Der Gemeinderat nahm sie von hinten. Na ja, sein Schwanz war doch nicht so groß, wie er vermutet hatte. »Hat Sie Ihr Vater geschickt, oder arbeiten Sie im eigenen Auftrag?«, löcherte er die Tochter des Obersten. Die verzog gepeinigt die Lippen, hopste hoch und verpasste dem Gruppeninspektor eine Watschen. Es war ihr trotzdem nicht gelungen, die Kamera an sich zu reißen. Jetzt hetzte sie wie eine Vorstadtkatze, die von einem Schäferhund gejagt wird, die Maschendrahtzäune entlang. Der Kieberer rieb sich die Wange und lachte. Die mollige Musterschülerin zitterte. »Ich schäme mich«, flüsterte sie. »Das ist gut so«, entgegnete er ihr. »Weil meine Maßnahmen deshalb effizienter wirken werden.«

»Werden Sie mich anzeigen?

»Oh nein! Ich werde mich rächen und Sie und Ihre Kollegin ins Netz stellen. Anonym natürlich. Es sei denn ...«

In den Augen der Dicklichen schimmerte Hoffnung: »Was meinen Sie mit ›es sei denn‹?«

»Es sei denn, Sie ziehen sich aus.«

»Nein!«, schrie sie.

»Doch«, antwortete er , »es bleibt Ihnen gar nichts anderes übrig.«

Es stiegen Tränen in ihre Augen.

»Kommen Sie schon. Ich vergewaltige Sie schon nicht.«

»Ehrlich?«

Der Gruppeninspektor war ob dieser Frage verwirrt. Da war jemand, der ihm vertraute, weil das Mädchen nach seiner Versicherung, sich zu enthalten, sofort begann, unbeholfen das Kleid über ihren Kopf zu ziehen. Er war gerührt, traute sich aber nicht, ihr zu helfen. Endlich war sie aus dem Fetzen geschlüpft.

»Nehmen Sie Ihren BH ab.«

Sie zögerte. »Mir soll's recht sein«, zürnte der Kieberer, wandte ihr den Rücken zu und schickte sich an zu gehen.

»Nein! Bleiben Sie!«, rief sie ihm nach, und schon sprangen ihre Brüste in die Freiheit. Ihr Knospen hatten die blass-lila-Farbe des Flieders im Frühling. Frank Karl war zum zweiten Mal gerührt.

»Jetzt das Höschen!«

Ihre Lippen bebten. Aber sie gehorchte. Frank Karl musterte ihre Daunen. Ihre Schenkel waren zusammengepresst. Frank Karl machte ein Schritt nach vorne. Sie jaulte. »Werden Sie mich jetzt vergewaltigen?« Der Kieberer lachte auf: »Aber nein, wo denken Sie hin. Wir haben doch einen Vertrag ... So, und jetzt beugen Sie sich leicht nach vorne. Ein Lächeln, bitte.« Frank Karl drückte den Auslöser der Kamera.

Jetzt schluchzte sie: »Warum tun Sie das?«

»Sie haben mich nackt fotografiert, ich habe Sie nackt fotografiert, jetzt sind wir quitt.«

Sie rieb ihre Augen. Und er: »Keine Angst, ich bin nicht so wie ihr. Ich werde keine Ablichtung in ein Kuvert stecken und dieses an den Oberst schicken.« Und weil er etwas gutzumachen hatte, sagte er: »Sie sehen ohne Kleider besser aus als mit Kleidern. Sie gefallen mir.«

KAPITEL 14

Der Kieberer hatte wieder einmal genug vom Sex. Höchste Zeit, dass er dem Wunsch seines Chefs nachkam und in den Prater fuhr. Auf der Spenadlwiese kickten ein paar Volksschulkinder. Die ließen ihn mitspielen und boten ihm ein *Milky Way* an. Er kam gehörig ins Schwitzen. Er gab den Kindern einen Zwanziger und sagte: »Da habt's. Kauft's euch ein Eis.« Dann ging er Richtung Lusthaus.

Fast hätte er einen Radfahrer vom Sattel geholt. Der Kerl war zu nahe an ihm vorbeigezischt. Die Funkstreife, die er heranwinken wollte, damit sie den Rowdy verfolgte, reagierte auf seine Zeichen nicht. Das kränkte ihn. Er stapfte zum Dammhaufen hinauf, setzte sich auf eine Bank und nickte ein, bis ihn der Kaplan der Hochzeitskapelle *Maria Grün* aus dem Schlaf bimmelte. Langsam wurde es dunkel. »Jetzt brauch ich ein bisschen Action«, sagte er sich und schlurfte die viereinhalb Kilometer lange Hauptallee hinunter, »weil am Praterstern ist immer was los.« Aber mit dieser Annahme hatte er sich geschnitten. Zwar gab es die üblichen Sandler, Alkoholiker und ungarischen Zigarettenschmuggler. Aber keiner wollte zum Messer greifen. Außerdem war die Konkurrenz ziemlich groß. Immer wieder erkannte er in den Passanten, die zur Schnellbahn hasteten, Kollegen aus den Ermittlungsbereichen Raub, Sittlichkeit, Betrug, Suchtmittel und Menschenhandel. Die absolvierten halt ihren Abendspaziergang. Das Wetter war ja wirklich gut. »Servus, alte Hütten!« Ein Unbekannter prackte ihm seine Pranke auf den Rücken. »Kennst mich nicht mehr? Ich bin der Willi Haller, weißt eh, der Bsuff*, der in seinem Rausch einen Streifenwagen zu Schrott gefahren hat. Frag mich nicht, wie's mir geht. Ich bin jetzt bei der *Wach- und Schließgesellschaft*. Dort verdien ich so wenig, dass mich der Exekutor nicht zwicken kann, was mir überhaupt nicht gegen den Strich läuft, wegen meiner drei geschiedenen Ehen ... Alimente und so. Das Praktische ist, wennst nichts hast, kann man dir auch nichts wegnehmen. Das nenn ich Gerechtigkeit. Ich seh', du bist noch immer beim alten Verein. Na ja, ich versteh's. Wir haben bei der Kieberei schon auch schöne Stunden erlebt. Die Kameradschaft und so ... Weißt was, ich schlag vor, du begleitest mich auf meiner Runde durch den Wurstelprater. Ich schwör dir, du wirst es nicht bereuen, weil ich kenn' da drüben jeden Strizzi**. Die Hälfte der Partie hat nämlich schon einmal gesiebte Luft geatmet. Das Praktische ist: Ein Ehemaliger braucht keinen siebten Sinn. Der weiß genau, was ich will und was ihm nützt. Drum hab ich kaum Scherereien. Ich bin überall gern gesehen.« So war es dann auch. Beim ersten Würstelstand begrüßte sie der »Barmann« herzlich mit einem *16er-Blech****. Sie mussten nicht einmal bestellen. »Euer Gnaden wünschen einen

* Berufstrinker
** arbeitsscheuer, frecher Bursche; kleiner Gauner
*** Dosenbier: Im 16. Gemeindebezirk befindet sich die *Ottakringer Brauerei*

süßen oder einen scharfen Senf?« Wie von Geisterhand kredenzt landete eine Heiße* auf dem Pappteller vor ihm. Wahrscheinlich hatte der Willi dem Standler signalisiert: »Achtung, dieser Josef ist wichtig. Einer von der Hee**.« Diese Kerle waren schon brennt***. Mit welchem Zeichen der Willi die Warnung übermittelt hatte, blieb dem Kieberer ein Rätsel. Vor Mitternacht legte der Wachter einen Zahn zu. »Wir müssen die Kellner vom Biergarten beim Geldzählen beschützen.« Diese Dienstleistung wurde mit einer Stelze und einem frisch Gezapften belohnt. Nachdem Panzerwagen die Tageslosung abgeholt hatten, wurde es gemütlicher. Es war, wie wenn man im Stadion das Flutlicht ausschaltete. Der Willi schloss die Gatter einer Schießbude auf. Von dort hatte man eine gute Sicht auf die Straße des 1. Mai. Ein Zwerg stemmte zwei Sechser-Tragerl Dosenbier auf das Brett. »Bleib sitzen«, beruhigte ihn der Willi. Er schleppte einen Klapptisch heran. Nach zehn Minuten kam ein Nachtwächterkollege angeradelt. Der warf Spielkarten über die Budel****. Natürlich verlor der Kieberer haushoch fast alle Partien, weil er konnte sich nicht konzentrieren. Immer wieder kamen neue Kollegen hinzu und lösten den Spieler von vorhin ab. Der Typ, der gerade noch einen Vierziger angesagt hatte, war plötzlich weg, sprang aufs Fahrrad und brach zu seiner Nachtwächterrunde auf.

Um 8 Uhr früh fuhr Frank Karl zu sich nach Hause, warf sich auf das Bett und zündete sich eine *Hoyo des*

---

* Burenwurst
** Polizei
*** schlau
**** Ladentisch

Dieux an. Die Zigarre schmeckte würzig, fast erdig brutal, war sozusagen der Ristretto unter den Puros*, hatte ein Länge von sechs Zoll, ein Ringmaß 42, und amüsierte den Kieberer vor allem auch deshalb, weil die Nordamerikaner den Import dieser Köstlichkeit verboten hatten. Wahrscheinlich, dachte er, war das erdumspannende, allgemeine Rauchverbot auch nur der Versuch einer weiteren Embargomaßnahme der USA, um Kuba in die Knie zu zwingen. In Österreich durfte man in Restaurants und Gasthäusern ohnedies nicht mehr qualmen. Man behandelte Trafikanten beinahe schon wie Rauschgifthändler. Deshalb freute sich Frank Karl kindlich, in seinen eigenen vier Wänden seine Wut auf die Welt wegrauchen zu dürfen. Obwohl natürlich dieses Vergnügen ein Spiel mit dem Feuer war, denn schließlich war die Schriftstellerin Ingeborg Bachmann in ihrem Bett verbrannt. Der Kieberer langte unter die Matratze und zog die Whiskey-Flasche hervor. Er hatte diese Preziose bei einem Botschaftsempfang mitgehen lassen. »Viel ist nicht mehr drinnen«, knurrte er, weshalb er die Hemingway'sche Whiskey-Bombe anwenden musste. Dabei wird der Sprit im Mund versprudelt, sodass sich Gaswolken bildeten. Dieser Dampf wurde herzhaft eingeatmet, weil die stark durchblutete Lunge besonders giftempfänglich ist.

Nach einer halben Stunde weckte ihn das Telefon. Ein Achtel des Kopfpolsters war schon weggeglüht. Sein Haar war angesengt. Er hob das Handy ab. Es war der Oberst. Gleichzeitig stürmte er zur Wohnungstür. Der Rauch zog hinter ihm her. In der Bude herrschte

* spanische Zigarre

Novembernebel. Über den Gang kam ihm die Nachbarin mit einer Gießkanne entgegen: »Soll ich die Feuerwehr anrufen?« »Danke, nein!«, röchelte der Kieberer, »ich habe nur versucht, ein Gulasch zu kochen.«

»Was ist los?«, bellte der Oberst. »Ich versteh nur Gulasch. Bist du in einem Gasthaus?«

Frank Karl ließ die Wohnungstür offen, rannte hustend in das Schlafzimmer zurück und klopfte wie verrückt mit dem Polster auf den Boden. Er tanzte. Die Funken flogen. »Sind Sie deppert g'worden«, brüllte ihn die Nachbarin an, »auf die Tour zünden Sie mir ja das ganze Haus an.« Der Kieberer ließ das Kissen fallen. Die Nachbarin lächelte selig. Sie ließ ihre Gießkanne auf den Polster pinkeln. Der zischte wie eine aufgescheuchte Schlange.

»Ja«, schrie der Kieberer hysterisch ins Handy.

»Sei so lieb, komm' zu mir ins Büro.« Die Stimme des Obersten klang fast wehleidig. »Aber bitte schnell, es ist dringend.«

Der Oberst gebärdete sich verständnisvoll. »Was war denn vorhin bei dir in der Wohnung los?«

»Nichts«, antwortete der Kieberer, »ich hatte bloß eine zündende Idee.«

»Ich kapiere. Du hast bei einer Razzia einen Joint mitgehen lassen und gerade ausprobiert. Im Klartext gesprochen, du stinkst wie ein Vorstadtbeisl vor dem Lüften um 3 Uhr in der Früh.« Dann setzte er amtlich trocken fort: »Deine Deutschprofessorin ist heute Morgen nicht zum Unterricht erschienen. Ihre Direktorin hat vorhin gerade angerufen. Sie macht sich Sorgen.«

»So?«, fragte Frank Karl scheinheilig. »Was ist die Ursache? Vielleicht hat sie Grippe.«

»Ausgeschlossen. Zu Hause ist sie auch nicht.«

»Dann wird sie vielleicht bei ihrem Freund von der Kommunalpolitik sein«, ätzte Frank Karl.

Ohne auf diese Spitze einzugehen, erklärte der Oberst: »Nachdem ihr den Schülerinnen ein literarisches Sexverbot auferlegt habt, beschäftigen sie sich zum moralischen Ausgleich mit diesem Lyriker, dem Gottfried Benn.«

»Oje«, klagte der Kieberer, »der war Haut- und Geschlechtsarzt.«

In diesem Augenblick klingelte das Festnetztelefon. Der Oberst deckte mit einer Hand die Sprechmuschel ab. Er flüsterte: »Die Direktorin.« Und laut: »Nein, gnädige Frau, nichts Neues ... Nein, keine Spur ... haben wir gemacht ... aber selbstverständlich. Ja, den haben wir auch befragt. Der weiß auch nichts ... Nein! ... Wollen Sie mit ihm sprechen? Er steht neben mir.« Der Oberst übergab ihm den Hörer.

»Unsere Germanistin steht unter Schock«, schrillte die Direktorin. Frank Karl hielt sich den Telefonhörer 40 Zentimeter vom Leibe. »Sie hat den Schülerinnen den Begriff der *blauen Stunde* erläutert. Sie wissen schon, für Benn war diese Farbe das Sinnbild für *Sinken und Gefahr.* Verstehen Sie?«

Der Kieberer verstand gar nichts. Und dann geschah das, was er insgeheim befürchtet hatte. Sie las ihm als Beleg ein Gedicht vor:

Du bist so weich, du gibst von etwas Kunde,
von einem Glück aus Sinken und Gefahr
in einer blauen, dunkelblauen Stunde

und wenn sie ging, weiß keiner, ob sie war.

Frank Karl, der sein Leben lang gerne dozierte, ertrug es nicht, wenn ihn andere belehrten. »Ja«, zeterte er ungeduldig, »ein schönes Gedicht. Aber was hat das mit dem Verschwinden Ihrer Deutschprofessorin zu tun, abgesehen von der letzten Zeile, in der es heißt: ›Sie ging, und es weiß keiner, wo sie war.‹«

Die Direktorin überhörte die den Vers verfälschende Frechheit des Polizisten. Ihre Stimme überschlug sich: »Nach dem Vortrag des Gedichts beging die Kollegin den Fehler, an die Schüler eine Kontrollfrage zu stellen. ›Emil‹, rief sie den Fuchsberger auf, ›was versteht man unter ›blauer Stunde‹?‹ Und der Fuchsberger antwortete: ›Unter der blauen Stunde versteht man den Montag, wenn die Automobilarbeiter nur Ausschuss produzieren.‹ Nach dieser Ansage erlitt die Kollegin einen hysterischen Anfall. Sie knallte die Tür zu und ward nicht mehr gesehen.«

»Das ist ja schlimm«, fiel ihr der Kieberer ins Wort. Derweilen schüttelte der Oberst die Finger seiner rechten Hand, was so viel bedeutete: Hört die Fuchtel* denn überhaupt nicht mehr auf. Das geht auf keine Kuhhaut. Die Alte ist kein Dreck. Sie geht mir auf die Eier.

»Ich werde mich bemühen, sie zu finden«, beschwichtigte der Gruppeninspektor.

»Das hoffe ich sehr!«, bemerkte die Frau Chefpädagogin schnippisch. »Schließlich sind Sie ja so etwas wie ihr Vertrauter.«

Nach dieser Anspielung hätte Frank Karl am liebsten geantwortet: »Ja, ich habe sie besamt.«

---

* herrschsüchtige, zänkische Frau

Er verkniff sich jedoch die Attacke und frotzelte: »Scharf beobachtet. Wie einfühlsam.«

Die Dame war nicht dumm. Sie verstand die Beleidigung und legte die Kraft des Eises in ihre Stimme:

»Na, dann danke ich Ihnen schon jetzt für Ihre Bemühungen.« Im Telefon rauschte es. Sie hatte ihn weggeknipst.

»Na servas!«, seufzte der Oberst. »Da können wir uns noch auf Einiges gefasst machen. Ich wette, die Hex' geht bis zum Minister.«

»Die wird gar nichts machen«, säuselte der Gruppeninspektor zurück. »Die ist doch vorerst um das Ansehen ihrer Schule bemüht. Glaubst, die hängt irgendetwas an die große Glocke. Das ganze verlogene Theater wurde bisher doch nur durch die Regie des bürgerlichen Anstands geführt. Sie hat die Besorgte gespielt, in Wirklichkeit freut sie sich, einer beliebten Kollegin irgendetwas anhängen zu können. Ich wette, zuletzt wird sie noch die hilfsbereite, mütterliche Vorgesetzte spielen: Liebe Susanne, du weißt, ich habe dich privat und beruflich immer sehr geschätzt. Aber deine Extravaganzen kann ich jetzt ganz einfach nicht mehr decken. Machen wir es so: Ich möchte ein Disziplinarverfahren in unser beider Sinne vermeiden, also einigen wir uns auf eine einvernehmliche Lösung des Dienstverhältnisses.«

»Aha«, klugscheißerte der Oberst, »der klassische Stutenbiss.«

»Tja«, spie der Gruppeninspektor. »Stutenbiss stimmt nicht ganz, weil da hat auch ein Hengst ganz kräftig ausgeschlagen.«

»Jetzt bist du aber kryptisch.«

»Schau, lieber Oberst, ich will damit nur andeuten, du steckst mit der Dame unter einer Kappe. ›Unter einer Tuchent‹ will ich ja nicht sagen, weil dazu bist du Impotenzler und Inkontinenzler gar nicht fähig.«

Dem Oberst fiel der Kinnladen herunter. Er drehte sich um die Achse. Er schnappte nach Luft. Er ruderte mit den Armen und brüllte: »Du subversives Element! Du linkskatholische Sau!«

Der Gruppeninspektor war begeistert. Er beschied seinem Chef: »Das hast du aber schön gesagt.«

Hernach sprang er zum Computer des Obersten und steckte einen USB-Stick in den Schlitz. »Bist du wahnsinnig!«, donnerte der Boss wie von Sinnen. »Willst du meine Maschin' mit einem *Trojaner* vergiften?« Er wollte den Kieberer von seinem Schreibtisch zerren, aber Frank Karl rammte ihm den Ellenbogen in den üppigen Bauch.

»Zu Hilfe! Marlies!«, platzte der Oberst. Die Sekretärin dürfte vor der Tür gelauert haben. Sie riss noch im selben Augenblick die Pforte auf, blieb aber im Türrahmen ratlos stehen, war fasziniert und gelähmt. Sie beobachtete, wie die beiden Polizisten einander schubsten. War das nun eine Rangelei unter Buben oder ein Notfall? »Ruf die Journalbeamten. Die sollen mich schützen, die sollen intervenieren!«, befahl der Oberst.

»Stopp! Tu's nicht!«, brüllte der Gruppeninspektor. »Ihr werdet es sonst noch bereuen.«

Der Computer unterstützte nachdrücklich sein Argument. Auf dem Bildschirm zuckten die ersten Unkeuschheiten. Der Gemeinderat ließ gerade die Hose herunter.

Da reagierte der Oberst rasch. Bevor die Sekretärin den Schwanz des Politikers sehen konnte, brüllte er schon: »Raus!« Der Sekretärin stockte der Atem. Sie ließ einen Furz. Den hörte man aber nicht. Den Oberst haute es um. Er musste sich setzen. »Das gibt es doch nicht!« Er war vom Hintern der Deutschprofessorin begeistert. »Mach das aus!«, stöhnte er. Der Stimmmelodie nach zu schließen, klang das aber eher nach »Mach weiter so! Mach weiter so!«

»War das eine Filmpremiere?«, weckte ihn der Kieberer auf.

»Das hab' ich dem Ferry« – er meinte damit den Gemeinderat – »nicht zugemutet.«

»Doch, doch, der ist ziemlich potent«, kommentierte der Kieberer und fuhr mit dem Cursor auf das Stopp-Symbol. »Das hat dich ziemlich überrascht. Du hättest dir eher die Niederlage eines Schlappschwanzes gewünscht. Aber sonst lief alles wie geplant.«

»Wie meinst du das?«

»Ganz einfach: Du persönlich bist der Auftraggeber dieser pornografischen Dokumentation.«

Im Maul des Obersten kräuselte sich die Spucke: »Diese perfide Behauptung nimmst du augenblicklich zurück.«

»Ich denk nicht daran. Ich kann das nämlich beweisen.«

»Ha, da bin ich aber neugierig.«

»Die Aufnahmen wurden mit der Kamera deiner Tochter gedreht, und das Fräulein Tochter fungierte höchstpersönlich als Kamerafrau. Ihr beide, Papa und Küken, seid ein eingespieltes Team. Auf diese Weise kann ich mir auch das Foto mit meinem Penis auf dem Bauch der Professorin erklären.«

Da war der gute Mann perplex. Als er sich wieder gefasst hatte, fragte er: »Wo ist die Kamera? Rück sie sofort heraus!«

»Lieber Herr Kollege, die Kamera ist ein Beweisstück, das ich sicherstellen musste. Im Übrigen habe ich mehrere Kopien von diesem Rein-raus-Filmchen gezogen. Es wäre überdies aberwitzig, diese Kamera verschwinden zu lassen, weil die Seriennummer und der Garantieschein des Geräts sogar in der europäischen Hauptniederlassung des Erzeugers gespeichert sind. Der Apparat kann also zweifelsfrei dir zugeordnet werden. Andererseits will ich nicht undankbar sein. Mit Demut und Anerkennung nehme ich natürlich die Kamera gerne als dein persönliches Geschenk zu meinem Dienstjubiläum an.«

Der Gegenangriff des Obersten fiel enttäuschend schwach aus. Nachdem Beschimpfungen wie: »Solche Verschwörungstheorien können nur dem kranken Gehirn eines Berufsintriganten entspringen«, nichts genützt hatten, versuchte er es über den Bogen der Vernunft: »Schau, wem hilft denn dieses ewige Skandalisieren? Doch nur den Feinden der Exekutive! Außerdem, überleg doch einmal, was hätte ich persönlich von der Inszenierung derartiger Schweinereien?«

»Was weiß ich«, der Kieberer zog mehrfach die Schultern hoch, »die Direktorin will was werden, du willst was werden, da geht ihr halt wie Django vor: Leichen pflastern seinen Weg.«

»Ich kann dir nur eines empfehlen«, verlegte sich nun

der Oberst aufs Drohen, »sei nicht zu g'scheit! Das könnte dir nämlich das Genick brechen.«

»Danke!«, freute sich der Kieberer. »Ich habe deine Morddrohung mitgeschnitten.« Er schaltete das Aufnahmegerät aus. Nun war es an der Zeit, die Arschkarte zu ziehen.

»Damit du, lieber Chef, nicht auf blöde Gedanken kommst, würde ich dir raten, dieses Foto aufmerksam zu studieren.« Frank Karl legte dem Oberst ein Glanzfoto aus der Internet-Sammlung der Schülerinnen vor. Es zeigte einen perfekten Teenie-Po. Nur auf der oberen rechten Gesäßhälfte saß ein winziger Pickel. Über diesen marginalen Störfaktor stolperte der Blick. Man war gezwungen, ein zweites Mal genauer hinzusehen. Aber genau darin lag der Reiz dieser Aufnahme.

Der Oberst erbleichte: »Das ist ja der Hintern meiner Tochter.«

Der Kieberer gratulierte sich. Sein Vorstellungsvermögen hatte die Realität getroffen.

»Das hast du richtig erkannt, und glaube mir, ich halte das Ursprungszertifikat in meinen Händen.«

KAPITEL 15

Obwohl er sich vorgenommen hatte, die Finger von Frauen zu lassen, klingelte er bei der ehemaligen, heute pensionierten, Sekretärin des verblichenen Doktor Kammereder an. Er wollte schon wieder abziehen, als die Tür aufging. »Was wollen Sie? Ich habe …« Sie unterbrach diese Begrüßung. Ihre Hand fuhr auf den Mund, sie kreischte auf. »Mein Gott«, keuchte sie, »Sie haben mich erschreckt. Ich habe Sie nicht gleich erkannt.«

Nachdem er in den Vorzimmerspiegel geschaut hatte, verstand er ihr Erstaunen. Nach einer Nacht im Prater und einem hochnotpeinlichen Gespräch mit seinem Chef sah er wie sein eigener Großvater nach dem zweiten Herzinfarkt aus. »Sie haben sich sehr stark verändert«, schwächte sie ab. »Vor Ihnen steht ein vom Leben gezeichneter Mann«, bemühte sich der Kieberer zu scherzen. Sie nahm diese Pointe aber als wahre Münze und seufzte: »An uns allen hat das Schicksal seine Spuren hinterlassen.« Wobei ihre Spuren besonders tief sind, dachte der Kieberer. Ihr Gesicht glich einem zerknitterten Geschenkpapier, das zum zehnten Mal für ein Weihnachtspaket herhalten musste. Anstelle der Marlene-Dietrich-Beine stachen krumme Stricknadeln aus einem viel zu kurzen Kleid. Lieber Gott, schalt er den Schöpfer, so gravierend können doch die Sünden dieser Vorzimmerbraut nicht gewesen sein, dass du sie so schwer bestrafst.

Er schaute sich in der Garçonnière um und nickte: »Hübsch! Sehr hübsch!« Sie kicherte: »Vor 20 Jahren hätten Sie nicht meine Wohnung, sondern mich mit Komplimenten bedacht.« Sie drückte ihm einen *Gin Tonic* in die Hand und sagte: »Bemühen Sie sich nicht, höflich zu sein. Ich weiß, wie ich ausschaue. Ich komme aus dem Jenseits. Ich bin eine Leiche auf Freigang. Ich habe Krebs.« Sie warf einen Polster auf das Sofa, klopfte ihn zurecht und schlug dann mit der Hand auf die Überdecke. »Setzen Sie sich. Wenn ich Sie richtig verstehe, sind Sie gekommen, um über alte Zeiten zu plaudern.« Sie schlug ein Fotoalbum auf und sagte: »So haben Sie mich wohl in Erinnerung.« Sie zeigte auf eine Aufnahme mit dem Zuckerhut von Rio im Hintergrund. Er, der Doktor Kammereder, steckte in Bermudashorts, hatte seinen Arm um ihre Hüfte geschlungen. Sie war braun gebrannt und oben ohne. »Dieses Album ist eine Dokumentation unserer Geschäftsreisen. Die Seychellen, Nevada, Wyoming in den USA, Bermudas, Bahamas, Samoa, British Anguilla und natürlich immer wieder Panama.« Ihre Armreifen klimperten, ihr spitzer Fingernagel klopfte auf die nächste Seite. Dort war sie vollkommen nackt. »Die Britischen Jungferninseln!« Sie lachte hell auf.

»Was war der Sinn Ihrer Reisen? Waren Sie Drogenkuriere?«

Sie lachte sich kaputt: »Sie sind ja so was von lieb … Drogen sind was für Deppen. Mit Drogen wird man erwischt. Uns ging es um Geld.«

»Also haben Sie Banknoten geschmuggelt.«

Sie lachte noch lauter: »Sie sind so was von naiv. Warum, glauben Sie, haben Geldscheine Metallstreifen? Wegen der Fälschungssicherheit? Neeee! Der Zaster leuchtet im Flughafenröntgen wie ein Christbaum. Wir waren deshalb nur der Begleitschutz. Die echten *Bagmen* sind im selben Flugzeug mitgereist und waren sakrosankte Diplomaten. Die wurden nicht kontrolliert.«

»Okay. Aber wo war dann Ihr Profit?«

»Der Doktor Kammereder war ein renommierter Jurist. Er beriet die Geldsäcke an Ort und Stelle, bahnte Geschäfte an, bereitete Verträge vor, schließlich wollten die diskreten Kunden ihr sauer erschwindeltes Geld vor dem Zugriff von Finanzämtern, Ex-Frauen, Erben und geschädigten Geschäftsfreunden verstecken. Ist ja klar: Das oberste Prozent der Weltbevölkerung verfügt über mehr Vermögen als der Rest der Welt zusammen. Und so soll es auch bleiben, denn: Steuern sind für kleine Leute da. Am Schluss waren alle Urlaubsbekanntschaften vom Wissen des Doktor Kammereder beeindruckt. Wenn sie dann nach Europa kamen, wählten sie ihn zu ihrem Rechtsvertreter. Der Dottore rechnete streng und gewissenhaft nach den nicht ganz günstigen Sätzen der Rechtsanwaltskammer ab. Sie sehen, in unserer Kanzlei lief alles in legalen Bahnen. Wir brauchten nichts zu waschen. Wir machten glänzende Geschäfte.«

»Bis der Magister Hörndel kam.«

»Der war ein gieriger Dodel und ging dem Kammereder schnell auf die Nerven. Daher musste der Bursche stillgelegt werden. Sie haben uns dabei sehr geholfen.«

»Was mich wundert, dieser Hörndel war ein grobschlächtiger Tölpel im Vergleich zur französischen Eleganz des Doktors. Die beiden passten doch überhaupt nicht zusammen. Oder brauchte unser Anwalt auch noch einen Spießgesellen fürs Grobe?«

»Ich glaube eher, der Hörndel wurde dem Doktor aufs Aug gedrückt. Der hat den nicht freiwillig genommen. Da musste jemand Mächtiger dahinterstecken.«

»Wie meinen Sie das?«

»Schauen Sie, wir haben eine Unmenge von Laptops im Jahr verbraucht, weil unsere Partner jungfräuliche Maschinen brauchten, die niemals ans Netz angeschlossen waren und niemals ans Netz gehen würden. Um für uns ein zusätzliches Geschäft zu lukrieren, kauften wir uns bei einem Großhändler ein. Das hätten wir nicht tun sollen. Das fiel auf. Plante da eine Rechtsanwaltskanzlei ein Rechenzentrum, das aus dem Ensemble von Miniaturgeräten bestand? Technisch unverständlich! Eigenartig! Ich glaube, da hat jemand ein riesiges illegales Geschäft gewittert. Außerdem hat unsere Kanzlei Gelder in Immobilien angelegt, die an Hauptmieter vergeben wurden, die wiederum das Recht besaßen, Untermieter zu beherbergen. Diese Strohmänner boten dann Durchreisenden, die nicht unbedingt in Hotelrezeptionen ihren Personalausweis herzeigen wollten, kurzfristig Zimmer an. Mir ist aufgefallen, dass einige Gäste mit Aktenkoffern in die Herberge kamen, sie aber schon nach kurzer Zeit ohne diese wieder verließen. Aber es ging auch umgekehrt: Da kam ein Besucher ohne Gepäck und verabschiedete sich mit einer Tasche.«

»Was schließen Sie daraus?«

Die Ex-Sekretärin zuckte mit den Schultern: »Möglicherweise wurden dort Geschäfte abgewickelt, mit denen der Doktor nicht in direktem Zusammenhang gebracht werden wollte.«

»Welche Geschäfte könnten das gewesen sein?«

»Ich weiß es nicht.«

»Kennen Sie die *Firma Aicher*?«

»Ja! Aber die Adele Aicher stand auf der *Black List*. Die durfte unsere Kanzleiräume nicht betreten. Doktor Kammereder nannte die Dame ›unappetitlich‹.«

»Sie haben vorhin erzählt, Doktor Kammereder hätte eine Schwäche für an der Grenze des Legalen verdientes Geld gehabt. Hatte er noch andere Schwächen?«

»Ach Gott, was fragen Sie? Sie wissen es ohnedies: Frauen! Und ich war über einige Jahre hinweg seine stärkste Schwäche.«

»Trotzdem hat er Sie eines Tages abgebaut. Warum?«

»Wegen eines Glückspiels. Paul hatte immer wieder gerne gezockt und meistens gewonnen. Wir waren mit einem Baumafioso in Puerto Rico unterwegs, Paul hatte kein Kleingeld dabei, also setzte er mich als Pfand ein und verlor.«

»Und?«

»Als wir in Wien zurück waren, steckte ich ihn mit Gonorrhöe an.«

Der Kieberer schluckte.

Sie fasste zusammen: »Das war's dann gewesen. Sie wundern sich, dass ich Ihnen das alles erzähle. Meine Antwort ist einfach: Ich bin in Kontakt mit meiner Nachfolgerin, bin daher darüber informiert, was Sie über uns wissen, und weiß, mit wem der Chef in der Zeit vor seinem Ableben Geschlechtsverkehr hatte. Ich habe auch seine Frau gekannt und bereue nichts. Als bevorzugte Hure dieses reichen Mannes musste ich mir weniger gefallen lassen als die meisten Rechtsanwaltsfrauen. Ich hatte mehr Freiheiten, mehr Geld und mehr Spaß. Und was Sie betrifft, möchte ich sagen: Vor Ihnen habe ich absolut keinen Genierer. Sie sind so wie ich, nur halt auf niedrigerem Niveau.«

Frank Karl wankte. Er umklammerte eine Verkehrstafel. Hatte er zu viel Gin getrunken? Waren das die Auswirkungen einer Reise in die Vergangenheit? Stand er unter Schock? »Mich gibt's nicht mehr«, hatte ihm die Ex-Sekretärin zum Abschied gesagt. »Sie bemühen die Erinnerung. In Wirklichkeit besuchen Sie ein Leichenschauhaus.« Dann brach die Frau in Tränen aus. »Schicken Sie mir keine Blumen ans Grab. Spenden Sie lieber der *Caritas*!«, schrie sie ihm nach. Frank Karl war ein Feigling gewesen. Er war aufgesprungen, auf den Gang hinausgestürmt, die Treppe hinuntergestolpert und auf dem Schwarzenbergplatz gelandet. Dort ejakulierte ohne Unterbrechung der Hochstrahlbrunnen des Russendenkmals*. Frank Karl zitterte bei dem Gedanken an diese ehedem schöne Frau. Er erkannte: Altern ist ein Verwesen bei lebendigem Leib.

Das Vibrieren des Handys riss ihn aus der Verzweiflung. Der Gustl Loiber war's. Er platzte vor Begeisterung: »Weißt was, die Berufsspekulantin Aicher ist von zwei Frauen liquidiert worden. Eine der beiden war älter und lang, die andere jung. Wahrscheinlich die Tochter. Wir wissen das von Zigeunerinnen, die den Altkleider-Container der *Caritas* ausräumen wollten und von einer Funkstreife gestellt wurden. Die Gip-

* Heldendenkmal der Roten Armee am Schwarzenbergplatz

sys haben beobachtet, wie zwei Männer ihre funkelnagelneuen Sommermäntel in den Textilien-Schacht warfen, ihre Kappen vom Haupt rissen und plötzlich als adrett gekleidete Frauen dastanden. Die Beschreibung der Bekleidung der beiden Männern stimmt in Größe und Farbe mit den weggeworfenen Mänteln überein. Das konnte eine Passantin bestätigen, die gerade zur fraglichen Zeit ihren Kinderwagen die Währinger Straße hinuntergeschoben hat. Die beiden Männer, die in Wirklichkeit Frauen waren, sind nämlich aus der Hofeinfahrt geschossen und hätten die junge Mutter beinahe über den Haufen gerannt.«

Der Gustl Loiber hatte erwartet, dass der Frank Karl jubeln würde. Der aber sagte kurz »Danke!« und verbat sich nicht einmal das Wort »Zigeuner«, weil man korrekterweise »Sinti« oder »Roma« sagte. Der Gruppeninspektor empfand in seinem Zustand nicht die geringste Lust, mit einem Menschen, von dem er nicht wusste, ob er ein Freund oder ein Verräter war, über Mörderinnen zu reden. »Na dann, ciao!«, sagte er und beendete das Gespräch.

Kaum war er den Loiber losgeworden, störte ihn der Oberst in seiner Trauerarbeit: »Frank Karl, wir brauchen dich. Vor dem Rilke-Gymnasium ist der Teufel los.«

»Was is'?«

»Der Teufel ist los. Es gibt eine Massenschlägerei. Die Anrainer prügeln sich mit den Schülern.«

»Warum denn das?«

»Ein Missverständnis. Vor dem Schnellimbissstand ist eine Reihe Schüler Schlange gestanden. Irgendwann ist der Schüler Rettenbacher drangekommen. Der Standler hat ihn dreimal lautstark gefragt: ›Was willst denn *du*?‹ Daraufhin antwortete der Rettenbacher: ›I Pizza!‹ Jetzt ist der Standler explodiert, weil er lasse sich von so einer Rotzpiepn* nicht die Zugehörigkeit zu einer bestimmten, nicht wohlgelittenen politischen Gruppierung unter die Nase reiben. Der Rettenbacher habe ihn mit dem Schlachtruf ›I-biza‹ provoziert. Ob seine Ohren verstopft wären?, wollten die Schüler nun wissen. Ob er nicht P von B unterscheiden könne? Jetzt hat der Standler drohend die Hand erhoben. Mit dieser Gefahrenlage konfrontiert, hat ihm eine Schülerin Senf ins Gesicht gespritzt. Im Reflex hat der Standler nach einer Burenwurst gegriffen und diese in Richtung Schülerin geschleudert. Die Schülerin hat sich geduckt, und ein hinter ihr stehender Schüler hat die Haaße aufgefangen. Er ist mit dieser Beute davongelaufen. Der Standler hinter ihm her. ›Haltet den Dieb!‹, hat er geschrien. Dann ist der Standler gestolpert. ›Die haben mir ein Haxl gestellt‹, hat der Standler wie am Spieß gebrüllt und sich das Knie gerieben. Dieser Radau hat die Anrainer aus ihren Gärten gelockt. Sie wollten Schüler verdreschen, die keinen Respekt vor dem Alter zeigten. Das ließen sich die Jugendlichen nicht gefallen. Sie schlugen zurück.«

»Ich komme nicht«, beschied der Gruppeninspektor kurz und bündig. Für Slapsticks sei nämlich der Otto Schenk oder der Niavarani zuständig.

Was ich jetzt brauch', ist eine psychische Klospülung, sagte er sich und ließ sich mit einem Taxi zum Yppen-

* ungezogener Mensch

platz kutschieren. Er hatte vor, sich aus der realen, verrückten Welt zu saufen. Im *Marktgasthaus* feierten gerade die Kumpanen des Leichenfritzi einen Leichenschmaus. Sie begrüßten den Kieberer mit lauten »Hoch soll er leben!«-Rufen. Sie bezeichneten ihn als Wohltäter. »Lieber Frank«, hob der Leichenfritzi an, »ich bin dir ewig dankbar für die perfekte Inszenierung diese Polizeieinsatzes. Für meine Vernissagen-Freunde wird das wohl eines der Highlights ihres Mäzenaten-Lebens gewesen sein. Wir alle waren zunächst zutiefst schockiert. So authentisch war alles. Wir durften sogar in echten Gefängniszellen übernachten. Wir verharrten in Grabesstille, als uns der Einsatzleiter am nächsten Morgen mitteilte, der Innenminister wolle mit mir persönlich reden. ›Ich gratuliere Ihnen‹, hat der Innenminister gesagt, ›es ist Ihnen gelungen, mich von der Existenz einer lebendigen Begräbniskunst zu überzeugen. An Ihrem Beispiel kann man erfahren, dass die nekrophile Szene ein aufblühendes Segment in unserer vielfarbigen Gesellschaft ist. Daher freut es mich, die Ehre zu haben, Ihnen den Auftrag zur künstlerischen Gestaltung der Aufbahrungshalle der Gemeinde Klinkenberg zu erteilen. Ich möchte Sie nur um eines bitten: Bewahren Sie absolutes Stillschweigen über Ihre Erfahrungen in dieser Performance-Nacht. Ich möchte nämlich nicht in der Zeitung lesen müssen, dass die Polizei unentgeltlich Komparsen für eine Totenkult-Performance gestellt habe. Käme das an die Öffentlichkeit, würden wohl auch noch andere Friedhofsfreaks um Unterstützung ansuchen. Das können wir uns jedoch nicht leisten, das würde unser Kulturbudget sprengen.‹«

»Was sagst du dazu?«, wandte sich nun der Leichenfritzi direkt an den Gruppeninspektor. Und der antwortete: »Klinkenberg ist die Heimatgemeinde des Ministers.«

KAPITEL 16

Frank Karl fühlte sich elend. Er trug Blei in den Knochen. Durch den Dienst im Prater wurde sein Magen geschädigt, und die Konversation mit dem Oberst hatte eine Schramme in die Seele geritzt. Dazu kam die Todesangst nach dem Besuch der alten Vorzimmerdame. Schließlich das Bier am Yppenplatz: Es hat sein Vertrauen in die Nekrophilie verletzt. Ich bin auch nicht mehr der Jüngste, gestand er sich ein, während er einer Gruppe kichernder Schulmädchen ängstlich auswich.

Er war auf der Flucht. Zum ersten Mal in seinem Leben verstand er amerikanische Millionäre, die in ihren Sunshine Cities *Jugendliche unter 50* aussperrten. Seine Beine vermochten ihn kaum mehr zu tragen. Mühsam schleppte er sich zu seiner Wohnung hoch. Dort erwartete ihn die nächste Überraschung. Seine Putzfrau, die Dragica, saß auf dem Rande seiner Badewanne und weinte: »Alles schon wieder verwüstet.« Ja, das stimmte. Bevor die Putzfrau gekommen war, war seine Wohnung nicht aufgeräumt gewesen, jetzt war sie noch weniger aufgeräumt. »Eingebrochen!«, immer wieder »Schon wieder eingebrochen!«, jammerte die Dragica. Frank Karl setzte sich zu ihr auf den Badewannenrand, legte den Arm um ihre Schulter und tröstete sie: »Dragica, das einzig Wertvolle, was ich in meiner Wohnung habe, sind meine Bücher, und für die interessiert sich in Wien kein Schwein. Und ausländische Banditen erst recht nicht.« »Aber auch der neue Computer ist weg«, klagte die Gute. »Neuer Computer?«, lächelte der Kieberer, »*Computer* ist gut gesagt, weil es handelt sich dabei eher um Elektro-Schrott. Ich erspar mir zumindest die Entrümpelung.« Das Einzige, was ihn kränkte, war, dass sie auch die Kamera der Tochter des Obersten geflaucht* hatten. Andererseits gehörte die eh nicht ihm. Und den Chip mit den verfänglichen Aufnahmen trag ich in meiner Geldbörse, subsumierte er die Ereignisse. Wie er auch die Tagesernte seines vorsintflutlichen Computers sicherheitshalber auf eine externe Festplatte gespeichert hatte. Insofern blieb sein Kurzzeitgedächtnis unbehelligt. »Aber den Fernseher haben sie dagelassen«, freute sich Dragica. »Schade«, antwortete der Kieberer. »Die Diebe waren doch nicht ganz so blöd und haben erkannt, dass diese Gerätschaft ein Kompromiss zwischen Bestrahlungslampe und Energieverschwendungsmaschine war.« Zu gerne hätte er sich dieses Röhrengespenst von der Versicherung ablösen lassen. »Dragica, die Einbrecher wollten nur leicht transportierbares Kleinzeug mitnehmen.« Speichermedien zum Beispiel. »Moja Dragana«, zärtelte er die Dragica an, »ich mach uns einen türkischen Kaffee, dann rufst du deinen Sohn an. Der kennt sich aus, der ist ein Vifzack wie alle Gastarbeiterbuam, der soll mir einen neuen Laptop besorgen, und zwar mit allem Drum und Dran. Als Passwort soll er ›Polizei‹ eingeben. In drei Tagen komme ich wieder.

* gestohlen

Bis dahin hast du alles picobello aufgeräumt. Ich verzieh mich inzwischen in ein Ausweichquartier.« Auf der Schwelle machte er noch einmal kehrt. Er zerrte an der Innentasche seines Sakkos. Die Geldtasche wollte nicht raus, war verhakt, war einfach zu groß. Kein Wunder, sie gehörte ursprünglich nicht ihm, sondern dem Oberst. »Pufff!« Der Kieberer traute seinen Augen nicht. Das Portemonnaie war nicht schlecht bestückt. Er drückte der Dragica 1.500 Euro in die Hand. »Das dürfte wohl reichen.« Es war ein wunderbares Gefühl, mit fremdem Geld herumzuschmeißen.

*

Seine Füße trugen ihn ganz automatisch Richtung Melkerhof. Dort hatte der selige Doktor Kammereder eine komfortable Wohnung. Der würde sie nicht mehr brauchen. Dort hatte eine kleine Katze am Gesimse der Wohnung balanciert. Das Girl hatte vorgehabt, auf dem Bett des Rechtsanwaltes zu ficken. Er wollte darin nur schlafen.

Frank Karl versprach sich ein kuscheliges Ambiente, denn bei dem Einkommen von Juristen würde er bestimmt eine erstklassige Matratze vorfinden. Es war alles so, wie er es vorausgesehen hatte. Der Schlüssel, den er der Schülerin abgenommen und den niemand vermisst hatte, passte ins Türschloss. Die kleine Katze war also eine Beischläferin des Doktor Kammereder. Die Kriminaltechnik würde bestimmt ihre Fingerabdrücke auf dem Badezimmerspiegel finden. Außerdem, was soll's: Der Gustl Loibl hatte ihm bestätigt, dass die Prints der Kleinen, die sie auf ihrem Deutschschularbeitenheft hinterlassen hatte, mit denen am geheimen Kühlschranktresor auf der Tuchlauben und dem Messer im transdanubischen Heustadel übereinstimmten. Das harmlose Schulmädchen war also eine kaltblütige Killerin. Für den Gruppeninspektor war ganz klar, dass dieses Biest auch seine Wohnung ausgeräumt und die Filmkamera mitgehen lassen hatte. Wahrscheinlich war sie es, die den Auftrag zur Observation seines literarischen Praktikums mit der Germanistin in Auftrag gegeben hatte. Scheiße, Scheiße, Scheiße! Wozu das alles? Oder war die kleine Russin nur ein kleines Rädchen in einem viel bedeutenderen Spiel? Vielleicht war sie eine Auftragsfotografin? Man munkelte doch sogar, dass der amerikanische Präsident in Moskau heimlich mit Huren gefilmt worden sei, weshalb er erpressbar geworden wäre. Jetzt stellte sich der Gruppeninspektor vor den Schlafzimmerspiegel, schnitt Faxen und lachte sich aus: Du glaubst doch nicht selbst, dass du so wichtig bist, dass du ein Nacktfoto wert wärst. »Ha, ha, ha, haaa!« Während er lachte, stellte er fest: Der Neigungswinkel des riesigen Panoramaspiegels war so gewählt, dass man vom Bett aus die tollsten Schenkelbeobachtungen anstellen konnte.

Frank Karl warf sich rittlings auf die Matratze. Die Sprungschanze war erstklassig. Da hatte sich der Doktor Kammereder nicht lumpen lassen. Scheiße! Die kleine Fassadenkletterin hatte doch damit geprahlt, aus Rachedurst in das Bett des Advokaten gepisst zu haben. Karl hob es aus den Federn. Seine Nase fuhr die Daunendecke entlang. Sie roch nicht nach Ammoniak, sondern nach Lavendel eines Weichspülers. Der Kieberer lächelte. Er konnte sich auf seinen Geruchssinn verlassen. Er war ein ausgezeichneter Schnüffler. Wenn er sich nach dem Polsterbrand nicht das Rauchen verboten hätte, würde er sich jetzt eine anzünden. Fast alle großen Philosophen und Mathematiker des 20. Jahrhunderts waren Raucher. Nur er nicht. Vielleicht fiel ihm deshalb das Denken so schwer. In seinem dumpfen Hirn schwirrte ohne Unterbrechung der Satz: »Was war die Motivation dieser jungen Frau?« »Sex-Macht-Geld«, betete der Polizeischüler in ihm als Antwort herunter. »Sex?« »Klar! Die Kleine war offensichtlich eine Meisterin der Akrobatik.« »Macht?« »Wahrscheinlich war es für ein minderjähriges Küken schon ein affengeiles Vergnügen, ausgewiesene Patriarchen vor Lust winseln zu sehen.« »Geld?« »Geld! Natürlich Geld! Weil, das war an jedem Tatort abhandengekommen.« Der Rückstoß der Luxusmatratze schleuderte den Kieberer aus dem Bett auf den Boden der Tatsachen. Er schaute unter die Spielwiese, auf der er gerade noch gelegen war. Zwischen Lattenrost und Matratze: nichts. An den Seitenbalken mit den Auflagen: nichts. Im Spalt zwischen den beiden Hälften der Betten glänzte etwas: ein funkelnagelneues Geschenk vom James Bond. Eine polierte *Smith & Wesson 625*. Frank Karl klappte die Trommel des Revolvers zur Seite, entnahm die sechs Patronen. Wie heißt es so schön im Sprichwort: »Wer mit einer geladenen Buffen unter dem Kopfpolster schläft, hat entweder ein schlechtes Gewissen oder furchtbar viel Geld«. Im Falle des Doktor Kammereder traf wahrscheinlich beides zu: Er war furchtbar und Millionär. Im Klartext bedeutete das für den Kieberer: »Wenn einer mit einer Krachen auf der Höhe seiner Schläfe schläft, dann muss er in seiner Umgebung Zaster gebunkert haben.« Seine Müdigkeit war wie weggeblasen. Im Lampenschirm war nichts, die Steckdosen waren zu klein, der Spülkasten war zu feucht, die Mikrowelle kein Bankomat, der Kühlschrank (entgegen der Androhung der Fassadenkletterin) Gott sei Dank Ketchup-frei und festgeschraubt. Der Kieberer schwitzte. Erschöpft sank er auf das Bett. Er schlief sofort ein. Plötzlich vernahm er ein Klopfen. Es meldete sich der Whiskeydurst aus seinem Hirn. Fluchend wälzte er sich vom Bett, tastete sich zur Speisekammer vor. Dort hatte der Rechtsanwalt, dieser Feinspitz, eine Flasche *Grappa di Sassicaia* versteckt, eine sündteure Assemblage aus 80 Prozent *Cabernet Sauvignon* und 20 Prozent *Cabernet Franc.* Was hatte er gerade gesagt? Versteckt? Das war das Reizwort, denn: Was haben zwei Dosen Erdbeermarmelade in der exquisiten Speis' eines Juristen zu tun? Was? Sag's mir, mein Bruder ums Eck! Noch dazu, wo die silbrigen Büchsen Großhandelsdimensionen aufweisen. So ein Rechtsanwalt betreibt doch keine Frühstückspension.

Klar, ein depperter Akademiker hat alles, nur kein Werkzeug in der Wohnung. Der Trottel lässt bestimmt einen Handwerker für den Glühbirnenwechsel kommen. Also blieb dem Kieberer nichts anderes übrig, als ein Küchenmesser als Stemmeisen zu verwenden. Ein Schuh diente ihm als Schlägel. Nach zwei Schnittwunden auf seinem linken Handrücken und einem sechs Zentimeter langen aufgewuchteten Spalt in der Dose kam die Füllmasse zum Vorschein: Sie bestand aus Fünfhunderterpäckchen. Frank Karl konnte es selbst nicht glauben. Aber die Tätigkeit eines Metallhandwerkers machte ihm in diesem Augenblick richtig Spaß. Nachdem auch der rechte Handrücken zerkratzt und die Marmeladefässer geknackt waren, überlegte er: Wie soll ich das Zeug abtransportieren? Seine Blicke flitzten durch das Schlafzimmer, blieben an seinem Rucksack hängen. Er leerte kurzerhand seine Reserveunterhose, die zwei Paar Socken und die beiden ausgewaschenen T-Shirts auf den Boden. Dann schlichtete er die Banknotenbündel in den Beutel. »Schlichten« war wohl nicht der richtige Ausdruck. Er zwängte, er stopfte den Zaster mit aller Gewalt in den Sack. In diesem Augenblick der Erleuchtung wurde ihm klar, was es bedeutete, wenn man sagte, es sei jemand »gestopft«.

Erschöpft sank er auf das Bett. Nach zehn Minuten schüttelte es ihn. Er schlug sich auf die Stirn. Er konnte doch nicht den Konservendosenschrott so einfach liegen lassen. Denn würden Kollegen von der Kripo auf die glorreiche Idee kommen, die Wohnorte des seligen Doktor Kammereder nochmals aufzusuchen, würde ein zerwühltes Bett nicht besonders auffallen. Aber zwei dilettantisch geöffnete Riesenmarmeladebüchsen, in denen kein Bisschen Konfitüre klebte, müssten allemal Neugierde erwecken. Daher sprang der Kieberer aus dem Bett und horchte leise auf den Gang hinaus. Federnd schlich er über den Steinboden des Stiegenhauses. Sollte er den Lift nehmen? Besser nicht, denn im Nostalgieaufzug des Denkmalschutzhauses brannte das ganze Jahr über eine frivole Weihnachtsbeleuchtung. Ein farbenfroh bestrahlter Mann in Unterhosen, mit zwei zerbeulten Marmeladedosen in den Armen, müsste auffallen wie ein Osterhase zum Nikolo. Und das um 2 Uhr Nacht. Also wählte der Gruppeninspektor den riskanten, aber unbeleuchteten Weg über die Stiege. Alle zwei Fenster hielt er inne, duckte sich in eine Nische, horchte in die Dunkelheit. Plötzlich riss es ihn. Ein Schatten huschte auf ihn zu. Eine Katze! Vor Schreck ließ er eine Dose fallen. Ein Poltern tuschte durch die Nacht. Das Krachen eines Verschubbahnhofs war nichts dagegen. Er sagte sich: So nahe war ich am Glück, aber jetzt bin ich verloren. Die Dose kam mit einem letzten Klingeln im Parterre zu liegen, aber es ging kein Licht an, und niemand schrie in die Nacht hinaus: »He, he, was soll denn dieser Lärm!« Die Tür zum Hof quietschte, der Deckel der Mülltonne rumpelte. Das alles war dem Gruppeninspektor egal, jedoch die Vorstellung von der Schande, in Unterwäsche mit Ausdünstungen gestellt zu werden, verursachte Schüttelfrost. In dieser Kurzschlussminute verstand der Polizist die Lähmung ungeübter Ganoven, die in Gefahr und Panik dümmste Fehler begingen. Wie kann man nur so blöd sein?, hatte er sich immer wieder gewundert. Kaum hatte sich die Gedankenstarre im Gehirn des Kieberers gelöst, griff eine Hand aus der Magengrube nach seinem Herz, umklammerte den Muskel, hielt die Pumpe an. In seinem Auge prasselten Sternspritzer: Ich Idiot hab die Schlüssel in der Wohnung liegen gelassen. Was, wenn die Tür ins Schloss gefallen ist? Langsam, nur langsam, beruhigte er sich. Vermeide die Atemnot. Er zog sich am Handlauf hoch. Er zählte: 55, 56, 57 … nur nicht laufen! Das macht dich verdächtig. Vor der Wohnungstür traute er seinen Augen kaum. Sie war einen Spalt offen.

Er sank erschöpft auf das Bett und schlief sofort ein. Plötzlich, es mag vielleicht 3.30 Uhr gewesen sein, knallte das Licht an. In der Wohnung strahlte eine Mittagssonne. Vom Bettrand schaute Zinaida auf ihn herab. Frank Karl fuhr hoch, fragte dämlich: »Du?« »Ja ich«, klingelte es aus ihrem Kindermund. »Wen hast du sonst erwartet?« Als Kieberer sollte er, bildete er sich ein, unerwarteten Situationen gewachsen sein, weil: »So schnell legt man mich nicht aufs Kreuz.« »Also«, setzte er an zu fragen, »also, wie war das damals, als ich dich …«

»Entschuldige«, kicherte sie, »reden können wir später, aber ich muss zu den Mädchen.« Weg war sie. Der Kieberer lauschte angespannt. Ja, da gab es die Wasserspiele, aber die klangen eher nach Tonstudio. Man kannte das aus den Agentenfilmen: Wenn jemand was zu besprechen hatte, plätscherte er unter der Dusche. Was kann die nur unter diesem Geräuschvorhang machen?, rätselte er. Es kitzelte ihn nachzuschauen. Er hob den Oberkörper an … da warf es ihn zurück. Sie wuchs aus dem Türrahmen. Er hatte keine Kraft mehr, nach der DNA und dem Beweis liefernden Schamhaar aus dem Blutbild im Haus auf der Tuchlauben zu fragen. Auf ihn bewegte sich der schönste Pelz seines Lebens zu. Eine straffe Bauchdecke. Brüste mittlerer Größe, härter als die der Twens am Donnerbrunnen. Sie wusste um ihre Wirkung. Sie kämmte mit ihren Fingern den Pagenkopf, warf ihn zurück. Aus dem Augenwinkel sah er einen rosaroten Wurfstreifen. Sie schleuderte gerade ein Bündel Richtung Schminkkommode. Das war es also, was sie im Badezimmer gesucht hatte. Was war in diesem Binkel* drinnen? Geld? Schmuck? Eine Waffe? Er hatte Mühe, einen klaren Gedanken zu fassen. Sie sah das. Sie lachte. Sie hüpfte auf ihn. Er war wehrlos. Sie hätte ihn erschießen können. Sein Blick prallte am schrägen Panoramaspiegel an der Wand gegenüber ab, blieb an der gespreizten Po-Falte mit den beiden Ziffern 2 und 3 unter den Hälften hängen. Die Kleine war etikettiert. »Warum hast du …« »Nein!«, flüsterte sie. »Zuerst das Spiel, dann die Pflicht.« Ich kann doch nicht …«, mühte er sich ab zu protestieren. »Du kannst!«, stellte sie nüchtern fest, schlug die Bettdecke zurück, zog ihm die Unterhose vom Leib, betrachtete sein Glied. Er brüllte laut auf. Der Schmerz stach vom Penisschaft bis in den Scheitel. »Eine Rasierklinge?« Ihr Fingernagel war an den Hodennaht entlang geritzt. Sie stemmte die andere Hand gegen sein Brustbein, zwang ihn zurück auf den Polster. »Nicht«, stöhnte er, »ich muss mich vorerst waschen.« »Du entkommst mir nicht!«, lachte sie. »Ich habe deinen Laptop, deine Ermittlung gestohlen. Ich war gedanklich bei dir. Tag für Tag, Woche für Woche. Ich habe dich ausgenützt. Woche für Woche, Tag für Tag.« Ihr Becken rutschte auf und ab. Sie hüpfte »Tag … für Tag!« »Ich reite mein Pferd zuschanden«, quietschte sie. »Ich bring dich um.« Jetzt schoss er. Er gurgelte »Raaaahhh!« An seiner Schläfe spürte er kaltes Metall. Es raspelte aus ihrer Kehle: »Du hattest deinen Orgasmus. Gleich bist du tot. Gib zu, es war ein

* Bündel

schönes Sterben.« Dann drückte sie ab. Der Revolver, den sie aus der Matratzenfurche geangelt hatte, machte hilflos »Klick!« Der Kieberer öffnete die Augen. Sein Blick scrollte ihren Mund ab. Ein verzweifeltes Zucken. »Ich habe die Patronen herausgenommen«, klärte er sie auf. »Polizisten steigen in kein ungesäubertes Bett.« Er lachte. Sie lachte. Und weil sie lachte, zogen sich ihre Muskeln zusammen. Sie krampfte ihn weg. Sein Penis flutschte in die Kälte. Er zog die Knie an. Sie turnte eine Rückwärtsrolle, federte auf dem Parkett ab und satzte zur Balkontür, schwang sich über das Ziergitter, ließ ihren Körper kurz vom Balkonboden baumeln, fiel auf ihre vier Katzenläufe, landete auf dem Balkon des Nachbarn unter ihnen, schnellte hoch und sprang durch die offene Jugendstiltür vor den Ohrensessel eines Pensionisten. Der war 78 Jahre alt und schrie wie am Spieß. Er fasste an seine Brust. Er kreischte: »Ich krieg einen Herzinfarkt!« Da war die Teenie-Katze schon zur Wohnungstür hinausgesprungen. Die zehn Jahre jüngere Ehefrau des Pensionisten kam aus der Küche geschossen: »Was ist los?« Ihr Mann hechelte: »Ich hab eine junge Nackerte gesehen.«

Frank Karl saß am Bettrand und massierte sich den Nacken. Sollte er duschen? Er unterließ es. Warum sollte er die Erinnerung an diese denkwürdige Nacht voreilig vom Körper spülen. Er gähnte und schlüpfte bedächtig in seine Hosen. Eine Viertelstunde später hörte er das Tatü der Funkstreife. Im Hof fackelte das Blaulicht. »Scheiße«, wunderte sich der Kieberer. »Da waren die Kollegen aber schnell. Karriere ade, Job ade,

Freunde ade!«, fasste er zusammen. Das hatte er sich auch nicht gedacht, dass er sein Berufsleben nach einem Koitus mit einer jugendlichen Verbrecherin in Schimpf und Schande beenden werde. Er schulterte den Rucksack mit den Fünfhunderteuroscheinen, ließ auch dieses Mal die Wohnungstür offen stehen, deponierte den Rucksack auf dem Papierkorb im Gangeck und stapfte gemächlich die Treppe hinunter. Vor der Wohnung des Pensionistenehepaars stand eine junge Polizistin. Er ging auf sie zu, streckte die Arme vor und sagte resignierend: »Hier bin ich, nehmt mich fest.« »Sind Sie b'soffen, oder was?«, herrschte sie ihn an. »Wer sind Sie überhaupt?« »Das ist der Kollege Frank Karl«, antwortete eine Stimme statt seiner. »Der ist immer zu einem blöden Scherzchen aufgelegt.« Der Kieberer hob müde seinen Blick und starrte in das glattrasierte Parfümgesicht des Revierinspektors Krasicki. »Was machst denn du da?«, wollte er wissen.

»Wir observieren die Wohnung über euch.«

»Und was treibt dich da her?«

»Das Übliche. Reine Routine. Ein Notruf wegen häuslicher Gewalt.« Dann lachte er. »Das packst' nicht. Er ist 78, sie ist 68, aber nicht, dass d' glaubst, der Opa hat die Oma gezüchtigt. Es war umgekehrt. Sie hat ihm einen Band der Brockhaus Enzyklopädie auf den Schädel gedroschen und ihm das Hochzeitsfoto in die Goschen gehaut. Jetzt hat er einen Cut unterm linken Aug. Er blutet wie eine Sau … ah, die Rettung ist eh a schon do … Wie wir die Oma g'fragt haben, was denn los war, hat sie gesagt: Des perverse Schwein hat früher bloß Pornohefterl ang'schaut. Jetzt fantasiert er aber sogar schon. Er hat behauptet, a Nackerte sei durch die Balkontür gesprungen.«

»Nichts für ungut«, verabschiedete sich Frank Karl, »ich muss zurück auf meinen Posten, obwohl: Bei dem Radau, denn ihr gemacht habt, wird heute eh niemand mehr auftauchen.« Da hatte sich der Kieberer aber gewaltig geirrt. Er wollte schon die Tür zur Rechtsanwaltsdependance aufstoßen, als er aus der Wohnung ein Scharren vernahm. Er riss den Revolver, mit dem ihm die Teeniekatze das Lebenslicht ausblasen wollte, aus dem Gürtel, gab der Tür einen Tritt und hechtete ins Schlafzimmer.

»Was machen Sie da?«, wollte die Witwe des Doktor Kammereder wissen. Ihre metallene Stimme verriet ihm, sie wolle ihm dieses Mal keineswegs ihren Luxuskörper vorführen. Die Lady war auf Schatzsuche.

»Ich hab im *Standard* eine Immobilienanzeige gelesen und wollte mir die Wohnung ansehen.«

»Je unbeholfener die Männer, umso blöder ihre Witze! Also g'schwind: Was haben Sie hier zu suchen?«, stieß die Dame eiskalt nach. Sie verdächtigte ihn zweifelsfrei, dass er die Wohnung ausgeräumt hatte.

»Wir wurden zu einem nächtlichen Einsatz in der Wohnung unter der Ihren gerufen. Es ging da um exzessive Gewalt innerhalb der Familie. Und da hab' ich mir gedacht: Wennst schon da bist, schaust auch gleich beim guten Doktor Kammereder vorbei ... So, und jetzt möchte ich aber von Ihnen wissen, was Sie zu nächtlicher Stunde in die Schottengasse treibt.«

»Die Schlaflosigkeit. Sie können sich gar nicht vorstellen, was in meinem Kopf so alles vorgeht. Ständig schwirren in ihm die Erinnerungen an vergangene Tage herum.«

»Aha, ich verstehe. Diese Ruhelosigkeit zwingt Sie, das Liebesnest Ihres verstorbenen Gatten aufzusuchen.«

»Unter zivilisierten Menschen nennt man das Trauerarbeit.« Weil sie ihm eine in die Eier hauen wollte, ergänzte sie: »Das kann sich natürlich ein ungebildeter Tölpel wie Sie nicht vorstellen.«

Danke!, dachte sich der Kieberer. So sind sie, die Frauen. Zuerst weinen sie sich an deiner Schulter aus, und dann werden sie rachsüchtig, weil sie sich selbst niemals verzeihen, dass sie sich dir ausgeliefert haben.

Er schaute sie traurig an, sie schluckte und sagte: »Sie entschuldigen. Aber, was ich hier sehen muss, vergiftet meine Seele. Schauen Sie sich doch den Boden an. Da zieht sich eine Schneckenspur bis zum Fenster. Bei mir zu Hause hatte der Paul den piekfeinen Gentleman gespielt. In Wirklichkeit war er aber doch nur ein sexversessener Egomane, der bei Huren seine Triebe ausleben wollte. Hier ist doch alles schmuddelig.« Mit dem Bleistift ihres Stöckelschuhs stocherte sie in den Kleiderhaufen, den Frank Karl aus seinem Rucksack gekippt hatte. »Pfui!«, empörte sie sich. »Ich erkenne den Paul nicht wieder. Wie billig das alles doch ist. Verwaschen, versandelt, versumpert, verkommen.«

Während dieser Inspektion blieb ihr Blick am Stoffbündel, das die Kleine nach ihrem Toilettenbesuch hatte fallen lassen, hängen. Sie hob den Ballen mit Pinzettenfingern auf, warf ihn auf das Bett und zog aus dem Knäuel eine Silberkette hervor. »Der Familienschmuck meiner Schwiegermutter. Nichts wert.« Das stimmte, der Silberpreis purzelte, während das Gold anzog.

»Haben Sie die Wohnung durchsucht? Gibt es keinen Tresor unter dem Kühlschrank wie auf der Tuchlauben?« Frank Karl bereute sofort diese Frage. Jetzt hatte er mit seinem Eifer zweifelsfrei übertrieben und sofort das Misstrauen der Witwe geweckt. Deren Augenbrauen fuhren hoch. Vier Sekunden später schmolz aber die Anspannung unter dem Gedanken: Dieser harmlose Polizeiseelsorger ist für geschäftliche Eigeninitiativen viel zu blöd.

Sie zitterte. Sie wuchtete sich vom Bett hoch, zog die Lippen nach unten. Ekel schüttelte ihre Schultern: »Hier riecht es brünstig.«

»Ich werde jetzt gehen«, beschied ihr der Gruppeninspektor. »Vergessen Sie nicht, hinter sich abzusperren!«

Sie lief ihm nach, legte an der Türschwelle eine Hand an seine Brust. Sie sagte: »Es tut mir leid wegen vorhin. Ich wollte Ihnen nicht zu nahe treten.« Er schaute in ihre graublauen Augen und dachte: Ich hätte nichts dagegen, wenn du mir zu nahe treten würdest. Er war und blieb eben ein Schwein. Im ersten Stock wurde er gewahr, dass seine Selbsterkenntnis den Sinn für die Realität getrübt hatte, denn er hätte um ein Haar den Rucksack mit der fünfhunderttausendfachen Weihnachtsremuneration auf dem Papierkorb in der Fensternische des vierten Stocks vergessen. Mittlerweile war es 7 Uhr geworden. Zeit für einen Kaffee. »Bringen Sie mir ein Schlemmerfrühstück!«, befahl er dem Ober im Café auf der gegenüberliegenden Straßenseite. Als es ans Zahlen ging, musste er eingestehen, dass er seine Geldbörse vergessen hatte. »Das ist mir aber jetzt peinlich!« Umständlich zog er am Reißverschluss seines prallen Rucksacks und fischte einen druckfrischen Fünfhunderter heraus. »Das kann ich Ihnen aber nicht wechseln«, beschwerte sich der Kellner. »Was soll ich tun? Die Banken haben noch nicht offen, und Bankomatkarte habe ich auch keine dabei ... Wissen Sie was, ich lasse Ihnen den Fünfhunderter da. Sie führen eine Stricherlliste und buchen meine künftigen Kaffees von dieser Anzahlung ab. Und jetzt kassieren Sie für sich ungeschaut 50 Euro als Trinkgeld und geben mir 20 Euro heraus, die brauch ich nämlich fürs Taxi.«

Als der Kieberer in seine unaufgeräumte, ausgeplünderte Wohnung wieder einziehen wollte, war sein Bett okkupiert. Darin buderte gerade der Sohn der Putzfrau seine Freundin. Der Knabe fuhr erschreckt hoch. Frank Karl machte eine winkende Handbewegung, was so viel bedeutete: weitermachen! Lass dich nicht stören. Dem Gruppeninspektor blieb nichts anderes übrig, als zu Fuß zum Landesgericht zu spazieren. Dort bat er die Torwache: »Kollege, sei so gut, sperr mir eine Arrestzelle auf. Ich bin hundsmüde.« Um 14 Uhr Nachmittag wurde er wachgerüttelt. Der Oberst besuchte ihn im Gästezimmer und servierte einen heißen Kaffee. Er sagte: »Frank, aufstehen! Du stinkst. Die Amseln singen. Wir haben einen interessanten Fall für dich. Eine blutjunge Friseurin hat während der Haarwäsche einer alten Dame die Goldkette gestohlen. Das behauptet zumindest die Kundin.« »Lass mich in Ruhe«, jammerte der Kieberer, »ich habe genug von Frauen.«

EPILOG

Drei Monate später leuchtete es weiß durch die Rippen des Postkästchens. Frank Karl fluchte: »Ich scheiß auf Spendenaufrufe, auf Rechnungen und Reklame.« Widerwillig riss er das Kuvert auf. Eine Briefmarke aus Russland! Im Kuvert steckte eine Ansichtskarte. »Grüße aus der Wüste!«, stand auf deren Rückseite. »Welche Wüste?«, fragte sich der Kieberer: »Die Sahara in Libyen, die Gobi in China, die Sonora-*Wüste* in Arizona oder gar die Dünen im Slowinzischen Nationalpark Polens?« Er drehte die Karte um, sah orangefarbenen Sand und dunkelblaue Schatten. Die warfen zwei Frauen, die Händchen hielten. Die eine Frau war blond, schlank und groß. Das Mädchen an ihrer Seite streckte dem Fotografen den Po entgegen. Unter jeder Backe klebte ein kleiner Fleck. »Eine letzte Rücksichtnahme«, stand am unteren Bildrand.